Alexander McCall Smith
Ein Koch für Mma Ramotswe

Alexander McCall Smith

Ein Koch für Mma Ramotswe

*Der dritte Fall der
»No. 1 Ladies' Detective Agency«*

aus dem Englischen von Gerda Bean

nymphenburger

> **»Die liebenswürdigste Krimiheldin, von der seit langem zu lesen war«** *Die Zeit*
>
> Mit Pfiff und Humor löst Mma Ramotswe in ihrer Detektivagentur am Rande der Kalahari die kniffligsten Rätsel und schwierigsten Fälle.
>
> Bereits erschienen:
>
> **Ein Krokodil für Mma Ramotswe**
> Der erste Fall der »No.1 Ladies' Detective Agency«
> 240 Seiten, ISBN 3-485-00870-2
>
> **Ein Gentleman für Mma Ramotswe**
> Der zweite Fall der »No.1 Ladies' Detective Agency«
> 240 Seiten, ISBN 3-485-00902-4

Besuchen Sie uns im Internet unter
http://www.nymphenburger-verlag.de

1. Auflage Februar 2003
2. Auflage Juli 2003

© für die deutsche Ausgabe: 2003 nymphenburger in der
F.A. Herbig Verlagsbuchhandlung GmbH, München
© Alexander McCall Smith 2001, first published by Polygon, Edinburgh
Negotiated through Literary Agency Diana Voigt,
A-1010 Vienna, Austria
Titel der Originalausgabe: MORALITY FOR BEAUTIFUL GIRLS
MORE FROM THE NO. 1 LADIES' DETECTIVE AGENCY
Alle Rechte vorbehalten
Schutzumschlag: Wolfgang Heinzel unter Verwendung eines
Fotos von Erich Roßhaupter, München
Lektorat: Gabriele Berding
Satz: EDV-Fotosatz Huber/Verlagsservice G. Pfeifer, Germering
Gesetzt aus: 10,5/13 Punkt Garamond
Druck und Binden: GGP Media, Pößneck
Printed in Germany
ISBN 3-485-00960-1

*Dieses Buch ist für
Jean Denison
und
Richard Denison*

*afrika
afrika afrika
afrika afrika afrika
afrika afrika
afrika*

Kapitel 1

Mma Ramotswe, Tochter des verstorbenen Obed Ramotswe aus Mochudi bei Gaborone in Botswana, Afrika, war die offizielle Verlobte von Mr. J. L. B. Matekoni, Sohn des verstorbenen Bauern Pumphamilitse Matekoni aus Tlokweng. Es war eine hervorragende Verbindung, dachte jeder – sie, die Gründerin und Eigentümerin der *No. 1 Ladies' Detective Agency*, Botswanas einzigem Detektivbüro für die Belange von Damen und anderen Menschen, und er, der Besitzer von *Tlokweng Road Speedy Motors* und nach allgemeiner Auffassung einer der besten Mechaniker in Botswana. Es war immer eine gute Sache, sagten die Leute, in einer Ehe eigene Interessen zu haben. Die traditionellen Ehen, in denen der Mann alle Entscheidungen trifft und über den größten Teil des Geldes bestimmt, waren für Frauen geeignet, die ihre Zeit mit Kochen und Kindererziehung verbringen wollten. Aber die Zeiten hatten sich geändert, und für gebildete Frauen, die etwas aus ihrem Leben machen wollten, war es besser, eine eigene Aufgabe zu haben.

Es gab viele Beispiele solcher Ehen. Zum Beispiel die von Mma Maketetse, die eine kleine Fabrik eröffnet hatte und sich auf die Herstellung von Khakishorts für Schuljungen spezialisierte. Sie hatte mit einem kleinen und schlecht belüfteten Nähzimmer im hinteren Teil ihres Hauses begonnen, dann aber ihre Cousinen eingespannt, die zuschnitten und nähten, und einen der erfolgreichsten Betriebe Botswanas aufgebaut, der trotz der harten Konkurrenz großer Bekleidungsfabriken am Kap Khakishorts nach Namibia exportierte. Sie hatte Mr. Cedric Maketetse geheiratet, der zwei Getränkeläden in der Hauptstadt Gaborone besaß und erst kürzlich einen dritten in Francistown eröffnet hatte. Im Lokalblatt hatte ein etwas peinlicher Artikel mit der Überschrift »Shorts fabrizierende Dame und Getränkehändler schließen Bund« gestanden. Beide waren Mitglieder der Handelskammer, und jeder konnte sehen, dass Mr. Maketetse auf den geschäftlichen Erfolg seiner Frau ungeheuer stolz war.

Natürlich musste eine Frau mit einem erfolgreichen Unternehmen aufpassen, dass Männer nicht nur darauf aus waren, den Rest ihrer Tage im Müßiggang zu verbringen. Solche Fälle gab es zur Genüge, und Mma Ramotswe wusste, dass die Konsequenzen solcher Verbindungen fast immer schrecklich waren: Entweder der Mann vertrank oder verspielte die geschäftlichen Gewinne seiner Frau, oder er versuchte, das Unternehmen zu leiten und führte es in den Ruin. Männer konnten gute Geschäftsleute sein, dachte Mma Ramotswe, aber Frauen waren genauso gut. Frauen waren von Natur aus sparsamer. Das war ja auch nötig, wenn sie mit knappem Haushaltsgeld die ständig offenen Münder der Kinder stopfen wollten. Kinder aßen offenbar viel, und man konnte nie genug Kürbis oder Brei kochen, um ihre hungrigen Bäuche zu füllen. Männer dagegen schienen nie glücklicher zu sein, als wenn sie große, teure Fleischmengen vertilgten. Es war recht entmutigend.

»Das wird eine gute Ehe«, sagten die Leute, wenn sie von ihrer Verlobung mit Mr. J. L. B. Matekoni erfuhren. »Er ist ein zuverlässiger Mann und sie eine sehr gute Frau. Sie werden glücklich sein – jeder führt seinen eigenen Betrieb, und Tee trinken sie gemeinsam.«

Mma Ramotswe war sich dieser weit verbreiteten Meinung bewusst und teilte sie. Nach ihrer katastrophalen Ehe mit Note Mokoti, dem Jazztrompeter und unverbesserlichen Frauenheld, hatte sie beschlossen, sich trotz zahlreicher Heiratsangebote nie mehr zu binden. Sie hatte sogar Mr. J. L. B. Matekoni abgewiesen, als er zum ersten Mal um ihre Hand anhielt, ihn aber sechs Monate später dann doch erhört. Wie ihr klar geworden war, musste man sich bezüglich eines zukünftigen Ehemanns nur eine einfache Frage stellen. Eine Frage, die sich jede Frau – oder zumindest jede, die einen guten Vater hat – stellen kann und deren Antwort sie eigentlich tief in ihrem Innersten kennt. Mma Ramotswe hatte sich also diese Frage gestellt, und die Antwort war eindeutig gewesen.

»Was hätte mein verstorbener Vater wohl von Mr. J. L. B. Matekoni gehalten?«, fragte sie sich, nachdem sie seinen Antrag akzeptiert hatte – so, wie man sich vielleicht an einer Kreuzung fragt, ob man richtig abgebogen ist. Sie erinnerte sich noch genau, wo es war: Eines Abends war sie in der Nähe des Damms auf einem der Wege spazieren gegangen, die kreuz und quer durch die Dornenbüsche führen. Plötzlich war sie stehen geblieben und hatte in den Himmel geschaut, in dieses blasse, verwaschene Blau, das sich so kurz vor Sonnenuntergang mit kupferroten Streifen überzog. Es war ruhig gewesen, und sie war völlig allein. Deshalb hatte sie die Frage laut gestellt, als ob jemand sie hätte hören können.

Sie hatte in den Himmel hinauf gesehen, als erwartete sie halb, dort die Antwort zu finden. Aber sie wusste die Antwort sowieso, ohne hochschauen zu müssen. Für sie gab es nicht den geringsten Zweifel, dass ihr Vater Obed Ramotswe, der alle möglichen Menschen mit all ihren Schwächen kennen gelernt hatte, mit Mr. J. L. B. Matekoni einverstanden gewesen wäre. Also brauchte sie sich wegen ihres zukünftigen Ehemanns keine Sorgen zu machen. Er würde gut zu ihr sein.

Jetzt aber befand sich Mma Ramotswe mit ihrer Assistentin, Mma Makutsi, die den besten Abschluss ihres Jahrgangs an der Handelsschule von Botswana erzielt hatte, in ihrem Büro der *No. 1 Ladies' Detective Agency* und dachte über die Entscheidungen nach, die sie im Hinblick auf ihre Heirat treffen musste. Vorrangiges Thema war natürlich die Frage des gemeinsamen Wohnorts gewesen, was jedoch schnell geklärt worden war. Das Haus von Mr. J. L. B. Matekoni eignete sich dafür nicht so gut wie ihr Eigenheim am Zebra Drive. Sein Garten war dürftig – wenig mehr als ein gefegter Hof. Sie dagegen hatte eine Reihe von Papaya-Bäumen, einige schattige Akazien und ein ertragreiches Melonenbeet. Und wenn man erst an die Innenräume dachte, so gab es wenig, was Mr. J. L. B. Matekonis spartanische Korridore und unbenutzte Zimmer anziehend machte, vor allem, wenn man es mit ihrem Haus verglich. Es täte ihr weh, ihr Wohnzimmer mit dem bequemen Teppich auf dem roten polierten Betonfußboden aufgeben zu müssen, den Kaminsims mit dem Erinnerungsteller an Sir Sereste Khama, Oberhäuptling, Staatsmann und erster Präsident von Botswana, und in der Ecke ihre alte Nähmaschine mit den Pedalen, die aber immer noch gut funktionierte.

Sie hatte nicht viel sagen müssen. Tatsache war, dass sie ihre Entscheidung zu Gunsten des Hauses am Zebra Drive gar nicht lange hatte erklären müssen. Kurz nachdem Mr. J. L. B. Matekoni von Mma Potokwani, der Leiterin des Waisenhauses, überredet worden war, einen verwaisten Jungen und seine körperbehinderte Schwester bei sich aufzunehmen, waren die Kinder in ihr Haus gezogen und hatten sich dort sofort sehr wohl gefühlt. Danach war es eine ausgemachte Sache gewesen, dass die ganze Familie irgendwann am Zebra Drive leben würde. Vorläufig würde Mr. J. L. B. Matekoni jedoch in seinem Haus wohnen bleiben, sein Abendessen aber am Zebra Drive einnehmen.

Das war der einfache Teil des Arrangements. Geblieben war die Organisierung der geschäftlichen Angelegenheiten. Während Mma Ramotswe an ihrem Schreibtisch saß und Mma Makutsi beim Herumblättern in der Ablage zusah, beschäftigten sich ihre Gedanken mit der schwierigen Aufgabe, die noch vor ihr lag. Es war keine leichte Entscheidung gewesen, aber sie hatte sie jetzt getroffen und musste sie jetzt auch durchsetzen. Darum ging es schließlich im Geschäftsleben.

Eine der elementarsten Regeln der Betriebsführung war es, dass gleiche Einrichtungen nicht doppelt vorhanden sein sollten. Wenn sie und Mr. J. L. B. Matekoni verheiratet wären, hätten sie zwei Unternehmen mit zwei Büros. Es handelte sich natürlich um zwei ganz unterschiedliche Branchen, aber *Tlokweng Road Speedy Motors* hatte viel Bürofläche zu bieten, und es wäre äußerst vorteilhaft, die Detektei von dort aus zu betreiben. Sie hatte Mr. J. L. B. Matekonis Gebäude genauestens inspiziert und sich sogar von einem lokalen Bauunternehmer beraten lassen.

»Da gibt's kein Problem«, hatte er gesagt, nachdem er sich die Werkstatt und das Büro angesehen hatte. »Dort drüben an der Seite lässt sich eine neue Tür einbauen. Dann können Ihre Kunden zu Ihnen kommen, ohne mit den ganzen öligen Angelegenheiten in der Werkstatt in Berührung zu kommen.«

Wenn sie also die beiden Büros zusammenlegten, könnte Mma Ramotswe ihre Räume vermieten und die Mieteinnahmen wären für sie ein enormer Gewinn. Die unbequeme Wahrheit über die *No. 1 Ladies' Detective Agency* war nämlich zur Zeit, dass sie nicht genug Geld einbrachte. Nicht, dass es keine Kunden gäbe – die gab es reichlich. Aber die Detektivarbeit war zeitraubend, und niemand würde sich ihre Dienste leisten können, wenn sie einen realistischen Stundensatz berechnete. Ein paar hundert Pula für die Beseitigung einer Ungewissheit oder das Auffinden einer vermissten Person waren erschwinglich und schienen den meisten die Ausgabe wert, aber mehrere tausend Pula für den gleichen Job war eine ganz andere Sache – Zweifel wären dann der absoluten Gewissheit vorzuziehen ...

Ohne das Gehalt, das Mma Ramotswe an Mma Makutsi zahlen musste, hätte sie kostendeckend arbeiten können. Sie hatte sie ursprünglich als Sekretärin eingestellt, weil jeder ernst zu nehmende Betrieb eine Sekretärin brauchte, aber bald das Talent erkannt, das sich hinter der großen Brille verbarg. Mma Makutsi war zur stellvertretenden Detektivin befördert worden – eine Position, die ihr den ersehnten Status verlieh. Mma Ramotswe hatte sich aber auch verpflichtet gefühlt, ihr das Gehalt zu erhöhen, was die Detektei immer weiter in die roten Zahlen abrutschen ließ.

Sie hatte die Zusammenlegung der Büros mit Mr. J. L. B. Matekoni besprochen, und er war gleicher Meinung gewesen. Ihr blieb keine andere Wahl.

»Wenn du so weitermachst«, hatte er mit ernster Stimme gesagt, »machst du bankrott. Ich habe erlebt, wie es Firmen passiert ist. Man bestimmt einen, der sich Konkursverwalter nennt. Der ist wie ein Geier – er kreist und kreist. Es ist schrecklich, wenn einem Betrieb so was passiert.«

Mma Ramotswe hatte mit der Zunge geschnalzt. »Das

will ich nicht«, hatte sie gesagt. »Das wäre ein trauriges Ende für mein Geschäft.«

Sie hatten sich betrübt angesehen. Dann hatte Mr. J. L. B. Matekoni gesagt: »Du musst sie entlassen. Ich musste auch schon mal Mechaniker entlassen. Es ist nicht leicht, aber so ist es nun mal im Leben.«

»Sie hat sich so gefreut, als ich sie befördert habe«, hatte Mma Ramotswe ruhig geantwortet. »Ich kann ihr doch nicht plötzlich sagen, dass sie keine Detektivin mehr ist. Sie hat keine Angehörigen in Gaborone. Ihre Leute leben in Bobonong. Sie sind bitterarm, glaube ich.«

Mr. J. L. B. Matekoni hatte den Kopf geschüttelt. »Es gibt viele arme Leute«, hatte er gesagt. »Viele leiden fürchterlich. Aber du kannst ein Geschäft nicht mit Luft betreiben. Das ist bekannt. Du musst zusammenzählen, was du einnimmst und dann davon abziehen, was du ausgibst. Die Differenz ist dein Gewinn. In deinem Fall steht vor diesem Betrag ein Minus. Du kannst nicht ...«

»Ich kann nicht ...«, hatte Mma Ramotswe ihn unterbrochen, »... ich kann sie jetzt nicht entlassen. Ich bin wie eine Mutter zu ihr. Sie möchte so gern Detektivin sein, und sie arbeitet hart.«

Mr. J. L. B. Matekoni hatte auf seine Füße geblickt. Wahrscheinlich wollte Mma Ramotswe, dass er einen Vorschlag machte, aber er war sich nicht sicher, was für einen. Erwartete sie Geld von ihm? Wollte sie, dass er die Rechnungen der *No. 1 Ladies' Detective Agency* beglich, obwohl sie doch klar und deutlich gesagt hatte, er solle seine Werkstatt weiter betreiben, während sie sich um ihre Kunden und deren aufwühlende Probleme kümmerte?

»Ich will nicht, dass du was bezahlst«, hatte Mma Ramotswe gesagt und ihn dabei so streng angesehen, dass er sie gleichzeitig fürchtete und bewunderte.

»Natürlich nicht«, hatte er eilig gesagt. »Daran habe ich überhaupt nicht gedacht.«

»Andererseits«, hatte Mma Ramotswe hinzugefügt, »brauchst du auch eine Sekretärin. Deine Rechnungen sind immer durcheinander, nicht wahr? Und du schreibst nie auf, was du deinen nutzlosen Lehrlingen bezahlst. Wahrscheinlich leihst du ihnen auch noch Geld. Führst du überhaupt Buch darüber?«

Mr. J. L. B. Maketoni hatte verlegen dreingeschaut. Wie hatte sie herausgefunden, dass ihm beide Lehrlinge mehr als sechshundert Pula schuldeten, die sie ihm anscheinend nicht zurückzahlen konnten?

»Willst du, dass sie für mich arbeitet?«, hatte er überrascht gefragt. »Und was ist mit ihrer Stellung als Detektivin?«

Mma Ramotswe hatte nicht gleich geantwortet. Sie hatte damals noch nicht weiter darüber nachgedacht, aber ein Plan nahm jetzt langsam Gestalt an. Wenn sie ihr Büro in die Werkstatt verlegte, könnte Mma Makutsi ihren Job als stellvertretende Detektivin behalten und gleichzeitig die Büroarbeiten für die Werkstatt erledigen. Mr. J. L. B. Matekoni könnte sich dafür an ihrem Gehalt beteiligen, was die Detektei von einer großen Last befreien würde. Dies würde, zusammen mit der Miete, die sie für ihre alten Büroräume bekäme, ihre finanzielle Lage erheblich verbessern.

Sie hatte Mr. J. L. B. Matekoni den Vorschlag unterbreitet, und obwohl er häufig Mma Makutsis Notwendigkeit angezweifelt hatte, musste er einsehen, wie vorteilhaft der Plan auch für ihn war – nicht zuletzt deshalb, weil er Mma Ramotswe glücklich machte. Und das war es schließlich, was er mehr als alles andere wollte.

Mma Ramotswe räusperte sich.

»Mma Makutsi«, begann sie. »Ich habe über die Zukunft nachgedacht.«

Mma Makutsi, die mit dem Ordnen der Akten fertig war, hatte ihnen beiden eine Tasse Buschtee gebraut und machte es sich für die halbstündige Pause, die sie sich üblicherweise um elf Uhr gönnte, bequem. Sie hatte angefangen, in einer Zeitschrift zu lesen – eine alte Ausgabe von *National Geographic* –, die ihr Cousin, ein Lehrer, ihr geliehen hatte.

»Die Zukunft? Ja, die ist immer interessant. Aber nicht so interessant wie die Vergangenheit, finde ich. In der Zeitschrift hier steht ein sehr guter Artikel, Mma Ramotswe«, sagte sie. »Wenn ich damit fertig bin, kriegen Sie ihn auch zum Lesen. Er handelt von unseren Vorfahren in Ostafrika. Es gibt dort einen Dr. Leakey. Das ist ein ganz berühmter Knochendoktor.«

»Knochendoktor?« Mma Ramotswe wunderte sich. Mma Makutsi wusste sich normalerweise hervorragend auszudrücken – sowohl auf Englisch als auch Setswana –, aber hin und wieder benutzte sie recht seltsame Begriffe. Was war das denn, ein Knochendoktor? Es erinnerte an einen Medizinmann, aber diesen Dr. Leakey konnte man doch sicher nicht als Medizinmann bezeichnen?

»Ja«, sagte Mma Makutsi, »er weiß alles über uralte Knochen. Er gräbt sie aus und erzählt uns was über unsere Vergangenheit. Hier – schauen Sie sich das an!«

Sie hielt ein Bild hoch, das zwei Seiten des Magazins einnahm. Mma Ramotswe blinzelte, um es erkennen zu können. Ihre Augen waren nicht mehr, was sie einmal waren, und sie fürchtete, dass es ihr früher oder später wie Mma Makutsi mit ihrer riesengroßen Brille ginge.

»Ist das dieser Dr. Leakey?«

Mma Makutsi nickte. »Ja, Mma«, sagte sie, »das ist er. Er hat einen Schädel in der Hand, der einem der ersten Menschen gehörte. Dieser Mensch lebte vor langer Zeit und ist sehr alt.«

Mma Ramotswes Neugier wurde geweckt. »Dieser sehr alte Mensch«, fragte sie. »Wer war das?«

»Die Zeitschrift behauptet, dass es ein Mensch ist, der gelebt hat, als es nur wenige Menschen gab«, erklärte Mma Makutsi. »Damals lebten alle in Ostafrika.«

»Alle?«

»Ja, alle. Meine Leute. Ihre Leute. Alle Leute. Wir stammen alle von derselben kleinen Gruppe von Vorfahren ab. Dr. Leakey hat es bewiesen.«

Mma Ramotswe war nachdenklich geworden. »Dann sind wir gewissermaßen alle Brüder und Schwestern?«

»So ist es«, sagte Mma Makutsi. »Wir sind alle die gleichen Menschen. Eskimos, Russen, Nigerianer. Sie sind wie wir. Das gleiche Blut. Gleiches DNA.«

»DNA?«, fragte Mma Ramotswe. »Was ist denn das?«

»Es ist etwas, was Gott benutzt hat, um die Menschen zu machen«, erklärte Mma Makutsi. »Wir bestehen alle aus DNA und Wasser.«

Mma Ramotswe ließ sich die Bedeutung dieser Offenbarungen durch den Kopf gehen. Sie wollte sich kein Urteil über Eskimos und Russen erlauben, aber Nigerianer waren etwas anderes. Mma Makutsi hatte jedoch Recht: wenn die universale Bruderschaft – und Schwesternschaft – irgendetwas bedeutete, müssten auch Nigerianer dazugehören.

»Wenn die Menschen das wüssten«, sagte sie, »wenn sie wüssten, dass wir alle von ein und derselben Familie abstammen, würden sie sicher netter zueinander sein, meinen Sie nicht auch?«

Mma Makutsi legte die Zeitschrift hin. »Bestimmt«, sagte sie. »Wenn sie es wüssten, würde es ihnen schwer fallen, einander Böses zu tun. Vielleicht würden sie sich gern ein bisschen mehr helfen.«

Mma Ramotswe schwieg. Es fiel ihr jetzt noch schwerer, Mma Makutsi von ihrem Plan zu erzählen, aber sie und Mr. J. L. B. Matekoni hatten eine Entscheidung getroffen, und es blieb ihr nichts anderes übrig, als ihr die schlechte Nachricht zu eröffnen.

»Das ist ja alles sehr interessant«, sagte sie und versuchte entschlossen zu klingen. »Ich muss über Dr. Leakey lesen, wenn ich mehr Zeit habe. Im Augenblick bin ich aber zu sehr damit beschäftigt, mir zu überlegen, wie ich diesen Betrieb über die Runden bringe. Unsere Bilanz sieht nämlich gar nicht gut aus. In meinem Betrieb sind die Ausgaben höher als die Einnahmen.«

Sie legte eine Pause ein und beobachtete, wie ihre Worte auf Mma Makutsi wirkten. Durch die Brille war es schwer zu erkennen, was sie dachte.

»Ich muss also was unternehmen«, fuhr sie fort. »Wenn ich nichts tue, kommt der Konkursverwalter oder der Leiter der Bank und nimmt uns alles weg. So etwas passiert Betrieben, die keinen Gewinn machen. Das ist schlimm.«

Mma Makutsi starrte auf ihren Schreibtisch. Dann sah sie Mma Ramotswe an. Die Zweige des Dornenbaums vor dem Fenster spiegelten sich in ihrer Brille. Mma Ramotswe fand das beunruhigend – es war, als ob man die Welt mit den Augen eines anderen betrachtete. Während sie darüber nachdachte, bewegte Mma Makutsi den Kopf, und Mma Ramotswe sah die Reflexion ihres eigenen roten Kleides.

»Ich tu mein Bestes«, sagte Mma Makutsi leise. »Ich hoffe, dass Sie mir noch eine Chance geben. Ich bin sehr froh, hier stellvertretende Detektivin zu sein. Ich will nicht für den Rest meines Lebens als Sekretärin arbeiten.«

Sie schwieg und sah Mma Ramotswe an. Wie war es wohl, dachte Mma Ramotswe, Mma Makutsi zu sein, Absolventin der Handelsschule von Botswana mit einem Abschlussergebnis von siebenundneunzig Prozent, die außer ein paar Verwandten in Bobonong niemanden hatte? Sie wusste, dass Mma Makutsi ihnen Geld schickte, weil sie einmal im Postamt gesehen hatte, wie sie eine Postanweisung für hundert Pula in Auftrag gab. Sie stellte sich vor, dass ihre Leute von der Beförderung gehört hatten und stolz darauf waren, dass es ihre Nichte, oder was sie auch immer für sie war, in Gaborone so weit gebracht hatte. Wohingegen die Wahrheit darin bestand, dass die Nichte aus reiner Barmherzigkeit ihre Stelle behielt und es tatsächlich Mma Ramotswe war, die die Leute in Bobonong unterstützte.

Sie räusperte sich. »Sie brauchen sich keine Sorgen zu machen«, sagte sie. »Sie bleiben natürlich stellvertretende Detektivin. Aber Sie müssen noch ein paar andere Aufgaben übernehmen, wenn wir ins Büro von *Tlokweng Road Speedy Motors* umziehen. Mr. J. L. B. Matekoni braucht Hilfe mit seinem Papierkram. Sie werden zur Hälfte Sekretärin sein und zur Hälfte stellvertretende Detektivin.« Sie schwieg und fügte dann eilig hinzu: »Aber Sie können sich natürlich immer stellvertretende Detektivin nennen. Das wird Ihr offizieller Titel sein.«

Für den Rest des Tages war Mma Makutsi stiller als sonst. Schweigend bereitete sie Mma Ramotswe den Nachmittagstee zu und reichte Ihr den Becher, ohne etwas zu sagen, aber am Ende des Tages schien sie sich mit ihrem Schicksal abgefunden zu haben.

»Ich nehme an, dass in Mr. J. L. B. Matekonis Büro ein großes Durcheinander herrscht«, sagte sie. »Ich kann mir nicht vorstellen, dass er seine Schreibarbeiten ordentlich erledigt. Männer mögen solche Sachen nicht.«

Mma Ramotswe war über den Stimmungsumschwung erleichtert. »In seinem Büro herrscht wirklich ein Chaos«, sagte sie. »Sie werden ihm einen großen Gefallen tun, wenn Sie die Dinge in Ordnung bringen.«

»Wir haben in der Schule gelernt, wie man das macht«, sagte Mma Makutsi. »Sie haben uns einmal in ein Büro geschickt, in dem es wirklich schlimm aussah. Wir mussten dann alles in Ordnung bringen. Wir waren zu viert – ich und drei hübsche Mädchen. Diese Mädchen unterhielten sich die ganze Zeit mit den Männern im Büro, während ich die gesamte Arbeit erledigte.«

»Ach!«, sagte Mma Ramotswe. »Das kann ich mir vorstellen.«

»Ich ackerte bis acht Uhr abends«, fuhr Mma Makutsi fort. »Die anderen gingen mit den Männern um fünf in eine Kneipe und ließen mich allein. Am nächsten Morgen sagte der Direktor der Schule, wir hätten alle miteinander gute Arbeit geleistet und würden für diese Aufgabe die beste Note bekommen. Die Mädchen freuten sich. Sie sagten, ich hätte zwar am meisten aufgeräumt, aber sie hätten den schwierigeren Teil erledigt, als sie dafür gesorgt hätten, dass die Männer mir nicht im Weg waren. Sie waren felsenfest davon überzeugt.«

Mma Ramotswe schüttelte den Kopf. »Nutzlose Wesen, diese Mädchen«, sagte sie. »Heutzutage gibt es zu viele von ihrer Sorte in Botswana. Aber immerhin wissen Sie, dass Sie erfolgreich sind. Sie sind schließlich stellvertretende Detektivin geworden und die anderen? Nichts, vermutlich.«

Mma Makutsi nahm ihre große Brille ab und polierte die Gläser sorgfältig mit der Ecke eines Taschentuchs.

»Zwei von ihnen sind mit sehr reichen Männern verheiratet«, sagte sie. »Sie haben große Häuser drüben beim *Sun Hotel*. Ich habe sie mit ihren teuren Sonnenbrillen herumspazieren sehen. Die Dritte ist nach Südafrika gezogen und Model geworden. Ich habe ihr Bild in einer Zeitschrift gesehen. Ihr Mann ist Fotograf bei diesem Magazin. Auch er hat eine Menge Geld und sie ist glücklich. Man nennt ihn Polaroid-Khumalo. Er sieht gut aus und ist berühmt.«

Sie setzte ihre Brille wieder auf und sah Mma Ramotswe an.

»Auch für Sie wird es eines Tages einen Ehemann geben«, sagte Mma Ramotswe. »Und dieser Mann wird ein sehr glücklicher Mann sein.«

Mma Makutsi schüttelte den Kopf. »Ich glaube nicht, dass ich heiraten werde«, sagte sie. »In Botswana gibt es nicht genug Männer. Das ist eine bekannte Tatsache. Alle Männer sind inzwischen verheiratet, und keiner ist mehr übrig.«

»Nun, Sie müssen ja nicht heiraten«, sagte Mma Ramotswe. »Alleinstehende Mädchen können heutzutage ein sehr angenehmes Leben führen. Ich bin alleinstehend. Ich bin auch nicht verheiratet.«

»Aber Sie werden Mr. J. L. B. Matekoni heiraten«, sagte Mma Makutsi. »Sie werden nicht mehr lange alleinstehend sein. Sie könnten ...«

»Ich müsste ihn nicht heiraten«, unterbrach sie Mma Ramotswe. »Ich war mit meinem Leben zufrieden. Ich hätte ohne weiteres allein bleiben können.«

Sie schwieg. Sie bemerkte, dass Mma Makutsi ihre Brille wieder abgenommen hatte und erneut polierte.

Mma Ramotswe dachte einen Augenblick nach. Sie hatte es noch nie fertig gebracht zuzusehen, wie jemand unglücklich war und nichts dagegen zu unternehmen. Für eine Privatdetektivin war dies ein problematischer Charakterzug, weil ihre Arbeit oft viel Kummer mit sich brachte, aber sie konnte nicht härter werden, mochte sie sich noch so sehr darum bemühen. »Ach, und da ist noch etwas«, sagte sie. »Ich habe Ihnen ja noch gar nicht mitgeteilt, dass Ihr neuer Job Sie zur stellvertretenden Werkstattleiterin von *Tlokweng Road Speedy Motors* macht. Es ist keine reine Sekretariatsarbeit.«

Mma Makutsi blickte auf und lächelte.

»Wunderbar«, sagte sie. »Sie sind sehr freundlich.«

»Und es wird auch mehr Geld geben«, sagte Mma Ramotswe und warf alle Vorsicht über Bord. »Nicht viel mehr, aber ein bisschen. Sie werden Ihren Angehörigen in Bobonong etwas mehr Geld schicken können.«

Mma Makutsi schien diese Nachricht ungeheuer aufzuheitern, und sie erledigte die letzten Aufgaben des Tages – das Abtippen mehrerer Briefe, die Mma Ramotswe entworfen hatte – mit Elan. Jetzt war es Mma Ramotswe, die verdrossen dreinschaute. Alles Dr. Leakeys Schuld, dachte sie bei sich. Ohne ihn wäre sie nicht so weich geworden. Jetzt hatte sie Mma Makutsi nicht nur erneut befördert, sondern ihr auch noch, ohne es mit Mr. J. L. B. Matekoni ausgemacht zu haben, eine Gehaltserhöhung versprochen. Natürlich müsste sie es ihm sagen, aber vielleicht nicht sofort ... Für solche problematischen Dinge gab es immer einen richtigen Moment, man musste ihn nur abwarten. Ab und zu zeigten sich Männer auch von ihrer schwachen Seite; war dieser Moment gekommen, ließ sich ein Mann fast spielerisch manipulieren. Aber man musste warten können.

Kapitel 2

Sie campierten im Okavangobecken außerhalb von Maun im Schutz hoher Mopane-Bäume. Nach Norden hin, kaum eine halbe Meile entfernt, erstreckte sich der See – ein blaues Band im Braun und Grün des Busches. Das Gras der Savanne war hier dicht und saftig, die Tiere dadurch gut vor Blicken geschützt. Wollte man Elefanten sehen, musste man sehr aufmerksam sein, denn die üppige Vegetation machte es schwierig, die massigen grauen Formen der Elefanten zu erkennen, wenn sie langsam durch ihre Futterplätze schritten.

Das Lager, eine Ansammlung von fünf oder sechs großen Zelten, die im Halbrund aufgebaut waren, gehörte einem Mann, der als Rra Pula, Mr. Regen, bekannt war. Diesen Namen hatte er dem Glauben zu verdanken – dessen solide Grundlage sich immer wieder feststellen ließ –, dass er mit seiner Gegenwart den dringend benötigten Regen brachte. Rra Pula hatte überhaupt nichts dagegen, dass dieser Glaube sich festsetzte. Regen bedeutete Glück. Deshalb der Ausruf Pula! Pula! Pula!, wenn Glück gefeiert oder erfleht wurde. Er war ein schmalgesichtiger Mann mit der ledrigen, sonnengefleckten Haut eines Weißen, der ein Leben lang afrikanischer Sonne ausgesetzt gewesen war. Die Sommersprossen und Sonnenflecken waren mittlerweile ineinander übergegangen und hatten ihn vollständig braun gemacht – wie einen bleichen Keks, der in den Ofen geschoben worden war.

»Er wird langsam wie wir«, sagte einer seiner Männer, als sie eines Nachts am Feuer saßen. »Irgendwann wird er aufwachen und ein Motswana sein – mit der gleichen Farbe wie wir.«

»Du kannst aus einem Menschen keinen Motswana machen, indem du seine Hautfarbe veränderst«, sagte ein anderer. »Ein Motswana ist auch innen ein Motswana. Ein Zulu ist von außen genau wie wir, aber innen bleibt er ein Zulu. Du kannst auch aus einem Zulu keinen Motswana machen. Sie sind einfach anders.«

Es wurde still um das Feuer, während sie über die Worte nachgrübelten.

»Ganz verschiedene Dinge machen dich zu dem, was du bist«, sagte ein Fährtensucher schließlich. »Aber das Wichtigste ist der Bauch deiner Mutter. Dort bekommst du die Milch, die dich zu einem Motswana oder Zulu macht. Motswana-Milch – Motswana-Kind. Zulu-Milch – Zulu-Kind.«

»Im Bauch kriegst du keine Milch«, sagte einer der Jüngeren. »So funktioniert das nicht.«

Der Ältere starrte ihn an. »Was trinkst du dann in den ersten neun Monaten, Mr. Clever? Mr. Akademiker? Willst du etwa behaupten, dass du das Blut deiner Mutter trinkst? Wie?«

Der jüngere Mann schüttelte den Kopf. »Ich weiß nicht, was du da trinkst«, sagte er. »Aber du kriegst erst Milch, wenn du geboren bist. Da bin ich ganz sicher.«

Der Ältere sah ihn verächtlich an. »Du weißt überhaupt nichts. Hast du vielleicht Kinder? Was weißt du denn schon? Ein Mann ohne Kinder, der über Kinder redet, als ob er eine Menge davon hätte. Ich habe fünf. Fünf Kinder.«

Er hielt die Finger einer Hand in die Höhe. »Fünf Kinder«, wiederholte er. »Und alle fünf wurden mit der Milch ihrer Mutter gemacht.«

Sie schwiegen. An einem anderen Feuer saßen auf Stühlen statt auf Baumstämmen Rra Pula und seine beiden Kunden. Der Klang ihrer Stimmen, unverständliches Gemurmel, war zu den Männern herüber gedriftet, aber jetzt waren sie still. Plötzlich stand Rra Pula auf.

»Da draußen ist was«, sagte er. »Ein Schakal vielleicht. Manchmal kommen sie nah ans Feuer heran. Andere Tiere halten Abstand.«

Einer seiner Kunden, ein Mann mittleren Alters mit einem breitkrempigen Schlapphut erhob sich und blickte in die Dunkelheit.

»Würde auch ein Leopard so nah herankommen?«, fragte er.

»Niemals«, sagte Rra Pula. »Das sind sehr scheue Kreaturen.«

Eine Frau, die auf einem Klappstuhl aus Segeltuch saß, drehte abrupt den Kopf.

»Da ist ganz bestimmt was«, sagte sie. »Hören Sie!«

Rra Pula setzte den Becher in seiner Hand ab und rief seinen Männern zu: »Simon! Motopi! Bringt mir eine Taschenlampe – einer von euch! Aber schnell!«

Der jüngere Mann stand auf und eilte zum Zelt mit der Ausrüstung. Als er zu seinem Boss ging, um ihm die Taschenlampe zu reichen, hörte auch er das Geräusch, knipste die Lampe an und richtete den kräftigen Strahl auf die Dunkelheit um das Lager herum. Sie sahen die Konturen von Büschen und niedrigen Bäumen, alle merkwürdig flach und eindimensional im zuckenden Lichtschein der Taschenlampe.

»Verscheuchen wir das Tier damit nicht?«, fragte die Frau.

»Schon möglich«, sagte Rra Pula. »Aber wir wollen auch keine Überraschungen, oder?«

Das Licht schwenkte im Kreis herum und zuckte kurz in die Höhe, um die Blätter eines Dornenbaums zu beleuchten. Dann senkte es sich zu den Baumwurzeln, und dort sahen sie es.

»Es ist ein Kind«, sagte der Mann mit dem Schlapphut erstaunt. »Ein Kind? Hier draußen?«

Das Kind war auf allen vieren. Vom Lichtstrahl getroffen verhielt es sich wie ein Tier im Scheinwerferlicht eines Autos – entscheidungsunfähig, wie erstarrt.

»Motopi!«, rief Rra Pula. »Hol das Kind! Bring es her!«

Der Mann mit der Taschenlampe ging eilig durchs Gras und richtete den Lichtstrahl auf die kleine Gestalt. Als er das Kind erreichte, zog es sich ruckartig in die Dunkelheit zurück, aber irgendwas schien es aufzuhalten, es stolperte und fiel hin. Der Mann streckte die Arme aus und ließ dabei die Taschenlampe fallen. Es schepperte, als sie auf einen Stein aufprallte, und das Licht ging aus. Aber der Mann hatte das um sich tretende und sich windende Kind schon eingefangen und hielt es in die Höhe.

»Kämpf nicht mit mir, Kleiner«, sagte er auf Setswana. »Ich tu dir nichts. Ich tu dir ja nichts.«

Das Kind trat weiter um sich, und sein Fuß traf den Bauch des Mannes.

»Mach das nicht!« Der Mann schüttelte das Kind, hielt es mit einer Hand fest und schlug ihm mit der anderen auf die Schulter.

»Da! Das kriegst du, wenn du deinen Onkel trittst! Und wenn du nicht aufpasst, kriegst du noch mehr!«

Das Kind, überrascht von dem Schlag, leistete keinen Widerstand mehr. Seine Arme und Beine wurden schlaff.

»Und außerdem«, murmelte der Mann, als er zum Feuer von Rra Pula hinüberging, »stinkst du.«

Er setzte den Jungen auf dem Boden neben dem Tisch mit der Kerosinlampe ab, hielt ihn aber weiter am Handgelenk fest, damit er nicht weglaufen oder einen der Weißen treten konnte.

»Das ist also unser kleiner Schakal«, sagte Rra Pula und sah den Jungen an.

»Er ist nackt«, sagte die Frau. »Er hat keinen einzigen Fetzen am Leib.«

»Wie alt mag er wohl sein?«, fragte einer der Männer. »Er kann nicht älter als sechs oder sieben sein. Höchstens.«

Rra Pula nahm die Lampe und hielt sie näher an das Kind heran. Das Licht glitt über eine Haut, die kreuz und quer mit winzigen Narben und Kratzern bedeckt war. Es sah aus, als hätte man ihn durch einen Dornenbusch geschleift. Der Bauch war nach innen gewölbt, die Rippen zu sehen. Das kleine Hinterteil war eingesunken und fleischlos. Und an einem Fuß zog sich über den ganzen Spann eine offene Wunde mit weißem Rand um eine dunkle Mitte.

Der Junge blickte zur Lampe hoch und schien vor seinen Betrachtern zurückzuweichen.

»Wer bist du?«, fragte Rra Pula auf Setswana. »Woher kommst du?«

Das Kind starrte weiter ins Licht und reagierte nicht auf die Frage.

»Versuch es auf Kalanga«, sagte Rra Pula zu Motopi. »Probier Kalanga, dann Herero. Er könnte ein Herero sein. Oder ein Mosarwa. Du kannst dich in diesen Sprachen verständigen, Motopi. Sieh mal, ob du irgendwas aus ihm rausholen kannst.«

Der Mann ging in die Hocke, um auf gleicher Höhe mit dem Kind zu sein. Er fing in einer Sprache an, artikulierte die Wörter sorgfältig und fuhr dann, als er keine Reaktion feststellte, in einer anderen Sprache fort. Der Junge blieb stumm.

»Ich glaube nicht, dass er sprechen kann«, sagte der Mann. »Ich glaube, er versteht nicht, was ich sage.«

Die Frau kam näher und streckte die Hand aus, um die Schulter des Kindes zu berühren.

»Du armes kleines Ding«, sagte sie. »Du siehst aus, als ob –«

Sie schrie auf und zog die Hand schnell zurück. Der Junge hatte sie gebissen.

Motopi packte den rechten Arm des Kindes und zerrte es auf die Füße. Dann beugte er sich vor und schlug es heftig ins Gesicht. »Nein«, brüllte er. »Böses Kind!«

Die Frau schubste den Mann zur Seite. »Schlagen Sie ihn nicht!«, schrie sie. »Er hat Angst! Können Sie das nicht sehen? Er wollte mir bestimmt nicht wehtun. Ich hätte ihn nicht anfassen sollen.«

»Man darf nicht zulassen, dass ein Kind andere Leute beißt, Mma«, sagte der Mann ruhig. »Das mögen wir nicht.«

Die Frau hatte sich ein Taschentuch um die Hand gewickelt, aber Blut war durchgesickert und bildete einen kleinen Fleck.

»Ich gebe Ihnen Penicillin dafür«, sagte Rra Pula. »Der Biss eines Menschen kann gefährlich sein.«

Sie sahen auf das Kind hinunter, das sich hingelegt hatte, als ob es schlafen wollte, aber zu ihnen hochblickte und sie genau zu beobachten schien.

»Das Kind hat einen merkwürdigen Geruch«, sagte Motopi. »Ist Ihnen das aufgefallen, Rra Pula?«

Rra Pula schnüffelte. »Ja«, sagte er. »Vielleicht ist es die Wunde. Sie eitert.«

»Nein«, sagte Motopi. »Ich habe eine sehr gute Nase. Ich kann die Wunde riechen, aber es ist noch was anderes. Es ist ein Geruch, den kein Kind normalerweise an sich hat.«

»Wie?«, fragte Rra Pula. »Du weißt, was es ist?«

Motopi nickte. »Ja«, sagte er. »Es ist der Geruch eines Löwen. Nichts anderes riecht so – nur ein Löwe.«

Sekundenlang blieb es still. Dann lachte Rra Pula. »Seife und Wasser werden das in Ordnung bringen«, sagte er. »Und etwas für die Wunde an seinem Fuß. Schwefelpulver sollte sie austrocknen.«

Motopi hob das Kind vorsichtig hoch. Der Junge starrte ihn an und duckte sich, sträubte sich aber nicht.

»Wasch ihn und bring ihn dann in euer Zelt«, befahl ihm Rra Pula. »Und pass auf, dass er nicht wegläuft.«

Die Gäste kehrten an ihre Plätze am Feuer zurück. Die Frau wechselte mit dem Mann einen Blick. Er zog eine Augenbraue in die Höhe und zuckte mit den Achseln.

»Woher um alles in der Welt ist der Junge gekommen?«, fragte sie Rra Pula, der mit einem angekohlten Stock im Feuer stocherte.

»Aus einem der Dörfer, nehme ich an«, sagte er. »Das nächste liegt etwa zwanzig Meilen von hier entfernt – dort drüben. Wahrscheinlich ist er ein Hirtenjunge, der sich verlaufen hat und in den Busch gewandert ist. Es passiert ab und zu.«

»Aber weshalb hat er nichts an?«

Er zuckte mit den Schultern. »Manchmal tragen die Hirtenjungen nur einen kleinen Lendenschurz. Seiner ist wahrscheinlich an einem Dornenbusch hängen geblieben. Vielleicht hat er ihn auch irgendwo liegen gelassen.«

Er blickte zu der Frau hoch. »Solche Dinge passieren oft in Afrika. Viele Kinder gehen verloren. Sie tauchen wieder auf, ihnen geschieht nichts. Sie machen sich doch nicht etwa Sorgen um ihn?«

Die Frau runzelte die Stirn. »Natürlich mache ich mir Sorgen. Es hätte ihm alles Mögliche passieren können. Was ist mit den wilden Tieren? Ein Löwe hätte ihn anfallen können. Alles Mögliche hätte ihm passieren können!«

»Ja«, sagte Rra Pula. »Stimmt. Aber es ist ihm nichts passiert. Wir bringen ihn morgen nach Maun zur Polizei. Sie kann sich um die Sache kümmern. Sie wird herausfinden, wo er herkommt und ihn nach Hause bringen.«

Die Frau schien sich weiter Gedanken zu machen. »Warum hat Ihr Fährtensucher vorhin gesagt, dass er wie ein Löwe riecht? Ist das nicht ein bisschen merkwürdig, so was zu sagen?«

Rra Pula lachte. »Die Leute sagen viele merkwürdige Sachen hier oben. Sie sehen die Dinge anders. Der Mann, Motopi, ist ein ausgezeichneter Fährtensucher. Aber er redet über Tiere, als ob sie Menschen wären. Er behauptet, dass sie ihm Dinge sagen. Er sagt, dass er die Angst eines Tieres riechen kann. So redet er eben.«

Sie saßen noch eine Weile schweigend da, und dann verkündete die Frau, dass sie sich schlafen legen würde. Sie wünschten sich gegenseitig eine gute Nacht, und Rra Pula und der Mann saßen noch eine halbe Stunde am Feuer, sprachen wenig und beobachteten, wie die Holzscheite langsam verkohlten und die Funken in den Himmel flogen. Im Zelt lag Motopi ruhig da – er hatte sich vor dem Ausgang ausgestreckt, um dem Kind den Weg zu versperren. Aber es war unwahrscheinlich, dass es verschwinden würde; kaum hatte er es ins Zelt gelegt, war es schon eingeschlafen. Jetzt beobachtete Motopi das Kind mit einem Auge, über das sich ein schweres Lid senkte. Der Junge, über den er eine leichte Fellweste gebreitet hatte, atmete tief. Er hatte das Stück Fleisch, das man ihm gegeben hatte, gegessen. Er hatte es gierig mit den Zähnen zerrissen und die große Tasse Wasser, die sie ihm gereicht hatten, hastig geleert. Dabei hatte er die Flüssigkeit wie ein Tier an einer Wasserstelle aufgeschleckt. Der seltsame Geruch war immer noch da, dieser modrigbeißende Geruch, der Motopi so stark an einen Löwen erinnerte. Aber warum, fragte er sich, roch ein Kind wohl nach Löwe?

Kapitel 3

Auf der Fahrt zu *Tlokweng Road Speedy Motors* hatte Mma Ramotswe beschlossen, Mr. J. L. B. Matekoni reinen Wein einzuschenken. Sie wusste, dass sie ihre Befugnisse überschritten hatte, als sie Mma Makutsi zur stellvertretenden Werkstattleiterin beförderte. Sie selbst hätte es ihm auch stark verübelt, wenn er versucht hätte, ihre Angestellten zu befördern. Und ihr war klar geworden, dass sie ihm genau erklären müsste, wie es dazu gekommen war. Er war ein guter Mann, und obwohl er Mma Makutsi immer für einen Luxus gehalten hatte, den Mma Ramotswe sich eigentlich nicht leisten konnte, würde er sicher verstehen, wie wichtig es für diese war, in einer bestimmten Position zu sein. Schließlich spielte es überhaupt keine Rolle, ob sich Mma Makutsi nun stellvertretende Werkstattleiterin nannte oder nicht, solange sie ihre Arbeit erledigte. Aber da war noch die Gehaltserhöhung, und das wäre schon schwieriger zu erklären.

Am späteren Nachmittag war Mma Ramotswe also mit ihrem winzigen weißen Lieferwagen unterwegs, den Mr. J. L. B. Matekoni erst kürzlich für sie in Schuss gebracht hatte. Das Auto fuhr jetzt prima, nachdem Mr. J. L. B. Matekoni eine Menge Zeit fürs Herumbasteln am Motor geopfert hatte. Er hatte vieles gegen brandneue Ersatzteile ausgetauscht, die er im Ausland bestellt hatte. Zum Beispiel einen neuen Vergaser und eine völlig neue Bremsanlage. Mma Ramotswe brauchte das Bremspedal jetzt nur noch anzutippen und der Lieferwagen kam quietschend zum Halt. Früher, bevor Mr. J. L. B. Matekoni ein so großes Interesse an ihrem Wagen entwickelt hatte, musste Mma Ramotswe drei oder vier Mal energisch aufs Bremspedal treten, bevor das Auto überhaupt langsamer fuhr.

»Ich werde wohl niemandem mehr hinten reinfahren«, sagte Mma Ramotswe dankbar, als sie die neue Bremse zum ersten Mal ausprobierte. »Ich werde anhalten können, wann ich will.«

Mr. J. L. B. Matekoni blickte sie erschrocken an. »Es ist sehr wichtig, gute Bremsen zu haben«, sagte er. »Lass sie nie mehr in diesen Zustand geraten! Sag mir Bescheid – ich werde dafür sorgen, dass sie immer tipptopp sind.«

»Mach ich«, versprach Mma Ramotswe. Sie war nicht sonderlich an Autos interessiert, obwohl sie ihren winzigen weißen Lieferwagen, der ihr immer so treu gedient hatte, von Herzen liebte. Sie verstand nicht, warum Leute sich nach einem Mercedes sehnen konnten, wenn es doch so viele andere Autos gab, die einen sicher ans Ziel und wieder zurück brachten, ohne dass man für sie ein Vermögen ausgeben musste. Dieses Interesse an Autos war ihrer Meinung nach eine männliche Eigenart, die sich bereits bei kleinen Jungen bemerkbar machte, wenn sie sich Modellautos aus Draht bastelten. Und diese Leidenschaft verging nie. Warum eigentlich fanden Männer Autos so interessant? Ein Auto war schließlich nur eine Maschine. Dann sollte man eigentlich meinen, dass Männer sich auch für Waschmaschinen oder Bügeleisen interessierten. Aber weit gefehlt! Sah man jemals Männer in der Gegend rumstehen und über Waschmaschinen diskutieren?

Sie fuhr bei *Tlokweng Road Speedy Motors* vor und stieg aus. Im Büro schien niemand zu sein, was bedeutete, dass Mr. J. L. B. Matekoni wahrscheinlich in der Werkstatt unter einem Auto lag oder seinen verflixten Lehrlingen irgendeinen komplizierten Sachverhalt aus der Mechanik zu vermitteln versuchte. Er hatte Mma Ramotswe von seinen verzweifelten Bemühungen erzählt, etwas aus diesen Burschen zu machen. Sie war voller Mitgefühl gewesen, denn es war nicht leicht, junge Leute von der Notwendigkeit der Arbeit zu überzeugen. Sie erwarteten, alles auf einem Silbertablett serviert zu bekommen. Keiner schien zu begreifen, dass alles, was sie in Botswana hatten – und das war eine Menge –, durch harte Arbeit und Selbstlosigkeit erworben worden war. Botswana hatte sich niemals Geld geliehen, um anschließend in Schulden zu versinken, wie es so vielen anderen Ländern in Afrika ergangen war. Sie hatten gespart und gespart und Geld sehr vorsichtig ausgegeben. Über jeden Cent, jeden Thebe war Buch geführt worden. Nichts war in die Taschen von Politikern gewandert. Wir können stolz auf unser Land sein, dachte Mma Ramotswe, und ich bin es. Ich bin stolz auf unseren Präsidenten Seretse Khama und darauf, dass er aus einem Gebiet, das die Briten ignorierten, ein neues Land geschaffen hat. Vielleicht war ihnen ja nicht viel an uns gelegen, dachte sie, aber jetzt wissen sie wenigstens, wozu wir fähig sind. Das haben sie an uns bewundert. Sie hatte gelesen, was der amerikanische Botschafter gesagt hatte: »Wir salutieren vor den Menschen von Botswana für das, was sie geschafft haben«, hatte er verkündet. Sie glühte vor Stolz, wenn sie an diese Worte dachte. Sie wusste, dass Leute im Ausland, Leute in jenen fernen und eher Angst einflößenden Ländern eine hohe Meinung von Botswana hatten.

Ja, es war gut, Afrikanerin zu sein. Es passierten fürchterliche Dinge in Afrika, Dinge, die einen beschämten und verzweifeln ließen, aber das allein war es nicht, was Afrika ausmachte. Wie groß das Leiden der Menschen in Afrika auch war, wie schrecklich die Grausamkeiten und das Chaos, das die Soldaten – oft nur kleine Jungen mit Waffen – anrichteten, es gab trotz allem noch vieles in Afrika, worauf man stolz sein konnte. Auf die Güte zum Beispiel und die Fähigkeit zu lächeln und die Kunst und die Musik.

Sie ging zum Werkstatteingang ums Haus herum. Zwei Autos waren in der Werkstatt, eins auf der Rampe, das andere an einer Wand geparkt, die Batterie mit einem Ladegerät verbunden. Mehrere Teile lagen auf dem Boden – ein Auspuff und etwas Unbekanntes – und unter dem Auto auf der Rampe stand ein offener Werkzeugkasten. Aber von Mr. J. L. B. Matekoni keine Spur.

Erst als einer der Lehrlinge aufstand, bemerkte Mma Ramotswe ihre Anwesenheit. Sie hatten, an ein leeres Ölfass gelehnt, auf dem Boden gesessen und ein traditionelles Steinspiel gespielt. Der größere von beiden, der aufgestanden war und dessen Name sie sich nie merken konnte, wischte sich die Hände an seinem schmutzigen Overall ab.

»Hallo, Mma«, sagte er. »Er ist nicht da, der Boss. Er ist nach Hause gegangen.«

Der Lehrling grinste sie auf eine leicht anzügliche Weise an. Es war so eine Art vertrauliches Grinsen, mit dem er vielleicht die Mädchen beim Tanzen beglückte. Sie wusste über die jungen Männer Bescheid. Mr. J. L. B. Matekoni hatte gesagt, sie seien nur an Mädchen interessiert, und das hielt sie für reichlich wahrscheinlich. Traurig war nur, dass es vermutlich genügend Mädchen gab, die an solchen Jungs mit ihren dick pomadisierten Haaren und blitzend weißen Zähnen interessiert waren.

»Warum ist er denn so früh nach Hause gegangen?«, fragte sie. »Ist die Arbeit schon fertig? Sitzt ihr deshalb hier rum?«

Der Lehrling lächelte. Er sah aus, als wüsste er etwas, und sie hätte gerne erfahren, um was es sich handelte. Oder war es nur seine herablassende Art, mit der er vermutlich alle Frauen behandelte?

»Nein«, erwiderte er und schaute zu seinem Freund hinunter. »Wir sind noch lange nicht fertig. Als Nächstes kommt das Fahrzeug dort drüben dran.« Er deutete lässig zum Auto auf der Rampe.

Jetzt erhob sich auch der andere. Er hatte etwas gegessen und um den Mund einen dünnen Mehlrand. Wie würde das den Mädchen wohl gefallen, dachte Mma Ramotswe schadenfroh. Sie stellte sich vor, wie er, von der Mehlspur um seinen Mund nichts ahnend, den Charmeur spielte. Er sah ja normalerweise nicht übel aus, aber mit der weißen Umrandung seiner Lippen würde er nur Gelächter ernten und kein Herzklopfen verursachen.

»Der Boss ist neuerdings öfter weg«, sagte der zweite Lehrling. »Manchmal geht er schon um zwei. Er lässt uns dann die ganze Arbeit machen.«

»Aber da gibt's ein Problem«, warf der andere ein. »Wir können nicht alles allein machen. Wir kennen uns zwar mit Autos gut aus, aber alles haben wir schließlich noch nicht gelernt, verstehen Sie?«

Mma Ramotswe schaute hoch zum Auto auf der Rampe. Es war einer der alten französischen Kombis, die in einigen Teilen Afrikas sehr beliebt waren.

»Zum Beispiel das da«, sagte der erste Lehrling. »Aus seinem Auspuff kommt Dampf. Eine riesige Wolke. Das bedeutet, dass eine Dichtung kaputt ist und das Kühlmittel in die Kolbenkammer dringt. Es zischt. Das macht viel Dampf.«

»Schön, schön«, sagte Mma Ramotswe. »Und warum

reparierst du's dann nicht? Mr. J. L. B. Matekoni kann dich nicht ständig an die Hand nehmen, oder?«

Der Jüngere zog einen Flunsch. »Denken Sie vielleicht, dass das einfach ist, Mma? Haben Sie denn schon mal versucht, den Zylinderkopf von einem Peugeot zu entfernen?«

Mma Ramotswe machte eine beschwichtigende Geste. »Ich wollte dich nicht kritisieren«, sagte sie. »Warum bittest du Mr. J. L. B. Matekoni nicht, es dir zu zeigen?«

Der Ältere sah verärgert aus. »Das ist alles gut und schön, Mma. Aber das Problem ist, dass er es eben nicht tut. Und dann geht er einfach nach Hause, und wir können es dann den Kunden erklären. Das gefällt ihnen aber nicht. Sie sagen: Wo ist mein Auto? Wie soll ich irgendwo hinkommen, wenn ihr tagelang braucht, um mein Auto zu reparieren? Soll ich vielleicht zu Fuß gehen wie jemand, der kein Auto hat? Solche Sachen sagen sie, Mma.«

Mma Ramotswe schwieg einen Augenblick. Es erschien ihr so unwahrscheinlich, dass Mr. J. L. B. Matekoni, der sonst immer absolut zuverlässig war, so etwas in seinem eigenen Betrieb zuließ. Er hatte ja gerade so einen guten Ruf erworben, weil er alle Reparaturen schnell und gut ausführte. Wenn jemand mit einer Arbeit, die er erledigt hatte, unzufrieden war, hatte er das Recht, sein Auto zurückzubringen. Dann beseitigte Mr. J. L. B. Matekoni das Problem, ohne etwas dafür zu berechnen. So hatte er immer gearbeitet, und es erschien undenkbar, dass er einen Wagen auf der Rampe und noch dazu in der Obhut dieser beiden Lehrlinge ließ, die so wenig von Motoren zu verstehen schienen und denen jede Schlamperei zuzutrauen war.

Sie beschloss, den älteren Lehrling noch ein bisschen auszuquetschen. »Willst du mir vielleicht erzählen«, sagte sie mit gesenkter Stimme, »dass diese Autos hier Mr. J. L. B. Matekoni *egal* sind?«

Der Lehrling starrte sie an. Frech ließ er es zu, dass ihre Blicke sich trafen. Wenn er wüsste, was gutes Benehmen ist, dachte Mma Ramotswe, würde er mir nicht in die Augen sehen. Er würde zu Boden blicken, wie es sich für einen Jüngeren in Gegenwart eines älteren Menschen geziemt.

»Ja«, sagte der Lehrling. »In den letzten zehn Tagen scheint Mr. J. L. B. Matekoni das Interesse an der Werkstatt verloren zu haben. Erst gestern hat er mir gesagt, dass er in sein Dorf zurückgehen will und ich in dieser Zeit in der Werkstatt die Verantwortung übernehmen soll. Er sagte, ich soll mein Bestes tun.«

Mma Ramotswe holte tief Luft. Sie war sicher, dass der junge Mann ihr die Wahrheit sagte, aber es war eine Wahrheit, die sich schwer glauben ließ.

»Und da ist noch etwas«, sagte der Lehrling und wischte sich die Hände an einem Öllappen ab. »Er hat den Ersatzteillieferanten seit zwei Monaten nicht bezahlt. Sie haben neulich angerufen, als er früh gegangen war, und ich bin ans Telefon gegangen. Stimmt's, Siletsi?«

Der andere nickte.

»Jedenfalls«, fuhr er fort. »Jedenfalls sagten sie, wenn wir nicht innerhalb von zehn Tagen bezahlen, bekämen wir keine Ersatzteile mehr geliefert. Sie sagten, ich solle es Mr. J. L. B. Matekoni ausrichten und ihm den Kopf gerade rücken. Das haben sie gesagt. Ich – dem Chef. Das haben sie tatsächlich zu mir gesagt.«

»Und hast du's gemacht?«, fragte Mma Ramotswe.

»Hab ich«, sagte er. »Ich habe gesagt: Ein Wort unter vier Augen, Rra. Nur ein Wort. Dann habe ich es ihm gesagt.«

Mma Ramotswe beobachtete seine Miene. Es war deutlich zu sehen, dass ihm die Rolle des besorgten Angestellten sehr zusagte, eine Rolle, die er vermutlich noch nie hatte übernehmen dürfen.

»Und dann? Was hat er auf deinen Rat hin gesagt?«

Der Lehrling schniefte und wischte sich die Nase mit der Hand ab.

»Er sagte, er würde versuchen, sich darum zu kümmern. Das hat er gesagt. Aber wissen Sie, was ich denke? Wissen Sie, was ich denke, was passiert ist, Mma?«

Mma Ramotswe guckte ihn erwartungsvoll an.

»Ich denke, dass Mr. J. L. B. Matekoni kein Interesse mehr an seiner Werkstatt hat. Ich denke, er hat genug und will sie uns übergeben. Und dann will er aufs Land ziehen und Melonen anbauen. Er ist ein alter Mann geworden, Mma. Er hat einfach genug.«

Mma Ramotswe schnaubte. Die Unverfrorenheit, mit der dieser Lehrling diese Behauptung aufstellte, war unglaublich: Hier stand dieser ... dieser *nutzlose* Lehrling, der vor allem für seine Fähigkeit bekannt war, an der Werkstatt vorbeigehende Mädchen zu belästigen, derselbe Lehrling, den Mr. J. L. B. Matekoni einmal dabei erwischt hatte, wie er mit einem Hammer auf einen Motor losging, hier stand er also und behauptete, Mr. J. L. B. Matekoni wäre bereit, sich zur Ruhe zu setzen!

Sie brauchte fast eine volle Minute, um sich so weit zu erholen, dass sie antworten konnte.

»Du bist ein ganz unverschämter Kerl«, sagte sie schließlich. »Mr. J. L. B. Matekoni hat nicht sein Interesse an der Werkstatt verloren. Und er ist kein alter Mann. Er ist erst Anfang vierzig, was überhaupt nicht alt ist, egal was ihr denkt. Und er hat absolut nicht vor, euch die

Werkstatt zu übergeben. Das wäre das Ende für den Betrieb. Kapiert?«

Der ältere der beiden sah seinen Freund Hilfe suchend an, aber der andere starrte nur zu Boden.

»Ich hab's kapiert, Mma. Es tut mir Leid.«

»Es hat dir auch Leid zu tun«, schimpfte Mma Ramotswe. »Und hier sind noch ein paar Neuigkeiten für euch. Mr. J. L. B. Matekoni hat gerade jemanden als Stellvertreter für seine Werkstatt engagiert. Dieser Stellvertreter wird bald hier anfangen, und ihr zwei reißt euch besser zusammen!«

Diese Bemerkungen verfehlten bei dem Älteren nicht ihre Wirkung – er ließ seinen öligen Lappen fallen und sah den anderen Lehrling erschrocken an.

»Wann fängt er an?«, fragte er nervös.

»Nächste Woche«, sagte Mma Ramotswe. »Und es ist eine Sie.«

»Eine *Sie*? Eine Frau?«

»Ja«, sagte Mma Ramotswe und wandte sich zum Gehen. »Es ist eine Frau namens Mma Makutsi, die zu Lehrlingen streng ist. Es wird also kein Herumsitzen und keine Steinchenspiele mehr geben. Kapiert?«

Die Lehrlinge nickten mürrisch.

»Dann macht euch wieder an die Arbeit und versucht das Auto zu reparieren«, sagte Mma Ramotswe. »Ich komme in zwei Stunden wieder und schau nach, wie es hier läuft.«

Sie ging zu ihrem Lieferwagen zurück und kletterte auf den Fahrersitz. Sie hatte es zwar geschafft, entschlossen zu *klingen*, als sie den Lehrlingen ihre Anweisungen gab, aber im Innern fühlte sie sich ganz und gar nicht so. Im Gegenteil, sie war äußerst beunruhigt. Wenn Leute anfingen, sich völlig anders zu benehmen, war dies erfahrungsgemäß ein Zeichen, dass etwas nicht stimmte. Mr. J. L. B. Matekoni war ein durchweg gewissenhafter Mann und solche Männer ließen ihre Kunden nicht im Stich, es sei denn, sie hatten einen guten Grund dafür. Aber welchen Grund hatte Mr. J. L. B. Matekoni? Hatte es etwas mit ihrer bevorstehenden Hochzeit zu tun? Hatte er vielleicht seine Meinung geändert? Wollte er einen Rückzieher machen?

Mma Makutsi verschloss die Tür der *No. 1 Ladies' Detective Agency*. Mma Ramotswe war zur Werkstatt gefahren, um mit Mr. J. L. B. Matekoni zu reden, und hatte sie mit den Briefen zurückgelassen, die sie abtippen und zur Post bringen sollte. Keine Aufgabe wäre ihr zu viel gewesen, so groß war Mma Makutsis Freude über ihre Beförderung und die bevorstehende Gehaltserhöhung. Heute war Donnerstag und morgen Zahltag, auch wenn sie noch das alte Gehalt erhielte. In der Vorfreude darauf würde sie sich etwas gönnen, dachte sie – vielleicht einen Pfannkuchen auf dem Heimweg. Sie kam immer an einem kleinen Stand vorbei, der Pfannkuchen und andere frittierte Köstlichkeiten verkaufte, und der Duft war verführerisch. Geld war jedoch ein Problem. Ein dicker Pfannkuchen kostete zwei Pula, was die Sache zu einem teuren Genuss machte, vor allem wenn man bedachte, was das Abendessen kostete. Das Leben in Gaborone war teuer. Alles schien doppelt so viel wie zu Hause zu kosten. Auf dem Land kam man mit zehn Pula ziemlich weit. Hier in Gaborone schienen zehn Pulascheine in der Hand zu schmelzen.

Mma Makutsi hatte ein Zimmer auf dem Hinterhof eines Hauses an der Lobatse Road gemietet. Das Zimmer befand sich in einem kleinen Klinkerschuppen, der an den hinteren Zaun und einen gewundenen Pfad angrenzte, wo dünne Hunde sich herumtrieben. Die Hunde gehörten irgendwie zu den Leuten, die im Haupthaus lebten, aber sie schienen ihre eigene Gesellschaft vorzuziehen und lieber zu zweit oder zu dritt in der Gegend herumzustromern. Irgendjemand schien sie zwar hin und wieder zu füttern, aber ihre Rippen waren zu sehen, und sie schienen ständig in den Abfalltonnen nach Essensresten zu suchen. Ab und zu, wenn Mma Makutsi ihre Tür offen ließ, wanderte einer der Hunde ins Haus und blickte sie mit traurigen, hungrigen Augen an, bis sie ihn verscheuchte. Sie empfand dies als eine noch größere Demütigung als an ihrem Arbeitsplatz, wenn die Hühner ins Büro stolzierten und zwischen ihren Füßen scharrten.

Sie kaufte sich ihren Pfannkuchen an der Bude, aß ihn an Ort und Stelle und leckte sich anschließend den Zucker von den Fingern. Ihren Hunger gestillt, trat sie den Heimweg an. Sie hätte auch mit einem Minibus fahren können – es war eine billige Transportmöglichkeit –, aber sie genoss das Gehen in der Kühle des Abends und hatte es meist nicht eilig, nach Hause zu kommen. Sie fragte sich, wie es ihm wohl ging, ob es ein guter Tag für ihren Bruder gewesen war, oder ob sein Husten ihn erschöpft hatte. In den letzten Tagen war es ihm recht gut gegangen, obwohl er jetzt sehr schwach war. So hatte sie zum Glück ein, zwei Nächte durchschlafen können.

Er war vor zwei Monaten zu ihr gezogen, nachdem er die lange Reise von zu Hause per Bus hinter sich gebracht hatte. Sie hatte ihn an der Busstation unten beim Bahnhof abgeholt, und im ersten Augenblick hatte sie ihn angesehen und nicht erkannt. Beim letzten Besuch war er noch kräftig gewesen, fast stämmig. Jetzt ließ er die Schultern hängen, war abgemagert und das Hemd flatterte locker um seinen Oberkörper. Als sie ihn schließlich erkannt hatte, war sie auf ihn zugerannt und hatte seine Hand genommen; auch dies hatte sie erschreckt, denn die Hand war heiß und trocken gewesen und die Haut aufgesprungen. Sie hatte ihm den Koffer abgenommen, obwohl er ihn selbst tragen wollte, und ihn die ganze Strecke bis zum Minibus geschleppt, der regelmäßig die Lobatse Road entlang fuhr.

Danach hatte er sich bei ihr eingewöhnt und schlief auf der Matte, die sie für ihn ausgelegt hatte. Sie hatte einen Draht von Wand zu Wand gespannt und einen Vorhang darüber gehängt, damit er für sich sein konnte und das Gefühl hatte, so etwas wie ein eigenes Zimmer zu besitzen, aber sie hörte jeden seiner rasselnden Atemzüge und wurde oft von seinem schlaftrunkenen Gemurmel geweckt.

»Du bist eine gute Schwester, dass du mich aufgenommen hast«, sagte er. »Ich habe Glück, so eine Schwester zu haben.«

Sie hatte natürlich protestiert, dass es ihr keine Mühe machte und sie froh sei, ihn bei sich zu haben und dass er auch bei ihr bleiben könne, wenn es ihm wieder besser ginge und er einen Job in Gaborone fände, aber sie wusste, dies würde niemals geschehen. Er wusste es auch, da war sie sich sicher, aber keiner von beiden sprach darüber oder von der grausamen Krankheit, die sein Leben wie das so vieler Menschen beendete, so langsam wie eine Dürre eine Landschaft austrocknet.

Wenn sie jetzt nach Hause kam, hatte sie eine gute Nachricht für ihn. Er wollte immer hören, was in der Agentur passierte und erkundigte sich nach allen Einzelheiten ihres Tagesablaufs. Er hatte Mma Ramotswe zwar nie kennen gelernt – Mma Makutsi wollte nicht, dass sie von seiner Krankheit erfuhr –, aber er hatte eine sehr genaue Vorstellung von ihr und fragte immer nach ihr.

»Eines Tages werde ich sie vielleicht kennen lernen«, sagte er. »Und dann werde ich ihr dafür danken können, was sie für meine Schwester tut. Ohne sie hättest du nie stellvertretende Detektivin werden können.«
»Sie ist eine gute Frau.«
»Ich weiß«, sagte er. »Ich kann diese nette Frau mit ihrem Lächeln und ihren dicken Backen direkt vor mir sehen. Ich kann sehen, wie sie mit dir Tee trinkt. Es macht mich froh, nur daran zu denken.«
Mma Makutsi wünschte, sie hätte daran gedacht, ihm auch einen Pfannkuchen zu kaufen, aber er hatte oft keinen Appetit, und dann wäre es Geldverschwendung gewesen. Sein Mund täte ihm weh, sagte er, und der Husten mache es schwer für ihn zu essen. Deshalb aß er häufig nur ein paar Löffel voll von der Suppe, die sie auf ihrem kleinen Paraffinofen kochte. Trotzdem hatte er manchmal Schwierigkeiten, das Essen bei sich zu behalten.
Jemand anderes war im Raum, als sie nach Hause kam. Sie hörte eine fremde Stimme und sekundenlang fürchtete sie, in ihrer Abwesenheit sei etwas Schreckliches passiert. Aber als sie eintrat, sah sie, dass der Vorhang zurückgezogen war und eine Frau auf einem kleinen Klapphocker neben seiner Matte saß. Als sie hörte, dass die Tür aufging, erhob sich die Frau und wandte Mma Makutsi ihr Gesicht zu.
»Ich bin die Krankenschwester vom anglikanischen Hospiz«, sagte sie. »Ich bin gekommen, um unseren Bruder zu besuchen. Mein Name ist Schwester Baleje.«
Die Krankenschwester hatte ein angenehmes Lächeln, und sie war Mma Makutsi gleich sympathisch.
»Es ist sehr nett von Ihnen, ihn zu besuchen«, sagte sie. »Ich habe Ihnen ja den Brief geschrieben, um Sie wissen zu lassen, dass es ihm nicht so gut geht.«

Die Krankenschwester nickte. »Das war gut so. Wir können hin und wieder nach ihm sehen und ihm auch Lebensmittel bringen, wenn Sie welche brauchen. Wir können ein wenig helfen, auch wenn es nicht viel ist. Es gibt ein paar Arzneien, die wir ihm geben können. Sie sind nicht sehr stark, aber sie können die Beschwerden ein wenig lindern.«

Mma Makutsi dankte ihr und blickte auf ihren Bruder hinunter.

»Der Husten macht ihm zu schaffen«, sagte sie. »Das ist wohl das Schlimmste.«

»Ja, es ist nicht leicht«, sagte die Schwester.

Sie setzte sich wieder auf ihren Hocker und nahm die Hand des Bruders.

»Sie müssen mehr Wasser trinken, Richard«, sagte sie. »Sie dürfen nicht zu sehr austrocknen.«

Er öffnete die Augen und sah zu ihr hoch, sagte aber nichts. Er wusste nicht so recht, weshalb sie eigentlich da war. Er hielt sie für eine Freundin seiner Schwester oder eine Nachbarin.

Die Krankenschwester blickte Mma Makutsi an und bedeutete ihr mit der Hand, sich neben sie auf den Boden zu setzen. Dann, seine Hand immer noch in ihrer, berührte sie sanft seine Wange.

»Herr Jesus«, sagte sie, »der du uns in unserem Leiden hilfst. Schau auf diesen armen Mann und sei ihm gnädig. Mache seine Tage froh. Mache ihn glücklich wegen seiner guten Schwester hier, die sich in seiner Krankheit um ihn kümmert. Und bring Frieden in sein Herz.«

Mma Makutsi schloss die Augen und legte ihre Hand auf die Schulter der Schwester, wo sie liegen blieb, während sie schweigend dasaßen.

Kapitel 4

Während Mma Makutsi neben ihrem Bruder saß, fuhr Mma Ramotswe ihren winzigen weißen Lieferwagen bis zum Haustor von Mr. J. L. B. Matekoni. Er war zu Hause. Der grüne Kleinlaster, den er ständig fuhr (dabei besaß er einen viel besseren Wagen, den er in der Werkstatt abgestellt hatte), parkte vor seiner Tür, die wegen der Hitze halb offen stand. Sie ließ den Lieferwagen am Straßenrand stehen, um sich das Ein- und Aussteigen zum Öffnen und Schließen des Tores zu sparen, und ging an den wenigen verkrüppelten Pflanzen, die Mr. J. L. B. Matekoni seinen Garten nannte, vorbei zu seinem Haus.

»Ko! Ko!«, rief sie an der Tür. »Bist du da, Mr. J. L. B. Matekoni?«

Eine Stimme kam aus dem Wohnzimmer. »Ich bin hier. Ich bin da, Mma Ramotswe!«

Mma Ramotswe trat ein und bemerkte sofort, wie staubig und ungepflegt der Fußboden des Korridors aussah. Seit Mr. J. L. B. Matekonis mürrische und unangenehme Hausangestellte Florence wegen unerlaubten Waffenbesitzes im Gefängnis saß, fing das Haus irgendwie an zu verschlampen. Sie hatte ihn mehrmals daran erinnert, einen Ersatz für das Dienstmädchen einzustellen, und er hatte es auch versprochen. Geschehen war allerdings nichts, und Mma Ramotswe hatte beschlossen, ihre Hausangestellte einfach irgendwann mitzubringen und das Haus von oben bis unten einem gründlichen Frühjahrsputz zu unterziehen.

»Männer leben im Chaos, wenn man sie lässt«, hatte sie einer Freundin erklärt. »Sie können kein Haus und keinen Hof in Ordnung halten. Sie wissen einfach nicht, wie das geht.«

Sie ging durch den Eingangsbereich ins Wohnzimmer. Als sie eintrat, erhob sich Mr. J. L. B. Matekoni, der ausgestreckt auf seinem unbequemen Sofa gelegen hatte, und bemühte sich, nicht ganz so ungepflegt auszuschauen.

»Gut, dich zu sehen, Mma Ramotswe«, sagte er. »Wir haben uns ein paar Tage lang nicht getroffen.«

»Stimmt«, sagte Mma Ramotswe. »Vielleicht deshalb, weil du so beschäftigt warst?«

»Ja«, sagte er und setzte sich wieder. »Ich war sehr beschäftigt. Es gibt so viel Arbeit.«

Sie erwiderte nichts, beobachtete ihn aber, während er sprach. Etwas war nicht in Ordnung. Sie hatte Recht gehabt.

»Ist in der Werkstatt viel los?«, fragte sie.

Er zuckte mit den Schultern. »In der Werkstatt ist immer viel los. Die ganze Zeit. Die Leute bringen ihre Autos rein und sagen: Tu dies, tu das. Sie denken, ich habe zehn Paar Hände. Das glauben sie wohl.«

»Aber willst du denn nicht, dass sie ihre Autos in deine Werkstatt bringen?«, fragte sie freundlich. »Ist eine Werkstatt nicht dafür da?«

Mr. J. L. B. Matekoni sah sie kurz an und zuckte wieder mit den Schultern. »Vielleicht. Aber es gibt trotzdem zu viel Arbeit.«

Mma Ramotswe blickte sich um und sah den Zeitungsstapel auf dem Boden und den kleinen Haufen offenbar ungeöffneter Briefe auf dem Tisch.

»Ich war in der Werkstatt«, sagte sie. »Ich dachte, ich würde dich dort antreffen, aber deine Lehrlinge sagten mir, du wärst früher nach Hause gegangen. Sie sagten, du würdest in letzter Zeit öfters früh gehen.«

Mr. J. L. B. Matekoni sah sie an und senkte dann seinen Blick. »Es fällt mir schwer, mich dort den ganzen Tag aufzuhalten – mit all der Arbeit«, sagte er. »Früher oder später wird die Arbeit erledigt. Die beiden Jungs sind ja da. Sie können es machen.«

Mma Ramotswe schnappte nach Luft. »Die beiden Jungs? Deine Lehrlinge? Aber du sagst doch immer, dass sie nichts taugen! Wie kannst du jetzt sagen, dass sie alles selber machen? Wie kannst du nur so was behaupten?«

Mr. J. L. B. Matekoni erwiderte nichts.

»Na, Mr. J. L. B. Matekoni?«, drängte ihn Mma Ramotswe. »Was ist deine Antwort darauf?«

»Die machen ihre Sache schon«, sagte er mit seltsam tonloser Stimme. »Man muss sie nur lassen.«

Mma Ramotswe stand auf. Es hatte keinen Sinn, sich mit ihm zu unterhalten, wenn er in dieser Verfassung war. Vielleicht war er krank? Sie hatte gehört, dass man nach einem Grippeanfall ein, zwei Wochen lang ganz lethargisch sein konnte. Vielleicht war das die simple Erklärung für sein ungewöhnliches Verhalten. Dann musste sie eben warten, bis die Sache vorüber war.

»Ich habe mit Mma Makutsi gesprochen«, sagte sie und machte sich zum Gehen bereit. »Ich denke, sie kann in den nächsten Tagen in der Werkstatt anfangen. Ich habe ihr den Titel stellvertretende Werkstattleiterin verliehen. Ich hoffe, du hast nichts dagegen.«

Seine Antwort verblüffte sie.

»Stellvertretende Werkstattleiterin, Managerin, Generaldirektorin, Werkstattministerin«, sagte er. »Was immer du willst. Es spielt sowieso keine Rolle, oder?«

Mma Ramotswe fiel keine passende Antwort ein. Sie verabschiedete sich und ging zur Tür.

»Ach, übrigens«, rief Mr. J. L. B. Matekoni ihr hinterher. »Ich hab mir überlegt, dass ich mich für eine Weile aufs Land zurückziehen möchte. Ich möchte sehen, wie alles heranwächst. Vielleicht bleibe ich dort eine Zeit lang.«

Mma Ramotswe starrte ihn an. »Und was passiert inzwischen mit der Werkstatt?«

Mr. J. L. B. Matekoni seufzte. »Kümmert ihr euch drum. Du und deine Sekretärin, die stellvertretende Werkstattleiterin. Lass sie machen. Es wird schon klappen.«

Mma Ramotswe schürzte die Lippen. »In Ordnung«, sagte sie. »Wir werden uns darum kümmern, Mr. J. L. B. Matekoni, bis es dir wieder besser geht.«

»Mir geht's gut«, sagte Mr. J. L. B. Matekoni. »Mach dir um mich keine Sorgen. Mir geht's gut.«

Sie fuhr nicht zum Zebra Drive zurück, obwohl sie wusste, dass ihre beiden Pflegekinder auf sie warteten. Motholeli, das Mädchen, hätte inzwischen das Abendessen vorbereitet. Sie brauchte trotz ihres Rollstuhls wenig Aufsicht oder Hilfe. Und der Junge, Puso, der ziemlich ausgelassen war, hätte wahrscheinlich den größten Teil seiner Energie verbraucht und wäre für sein Bad und fürs Zubettgehen bereit.

Statt nach Hause zu fahren, bog sie links an der Kudu Road ab und fuhr bis zum Haus am Odi Way, wo ihr Freund, Dr. Moffat, lebte. Dr. Moffat hatte früher das Krankenhaus in Mochudi geleitet und sich dort um ihren kranken Vater gekümmert, und er war immer bereit gewesen, ihr zuzuhören, wenn sie in Schwierigkeiten war. Bevor sie sich anderen anvertraute, hatte sie mit ihm über Note, ihrem früheren Mann, gesprochen, und er hatte ihr so behutsam wie möglich beizubringen versucht, dass Männer seiner Art sich erfahrungsgemäß nicht änderten.

Er war natürlich ein viel beschäftigter Mann, und sie wollte ihm nicht seine Zeit stehlen, aber vielleicht könnte er ihr doch erklären, was mit Mr. J. L. B. Matekoni nicht stimmte. War irgendeine seltsame Krankheit im Umlauf, die die Menschen müde und lustlos machte? Und wenn ja, wie lange würde so was dauern?

Dr. Moffat war eben nach Hause gekommen. Er begrüßte sie an der Tür und führte sie in sein Arbeitszimmer.

»Ich mache mir Sorgen um Mr. J. L. B. Matekoni«, sagte sie. »Lassen Sie mich erzählen.«

Er hörte ihr einige Minuten zu. Dann unterbrach er sie.

»Ich glaube, ich weiß, wo das Problem liegt«, sagte er. »Es gibt einen Zustand, den man Depression nennt. Es ist eine Krankheit wie jede andere auch und kommt außerdem häufig vor. Wie es scheint, leidet Mr. J. L. B. Matekoni an Depressionen.«

»Und können Sie die behandeln?«

»Meistens ganz gut«, sagte Dr. Moffat. »Das heißt, wenn es tatsächlich eine Depression ist. Wenn ja, gibt es heute sehr gute Antidepressiva. Wenn alles gut geht, was wahrscheinlich ist, geht es ihm bald wieder besser. In etwa drei Wochen, vielleicht auch früher. Diese Mittel brauchen Zeit.«

»Ich werde ihm vorschlagen, bald zu Ihnen zu kommen«, sagte Mma Ramotswe.

»Manchmal glauben sie nicht, dass ihnen was fehlt«, gab Dr. Moffat zu bedenken. »Vielleicht kommt er nicht. Alles schön und gut, wenn ich Ihnen sage, woran es liegt. *Er* muss die Behandlung wollen.«

»Ach, ich werde es schon schaffen, dass er Sie aufsucht«, sagte Mma Ramotswe. »Sie können sich drauf verlassen. Ich werde schon dafür sorgen, dass er sich behandeln lässt.«

Der Arzt lächelte. »Gehen Sie behutsam vor, Mma Ramotswe«, sagte er. »Es könnte schwierig werden.«

Kapitel 5

Am folgenden Morgen war Mma Ramotswe noch vor Mma Makutsi im Büro. Das war ungewöhnlich, denn Mma Makutsi war normalerweise zuerst da und hatte schon die Post geöffnet und den Tee gebraut, wenn Mma Ramotswe mit ihrem winzigen weißen Lieferwagen vorfuhr. Doch es würde ein anstrengender Tag werden, und Mma Ramotswe wollte eine Liste der Dinge erstellen, die sie zu erledigen hatte.

»Sie sind früh dran, Mma«, sagte Mma Makutsi. »Stimmt irgendwas nicht?«

Mma Ramotswe dachte einen Augenblick nach. Tatsächlich stimmte eine ganze Menge nicht, aber sie wollte Mma Makutsi nicht entmutigen und setzte eine tapfere Miene auf.

»Nein, nein«, sagte sie. »Aber wir müssen den Umzug langsam vorbereiten. Und außerdem sollten Sie anfangen, die Werkstattangelegenheiten in Ordnung zu bringen. Mr. J. L. B. Matekoni fühlt sich nicht so wohl und wird vielleicht für eine Weile verreisen. Das bedeutet, dass Sie nicht nur die stellvertretende, sondern sogar die tatsächliche Werkstattleiterin sein werden. Von heute Morgen an ist dies Ihr neuer Titel.«

Mma Makutsi strahlte vor Freude. »Als Werkstattleiterin werde ich mein Bestes tun«, sagte sie. »Ich verspreche Ihnen, Sie nicht zu enttäuschen.«

»Natürlich werden Sie mich nicht enttäuschen«, sagte Mma Ramotswe. »Ich bin sicher, dass Sie Ihren Job hervorragend machen werden.«

Während der nächsten Stunde arbeiteten sie in einvernehmlichem Schweigen. Mma Ramotswe entwarf ihre Liste mit den zu erledigenden Sachen, strich dann einiges durch und fügte anderes hinzu. Der frühe Morgen war die beste Zeit, um Dinge zu erledigen, besonders in der heißen Jahreszeit. Bevor der Regen kam, in den heißen Monaten, stiegen die Temperaturen in solche Höhen, dass der Himmel weiß zu flimmern schien. In der Kühle des Morgens, wenn die Sonne die Haut kaum erwärmte und die Luft noch frisch war, erschien jede Aufgabe leicht zu bewältigen. Später, in der prallen Hitze des Tages, machten Körper und Geist irgendwann schlapp. Am Morgen fiel einem das Denken leicht – und das Erstellen von Listen. Am Nachmittag dachte man nur noch an das Ende des Tages und die Aussicht auf eine Erlösung von der Hitze. Das war Botswanas einziger Nachteil, fand Mma Ramotswe. Sie wusste, dass es ein perfektes Land war – alle Batswana wussten es –, aber es wäre noch vollkommener, wenn sich die drei heißesten Monate abkühlen ließen.

Um neun Uhr braute Mma Makutsi eine Tasse Buschtee für Mma Ramotswe und eine Tasse gewöhnlichen Tee für sich selbst. Mma Makutsi hatte versucht, sich an Buschtee zu gewöhnen, und ihn in den ersten Monaten ihres Angestelltendaseins treu und brav mitgetrunken; schließlich hatte sie Mma Ramotswe aber gestanden, dass sie den Geschmack nicht mochte. Von diesem Augenblick an gab es zwei Teekannen, eine für sie und eine für Mma Ramotswe.

»Er ist zu stark«, sagte sie. »Und ich finde, er riecht nach Ratten.«

»Tut er nicht«, protestierte Mma Ramotswe. »Dieser Tee ist für Leute, die Tee wirklich zu schätzen wissen. Gewöhnlicher Tee ist für jedermann.«

Wurde der Tee serviert, ruhte die Arbeit. Diese Teepause war seit jeher die Zeit, in der man Neuigkeiten austauschte und komplizierte Themen eher außen vor ließ. Mma Makutsi erkundigte sich nach Mr. J. L. B. Matekoni und erhielt einen kurzen Bericht über Mma Ramotswes verwirrendes Gespräch mit ihm.

»Er schien sich für nichts zu interessieren«, sagte sie. »Ich hätte ihm sagen können, dass sein Haus brennt, und es hätte ihm kaum etwas ausgemacht. Es war schon sehr merkwürdig.«

»Ich kenne solche Leute«, sagte Mma Makutsi. »Ich hatte eine Cousine, die in ein Krankenhaus in Lobatse eingewiesen wurde. Ich habe sie dort besucht. Viele Leute saßen nur rum und starrten in den Himmel. Und andere schrien die Besucher an und brüllten komische Sachen, die keinen Sinn machten.«

Mma Ramotswe runzelte die Stirn. »Sie reden von einer Klinik für Geisteskranke«, sagte sie. »Mr. J. L. B. Matekoni ist nicht verrückt.«

»Natürlich nicht«, sagte Mma Makutsi schnell. »Er würde niemals verrückt werden. Natürlich nicht.«

Mma Ramotswe nippte an ihrem Tee. »Aber ich muss ihn trotzdem zum Arzt bringen«, sagte sie. »Ich habe gehört, dass so ein Zustand behandelt werden kann. Man nennt es Depression. Es gibt Pillen, die man dagegen einnehmen kann.«

»Das ist gut«, sagte Mma Makutsi. »Es wird ihm wieder besser gehen. Da bin ich ganz sicher.«

Mma Ramotswe hielt ihr den Becher zum Nachfüllen hin. »Und was ist mit Ihrer Familie in Bobonong?«, fragte sie. »Geht es ihr gut?«

Mma Makutsi goss den kräftigen roten Tee in den Becher. »Es geht ihnen sehr gut. Danke, Mma.«

Mma Ramotswe seufzte. »Ich glaube, es ist leichter, in Bobonong zu leben als hier in Gaborone. Hier haben wir all die Probleme, mit denen wir uns beschäftigen müssen, aber in Bobonong gibt es nichts. Nur eine Menge Steine.« Sie unterbrach sich. »Natürlich ist es ein guter Ort. Bobonong. Ein sehr schöner Ort.«

Mma Makutsi lachte. »Sie müssen nicht höflich sein«, sagte sie. »Bobonong ist nicht für jeden ein guter Ort, es macht mir nichts aus, wenn Sie so was sagen. Ich würde nicht gern wieder dort hinziehen, jetzt, wo ich gesehen habe, wie es sich hier in Gaborone leben lässt.«

»Sie würden eingehen dort oben«, bestätigte Mma Ramotswe. »Was nutzt ein Diplom von der Handelsschule Botswanas an einem Ort wie Bobonong? Die Ameisen würden es fressen.«

Mma Makutsi warf einen Blick an die Wand, an der eingerahmt ihr Handelsschuldiplom hing. »Wir dürfen es nicht vergessen, wenn wir umziehen«, sagte sie. »Ich würde es ungern zurücklassen.«

»Natürlich nicht«, sagte Mma Ramotswe, die keine Diplome hatte. »Es ist wichtig für die Kunden, es gibt ihnen Vertrauen.«

»Danke«, sagte Mma Makutsi.

Die Teepause war vorbei, und Mma Makutsi ging hinters Haus, um die Becher zu spülen, und als sie zurückkehrte, traf gerade ein Kunde ein. Es war der erste seit über einer Woche, und keine von ihnen war auf den großen, stattlichen Mann vorbereitet, der in der korrekten, in Botswana üblichen Art an die Tür klopfte und höflich wartete, bis man ihn einzutreten bat. Und sie waren auch nicht darauf vorbereitet, dass jemand im Mercedes vorgefahren kam, einem Dienstwagen der Regierung – komplett mit elegant uniformiertem Chauffeur.

»Sie wissen, wer ich bin, Mma?«, fragte er, nachdem er der Aufforderung, auf dem Stuhl vor Mma Ramotswes Schreibtisch Platz zu nehmen, Folge geleistet hatte.

»Natürlich weiß ich das, Rra«, sagte Mma Ramotswe höflich. »Sie haben mit der Regierung zu tun – Sie sind ein Mitglied der Regierung. Ich hab Sie oft in der Zeitung gesehen.«

Der Regierungsmensch winkte ungeduldig ab. »Ja, das natürlich auch. Aber Sie wissen doch sicher auch, was ich sonst noch bin?«

Mma Makutsi hüstelte höflich, und der Regierungsmensch drehte sich halb nach ihr um.

»Das ist meine Assistentin«, erklärte Mma Ramotswe. »Sie weiß über vieles Bescheid.«

»Sie sind mit einem Häuptling verwandt«, sagte Mma Makutsi. »Ihr Vater ist ein Cousin dieser Familie. Ich weiß es, weil ich aus diesem Landesteil stamme.«

Der Regierungsbeamte lächelte. »Stimmt.«

»Und Ihre Frau«, fuhr Mma Ramotswe fort, »ist eine Verwandte des Königs von Lesotho, nicht wahr? Ich habe ein Foto von ihr gesehen.«

Der Regierungsmensch pfiff durch die Zähne. »Alle Achtung! Ich sehe, dass ich hier richtig bin – Sie beide scheinen ja alles zu wissen.«

Mma Ramotswe nickte und lächelte Mma Makutsi zu. »Es ist unsere Aufgabe, Dinge zu wissen«, sagte sie. »Eine Privatdetektivin, die nichts weiß, würde keinem nützen. Wir handeln mit Informationen – das ist unser Job. So wie es Ihr Job ist, Beamten Anweisungen zu erteilen.«

»Ich erteile nicht nur Anweisungen«, sagte der Regierungsmensch pikiert, »ich muss Politik machen. Ich muss Entscheidungen treffen.«

»Natürlich«, beeilte sich Mma Ramotswe zu sagen. »Es muss eine große Aufgabe sein, für die Regierung tätig zu sein.«

Der Regierungsmensch nickte. »Es ist nicht leicht«, sagte er. »Und es wird nicht leichter, wenn man sich Sorgen machen muss. Jede Nacht wache ich um zwei, drei Uhr auf und muss mich vor lauter Sorgen im Bett aufsetzen. Und dann kann ich nicht mehr einschlafen, und wenn ich dann am Morgen Entscheidungen treffen soll, ist mir im Kopf ganz schwummrig und ich kann nicht denken. So geht es, wenn Sie sich Sorgen machen.«

Mma Ramotswe wusste, dass sie jetzt zur Sache kamen. Es war leichter, wenn der Kunde seine Probleme indirekt ansprechen konnte, statt von ihnen ausgefragt zu werden. Es schien auch die höflichere Vorgehensweise.

»Bei Sorgen können wir helfen«, sagte sie. »Manchmal können wir sie sogar ganz verschwinden lassen.«

»Das habe ich gehört«, sagte der Regierungsmensch. »Es wird behauptet, Sie seien eine Dame, die Wunder bewirken kann. Wurde mir jedenfalls gesagt.«

»Sie sind sehr freundlich, Rra.« Sie machte eine Pause und ließ sich die verschiedenen Möglichkeiten durch den Kopf gehen. Wahrscheinlich ging es um Untreue, das häufigste Problem ihrer Kunden, vor allem wenn sie – wie im Fall des Regierungsmenschen – einen anspruchsvollen Job hatten und wenig zu Hause waren. Oder es könnte etwas Politisches sein, was neues Terrain für sie wäre. Sie wusste nichts über die Arbeitsweise politischer Parteien, außer dass eine Menge Intrigen damit verbunden waren. Sie hatte alles über die amerikanischen Präsidenten und deren Schwierigkeiten gelesen, in die sie wegen dieses und jenes Skandals, wegen gewisser Damen und Einbrechern und was nicht alles gerieten. Gab es so was denn auch in Botswana? Bestimmt nicht. Und wenn doch, wollte sie nicht mit hineingezogen werden. Sie konnte sich nicht vorstellen, sich mitten in der Nacht in dunklen Ecken mit Informanten zu treffen oder sich in irgendwelchen Bars flüsternd mit Journalisten zu unterhalten. Andererseits ... vielleicht würde sich Mma Makutsi über so eine Gelegenheit freuen?

Der Regierungsmensch hob die Hand, als ob er Stillschweigen gebot. Es war eine herrische Geste, aber schließlich war er der Spross einer einflussreichen Familie, und solche Gesten waren für ihn vermutlich selbstverständlich.

»Ich nehme an, ich kann Vertrauliches besprechen«, sagte er und streifte Mma Makutsi mit einem Blick.

»Meine Assistentin ist sehr verschwiegen«, sagte Mma Ramotswe. »Sie können ihr vollständig vertrauen.«

Der Regierungsmensch kniff die Augen zusammen. »Das hoffe ich«, sagte er. »Ich weiß ja, wie Frauen sind. Sie reden gern.«

Mma Makutsi riss vor Empörung die Augen auf.

»Ich kann Ihnen versichern, Rra«, sagte Mma Ramotswe mit schneidender Stimme, »dass sich die *No. 1 Ladies' Detective Agency* den strengsten Prinzipien der Vertraulichkeit unterworfen hat. Den allerstrengsten Prinzipien. Und das gilt nicht nur für mich, sondern auch für die Dame dort drüben, Mma Makutsi. Wenn Sie irgendwelche Zweifel haben, sollten Sie sich andere Privatdetektive suchen. Wir hätten nichts dagegen.« Sie schwieg. »Und noch etwas, Rra. In diesem Land wird eine Menge geredet, und meines Wissens nach sind es vor allem die Männer. Die Frauen haben für gewöhnlich gar keine Zeit dazu.«

Sie faltete die Hände auf dem Schreibtisch. Sie hatte ihre Meinung gesagt und würde sich nicht wundern, wenn der Regierungsmensch jetzt verschwand. Ein Mann in seiner Position war es nicht gewohnt, dass so mit ihm umgesprungen wurde und nahm es sicher nicht allzu gut auf.

Minutenlang sagte der Regierungsmensch nichts. Er starrte Mma Ramotswe einfach nur an.

»Nun ja«, sagte er endlich. »Sie haben schon Recht. Es tut mir Leid, dass ich angedeutet habe, Sie könnten keine Geheimnisse für sich behalten.« Dann wandte er sich an Mma Makutsi und fügte hinzu: »Und tut mir Leid, dass ich Ihre Verschwiegenheit angezweifelt habe, Mma. Es war nicht richtig, so was zu sagen.«

Mma Ramotswe spürte, dass sich die Lage entspannte. »Gut«, sagte sie. »Und jetzt erzählen Sie uns doch von Ihren Sorgen. Meine Assistentin wird den Kessel aufsetzen. Hätten Sie gern einen Buschtee oder lieber gewöhnlichen Tee?«

»Buschtee«, sagte der Regierungsmensch. »Er hilft, glaube ich, bei Sorgen.«

»Weil Sie wissen, wer ich bin«, sagte er, »brauche ich nicht bis zum Anfang oder besser gesagt bis zum Anfang des Anfangs zurückzugehen. Sie wissen, dass ich der Sohn eines bedeutenden Mannes bin. Und ich bin der Erstgeborene, was bedeutet, dass ich das Oberhaupt der Familie sein werde, wenn Gott meinen Vater zu sich ruft. Aber ich hoffe, dass dies noch lange nicht der Fall sein wird.

Ich habe zwei Brüder. Bei einem ist der Kopf nicht ganz in Ordnung. Er spricht mit keinem. Schon als kleiner Junge hat er nie mit einem Menschen gesprochen und sich für nichts interessiert. Deshalb haben wir ihn zu einem Viehgehege geschickt, wo er glücklich ist. Er bleibt immer dort und macht keine Probleme. Er sitzt nur da und zählt die Rinder und wenn er damit fertig ist, fängt er von vorne an. Weiter will er nichts vom Leben, obwohl er jetzt schon achtunddreißig ist.

Dann gibt es noch einen anderen Bruder. Er ist viel jünger als ich. Ich bin vierundfünfzig und er erst sechsundzwanzig. Er hat eine andere Mutter. Mein Vater ist altmodisch und nahm sich zwei Frauen. Die Mutter meines Bruders war die jüngere Frau. Es gibt auch viele Mädchen in der Familie – ich habe von beiden Müttern neun Schwestern, und viele davon haben geheiratet und eigene Kinder. Wir sind also eine große Familie, aber klein, wenn man die wichtigen männlichen Nachkommen zählt. Eigentlich besteht sie dann nur aus mir und diesem sechsundzwanzigjährigen Bruder, der Mogadi heißt.

Ich mag meinen Bruder sehr. Weil ich so viel älter bin als er, erinnere ich mich noch gut, wie er als Baby war. Als er größer wurde, habe ich ihm vieles beigebracht. Ich habe ihm gezeigt, wie man Mopane-Würmer findet. Ich habe ihm gezeigt, wie man fliegende Ameisen fängt, wenn sie aus ihren Löchern krabbeln, sobald es zu regnen beginnt. Ich erklärte ihm, was man im Busch alles essen kann und was nicht.

Eines Tages rettete er mir das Leben. Wir verbrachten einige Zeit draußen beim Viehgehege, wo unser Vater ein paar Herden hält. Es waren Basarwa da, weil die Weide meines Vaters nicht weit von dem Ort entfernt ist, wo diese Leute aus der Kalahari kommen. Es ist ein sehr trockener Ort, aber es gibt eine Windmühle, die mein Vater gebaut hat, um Wasser für das Vieh hoch zu pumpen. Tief in der Erde gibt es viel Wasser, das sehr gut schmeckt. Die Basarwa kamen gern und tranken das Wasser, wenn sie umherwanderten, und verrichteten ein paar Arbeiten für meinen Vater als Gegenleistung für Milch von den Kühen und, wenn sie Glück hatten, ein bisschen Fleisch. Sie mochten meinen Vater, weil er sie im Gegensatz zu anderen Leuten, die *sjamboks* benutzten, nie mit der Peitsche schlug. Ich war übrigens nie damit einverstanden, dass diese Leute einfach geschlagen wurden.

Einmal nahm ich meinen Bruder zu den Basarwa mit, die in der Nähe unter einem Baum campierten. Sie hatten Schleudern aus Straußenleder, und ich wollte eine für meinen Bruder haben. Ich nahm etwas Fleisch mit, um es gegen eine Schleuder einzutauschen. Ich dachte auch, dass sie uns vielleicht ein Straußenei geben würden.

Es war unmittelbar nach den Regenfällen, und es gab frisches Gras und Blumen. Sie wissen, Mma, wie es dort unten ist, wenn der erste Regen kommt. Plötzlich ist die Erde nicht mehr hart und überall, überall blühen Blumen. Es ist wunderschön, und für eine Weile vergisst man, wie heiß und trocken und hart es gewesen ist. Wir gingen also auf einem Pfad entlang, ich selbst voraus und mein Bruder hinter mir her. Er hatte einen langen Stock, den er neben sich auf dem Boden schleifen ließ. Ich war sehr glücklich, dort zu sein, mit meinem kleinen Bruder und dem frischen Gras, das, wie ich wusste, das Vieh wieder fett und kräftig machen würde.

Plötzlich rief er mir etwas zu, und ich blieb stehen. Im Gras neben uns war eine Schlange. Sie richtete sich auf, öffnete das Maul und zischte. Es war eine große Schlange, etwa so lang, wie ich groß bin, und sie hatte ihren Körper um eine Armlänge vom Boden aufgerichtet. Ich wusste sofort, was es für eine Schlange war. Mir blieb das Herz stehen.

Ich rührte mich nicht, weil ich wusste, dass die Schlange bei der kleinsten Bewegung zubeißen würde, und sie war ja nur ein Stückchen von mir entfernt. Sie war sehr nah. Sie sah mich mit den bösen Augen der Mamba an, und ich war sicher, sie würde zustoßen und ich könnte nichts dagegen tun.

In diesem Augenblick hörte ich ein Schaben und sah, dass mein Bruder, der damals höchstens elf oder zwölf war, die Stockspitze auf der Erde entlang auf die Schlange zu schob. Die Schlange ruckte mit dem Kopf, und bevor wir begriffen, was geschah, hatte sie in den Stock gebissen. Das gab mir Zeit, mich umzudrehen, meinen Bruder zu packen und wegzulaufen. Die Schlange verschwand. Vielleicht hatte sie sich einen Giftzahn ausgebissen. Jedenfalls hatte sie sich entschlossen, uns nicht zu verfolgen.

Mein Bruder rettete mir also das Leben. Sie wissen sicher, was es heißt, Mma, von einer Mamba gebissen zu werden. Man hat keine Chance. Ich wusste also, was ich meinem Bruder zu verdanken hatte.

Das war vor etwa vierzehn Jahren. Jetzt gehen wir nicht mehr oft durch den Busch, aber ich liebe meinen Bruder immer noch sehr, und deshalb war ich unglücklich, als er mich in Gaborone besuchte und mir gestand, ein Mädchen aus Mahalapye heiraten zu wollen, das er während seines Studiums kennen gelernt hatte. Ihr Vater ist mir bekannt, weil er in einem der Ministerien hier als Bürokraft tätig ist. Ich habe ihn in der Mittagszeit mit anderen Angestellten unter den Bäumen sitzen sehen, und jetzt winkt er mir jedes Mal zu, wenn mein Auto vorbeifährt. Am Anfang winkte ich zurück, aber jetzt mache ich mir nicht mehr die Mühe. Soll ich ständig diesem Schreiber winken, nur weil sich seine Tochter meinen Bruder geschnappt hat?

Mein Bruder lebt auf der Farm, die uns nördlich von Pilane gehört. Er leitet sie hervorragend, und mein Vater ist mit seiner Arbeit sehr zufrieden. Tatsächlich hat mein Vater ihm die Farm übergeben, und sie gehört jetzt ihm. Das macht ihn zu einem reichen Mann. Ich habe eine andere Farm, die ebenfalls meinem Vater gehörte. Deshalb bin ich nicht neidisch. Mogadi hat das Mädchen vor drei Monaten geheiratet, und sie zog bei uns ein. Mein Vater und meine Mutter leben noch da, und meine Tanten kommen und verbringen den größten Teil des Jahres dort. Es ist ein sehr großes Haus und es gibt genug Platz für alle.

Meine Mutter wollte nicht, dass die Frau meinen Bruder heiratet. Sie sagte, sie würde keine gute Ehefrau für ihn sein und der Familie nur Unglück bringen. Ich hielt es auch für keine gute Idee, denn ich meinte zu wissen, weshalb sie meinen Bruder wollte. Ich glaubte nicht daran, dass es mit Liebe oder irgendwas in der Richtung zu tun hätte. Ich glaube, dass ihr Vater sie gedrängt hatte, meinen Bruder zu heiraten, weil er einer reichen und bedeutenden Familie entstammt. Ich werde nie vergessen, Mma, wie ihr Vater das Haus unter die Lupe nahm, als er kam, um mit meinem Vater über die Hochzeit zu reden. Seine Augen waren vor Gier weit aufgerissen, und es war deutlich zu sehen, wie er den Wert aller Dinge zusammenzählte. Er fragte meinen Bruder sogar, wie viele Rinder er hätte – und das von einem Mann, der wahrscheinlich selbst kein einziges besitzt!

Ich akzeptierte die Entscheidung meines Bruders, obwohl ich sie für schlecht hielt, und versuchte, seine neue Frau so freundlich wie möglich bei uns aufzunehmen. Aber es war nicht leicht, weil ich beobachten musste, wie sie meinen Bruder gegen seine Familie aufzuhetzen versuchte. Offenbar will sie meine Eltern aus dem Haus haben und hat sich auch bei meinen Tanten schon sehr unbeliebt gemacht. Es ist so, als ob man eine Wespe im Haus hätte, die immerzu herumschwirrt und andere zu stechen versucht.

Das alles wäre ja schon schlimm genug, aber dann ist etwas passiert, das mich noch tiefer beunruhigte. Vor ein paar Wochen besuchte ich meinen Bruder. Als ich ankam, erfuhr ich, dass er sich nicht wohl fühle. Ich ging in sein Zimmer, und er lag im Bett und hielt sich den Bauch. Er habe etwas Schlechtes gegessen, sagte er. Vielleicht verdorbenes Fleisch.

Ich fragte ihn, ob er einen Arzt gerufen hätte, aber er meinte, dass es so schlimm nun auch wieder nicht sei. Es würde ihm sicher bald besser gehen, auch wenn er sich im Augenblick sehr schlecht fühle. Dann sprach ich mit meiner Mutter, die allein auf der Veranda saß.

Sie forderte mich auf, mich neben sie zu setzen, und nachdem sie sich vergewissert hatte, dass niemand in der Nähe war, erzählte sie mir, was sie vermutete.

›Die neue Frau versucht, deinen Bruder zu vergiften‹, sagte sie. ›Ich sah, wie sie in die Küche ging, bevor seine Mahlzeit serviert wurde. Ich hab sie gesehen. Ich sagte ihm, dass er sein Fleisch nicht aufessen solle, weil ich glaube, dass es verdorben sei. Wenn ich es ihm nicht gesagt hätte, hätte er die ganze Portion gegessen und wäre gestorben. Sie versucht ihn zu vergiften.‹

Ich fragte sie, warum sie so etwas tun sollte. ›Warum sollte sie den netten reichen Mann, den sie gerade erst geheiratet hat, so schnell wieder loswerden wollen?‹, fragte ich.

Meine Mutter lachte. ›Weil sie als Witwe viel reicher sein wird, als sie als Ehefrau ist‹, sagte sie. ›Wenn er stirbt, bevor sie Kinder bekommt, kriegt sie alles. Das hat er in seinem Testament festgelegt. Die Farm, das Haus, alles.

Und wenn sie erst alles hat, kann sie uns und die Tanten hinauswerfen. Aber zuerst muss sie ihn umbringen.‹

Ich hielt das anfangs für lächerlich, aber je mehr ich darüber nachdachte, desto klarer wurde mir, dass dies tatsächlich ein Motiv der jungen Frau und an der Geschichte etwas Wahres dran sein könnte. Mit meinem Bruder konnte ich nicht darüber reden, denn er möchte nichts Schlechtes über seine Frau hören. Deshalb habe ich mir gedacht, dass man besser jemanden außerhalb der Familie hinzuzieht, der sich die Sache einmal ansieht und herausfindet, was gespielt wird.«

Mma Ramotswe hob eine Hand, um ihn zu unterbrechen. »Ich denke, das ist was für die Polizei, Rra. Sie sind es gewohnt, mit Giftmördern und Ähnlichem umzugehen. Solche Detektive sind wir nicht – wir helfen den Leuten bei Problemen in ihrem Leben. Wir sind nicht da, um Verbrechen aufzuklären.«

Während Mma Ramotswe sprach, bemerkte sie, wie niedergeschlagen Mma Makutsi aussah. Sie wusste, dass ihre Assistentin ihre Rolle anders sah. Das ist eben der Unterschied zwischen einer Frau von fast vierzig und einer von achtundzwanzig, dachte sie. Mit fast vierzig – oder meinetwegen auch mit vierzig, wenn man es mit dem Alter genau nehmen wollte – versuchte man, Aufregung zu vermeiden. Mit achtundzwanzig war man geradezu wild darauf. Mma Ramotswe hatte dafür natürlich Verständnis. Als sie Note Mokoti heiratete, hatte sie sich nach all dem Glamour gesehnt, der zu dem Leben als Ehefrau eines berühmten Musikers zu gehören schien; eines Mannes, nach dem sich alle umdrehten, wenn er einen Raum betrat, eines Mannes, dessen Stimme vibrierte wie die aufregenden Jazztöne, die er aus seiner glänzenden Selmer-Trompete lockte. Als die Ehe nach erbärmlich kurzer Zeit zu Ende ging und als Andenken nur noch der kleine traurige Stein geblieben war, der an das kurze Leben ihres zu früh geborenen Babys erinnerte, hatte sie sich nach einem Leben der Stabilität und Ordnung gesehnt. Aufregung suchte sie ganz gewiss nicht, und Clovis Andersen, Autor der Bibel ihres Berufsstands »Die Prinzipien privater Nachforschung«, hatte bereits auf Seite zwei oder sogar schon auf Seite eins deutlich gewarnt, dass sich diejenigen, die sich vom Beruf »Privatdetektive« ein aufregenderes Leben versprachen, gewaltig täuschten. »Unsere Arbeit«, schrieb er in einem Absatz, der in Mma Ramotswes Gedächtnis haften geblieben war und den sie in voller Länge Mma Makutsi beim Einstellungsgespräch zitiert hatte, »besteht darin, Menschen in Not zu helfen, die ungelösten Fragen ihres Lebens zu beantworten. Unser Gewerbe besteht nur zu einem sehr kleinen Teil aus Drama; es ist eher ein Prozess geduldigen Beobachtens, Herleitens und Analysierens. Wir sind Wachleute mit Pfiff, wir beobachten und berichten. An unserer Arbeit ist nichts romantisch, und diejenigen, die Romantik suchen, sollten das Handbuch an dieser Stelle zuklappen und etwas anderes machen.«

Mma Makutsis Blick wurde verschwommen, als Mma Ramotswe diesen Auszug zitiert hatte. Es war offensichtlich, dass sie diese Arbeit mit anderen Augen betrachtete. Jetzt, wo kein Geringerer als dieser Regierungsmensch vor ihnen saß und von Familienintrigen und möglichen Giftmorden erzählte, glaubte sie, dass endlich Ermittlungen anstanden, bei der sich ihr Einsatz lohnte. Und gerade da schien Mma Ramotswe darauf aus zu sein, den Kunden vor den Kopf zu stoßen!

Der Regierungsmensch starrte Mma Ramotswe an. Ihr Einwurf hatte ihn geärgert, und es sah aus, als bemühe er sich, sein Missfallen unter Kontrolle zu halten. Mma Makutsi bemerkte, dass seine Oberlippe beim Zuhören leicht zitterte.

»Ich kann nicht zur Polizei gehen«, sagte er und strengte sich an, seine Stimme normal klingen zu lassen. »Was könnte ich ihr sagen? Die Polizei würde Beweise verlangen, selbst von mir. Sie würde sagen, dass sie nicht in ein Haus gehen und eine Frau festnehmen kann, die alles abstreitet und deren Ehemann sagen würde: ›Die Frau hat nichts getan. Wovon reden Sie eigentlich?‹«

Er schwieg und sah Mma Ramotswe an, als sei er sicher, seinen Fall ausreichend dargelegt zu haben.

»Und nun?«, fragte er abrupt. »Wenn ich nicht zur Polizei gehen kann, wird die Sache zu einem Job für einen Privatdetektiv. Dafür sind Leute wie Sie schließlich da, oder etwa nicht?«

Mma Ramotswe erwiderte seinen Blick, was allein schon eine Aussage war. In der traditionellen Gesellschaft hätte sie einem Mann seines Ranges niemals so unverwandt in die Augen sehen dürfen. Es hätte als unverschämt gegolten. Aber die Zeiten hatten sich geändert, und sie war eine Bürgerin der modernen Republik Botswana, in der es eine Verfassung gab, die die Würde aller Bürger, zu denen auch Detektivinnen gehörten, garantierte. Diese Verfassung war von dem Tag im Jahr 1966 an hochgehalten worden, als die britische Fahne, der Union Jack, im Stadium abgenommen und diese wunderbare blaue Fahne vor der jubelnden Menge gehisst worden war. Es war eine Leistung, die kein anderes Land in Afrika, kein einziges, vorweisen konnte. Und sie war Precious Ramotswe, Tochter des verstorbenen Obed Ramotswe, eines Mannes, dessen Würde und Wert sich mit jedem messen konnten, egal ob er aus einer Häuptlingsfamilie stammte oder nicht. Bis zum Tag seines Todes hatte er jedem Menschen in die Augen blicken können, und das sollte auch für sie gelten.

»Ich muss selbst entscheiden, ob ich einen Fall übernehme oder nicht, Rra«, sagte sie. »Ich kann nicht jedem helfen. Ich versuche den Leuten so gut zu helfen, wie ich kann, aber wenn ich eine Sache nicht übernehmen kann, dann sage ich, dass es mir Leid tut. So arbeiten wir in der *No. 1 Ladies' Detective Agency*. In Ihrem Fall weiß ich einfach nicht, wie wir herausfinden können, was es herauszufinden gilt. Es ist ein Familienproblem. Ich weiß nicht, was ein Fremder da ausrichten kann.«

Der Regierungsmensch blieb still. Er sah Mma Makutsi an, aber sie senkte den Blick.

»Ich verstehe«, sagte er nach wenigen Augenblicken. »Ich glaube, Sie wollen mir nicht helfen, Mma. Also, das ist sehr traurig für mich.« Er machte eine Pause. »Haben Sie überhaupt eine Zulassung für dieses Geschäft?«

Mma Ramotswe stockte der Atem. »Eine Zulassung? Gibt es ein Gesetz, das verlangt, dass Privatdetektive eine Zulassung brauchen?«

Der Regierungsmensch lächelte, aber seine Augen waren kalt. »Wahrscheinlich nicht. Ich habe es nicht nachgeprüft. Es wäre aber möglich. Kontrolle, verstehen Sie? Wir müssen die Geschäfte kontrollieren. Deshalb gibt es Wandergewerbescheine oder Gemischtwarenhändlerlizenzen, die wir Leuten wegnehmen können, die als Straßen- oder Gemischtwarenhändler nicht geeignet sind. Sie wissen doch, wie so was funktioniert.«

Es war Obed Ramotswe, der darauf antwortete, Obed Ramotswe mit den Lippen seiner Tochter.

»Ich kann nicht hören, was Sie sagen, Rra. Ich kann es nicht hören.«

Mma Makutsi schob plötzlich geräuschvoll Papiere auf ihrem Schreibtisch hin und her.

»Natürlich haben Sie Recht, Mma«, mischte sie sich ein. »Sie können nicht einfach zu dieser Frau gehen und fragen, ob sie ihren Mann umbringen will. Das würde nie klappen.«

»Nein«, sagte Mma Ramotswe. »Deshalb können wir hier nichts machen.«

»Andererseits«, setzte Mma Makutsi schnell hinzu, »habe ich eine Idee. Ich glaube, ich weiß, wie man vorgehen könnte.«

Der Regierungsmensch drehte sich zu Mma Makutsi um.

»Was für eine Idee, Mma?«

Mma Makutsi schluckte. Ihre große Brille schien vor lauter Inspiration förmlich zu blitzen.

»Also«, begann sie, »es ist wichtig, ins Haus zu gehen und zu hören, worüber die Leute sich so unterhalten. Es ist wichtig, die Frau zu beobachten, die so etwas Böses plant. Es ist wichtig, ihr ins Herz zu sehen.«

»Ja«, sagte der Regierungsmensch. »Das ist es, was ich von Ihnen erwarte. Sie schauen ihr ins Herz und finden das Böse. Dann richten Sie eine Taschenlampe auf das Böse und sagen zu meinem Bruder: ›Sehen Sie! Sehen Sie das schlechte Herz Ihrer Frau! Sehen Sie, wie sie immerzu geheime Pläne schmiedet!‹«

»So einfach wäre es kaum«, sagte Mma Ramotswe. »Das Leben ist nicht so einfach. Es ist einfach nicht so.«

»Bitte, Mma«, sagte der Regierungsmensch. »Hören wir doch der klugen Frau mit der Brille zu! Sie hat ein paar ausgezeichnete Ideen.«

Mma Makutsi rückte ihre Brille zurecht und fuhr fort. »Im Haus sind Dienstboten, nicht wahr?«

»Fünf«, sagte der Regierungsmensch. »Und für draußen gibt es auch Angestellte. Das sind Männer, die sich ums Vieh kümmern. Und die alten Dienstboten meines Vaters. Sie können nicht mehr arbeiten, aber sie sitzen vorm Haus in der Sonne, und mein Vater ernährt sie gut. Sie sind sehr dick.«

»Sehen Sie«, sagte Mma Makutsi, »Hausangestellten entgeht nichts. Ein Hausmädchen schaut ins Bett von Ehemann und Ehefrau, nicht wahr? Eine Köchin schaut in ihre Mägen. Dienstboten sind immer da und gucken, gucken, gucken. Sie reden mit anderen Dienstboten. Dienstboten wissen einfach alles.«

»Sie fahren also hin und sprechen mit den Angestellten?«, fragte der Regierungsmensch. »Ob die aber mit Ihnen reden wollen? Sie werden sich um ihre Arbeitsplätze Sorgen machen. Sie werden den Mund halten und behaupten, dass ihnen nichts aufgefallen ist.«

»Mma Ramotswe weiß, wie man mit Leuten spricht«, entgegnete Mma Makutsi. »Die Leute reden bestimmt mit ihr. Ich weiß es. Könnten Sie es nicht arrangieren, dass sie ein paar Tage im Haus Ihres Vaters wohnen kann?«

»Natürlich kann ich das«, sagte der Regierungsmensch. »Ich kann meinen Eltern sagen, dass sie eine Frau ist, die mir einen politischen Gefallen getan hat. Sie muss wegen gewisser Probleme für ein paar Tage aus Gaborone verschwinden. Sie werden sie bestimmt aufnehmen.«

Mma Ramotswe streifte Mma Makutsi mit einem Blick. Es gehörte sich nicht für ihre Assistentin, derartige Vorschläge zu machen – vor allem wenn sie ihr damit einen Fall aufhalste, den sie nicht zu übernehmen wünschte. Sie würde es mit ihr besprechen müssen, wollte sie aber vor diesem stolzen Mann mit seinem selbstherrlichen Gehabe nicht blamieren. Sie würde den Fall annehmen, aber nicht weil seine nur leicht verhüllte Drohung funktioniert hatte – dagegen hatte sie sich energisch verwahrt, indem sie behauptet hatte, ihn nicht hören zu können –, sondern weil man ihr einen Weg gezeigt hatte, wie sie der Sache auf den Grund gehen könnte.

»Also gut«, sagte sie. »Wir werden den Fall übernehmen, Rra. Aber nicht, weil Sie etwas Bestimmtes zu mir gesagt haben und schon gar nicht wegen der Dinge, die ich nicht gehört habe.« Sie legte eine kleine Pause ein, um ihre Worte auf ihn wirken zu lassen. »Allerdings werde ich entscheiden, was zu tun ist, wenn ich dort bin. Sie dürfen sich nicht einmischen.«

Der Regierungsmensch nickte begeistert. »Das ist in Ordnung, Mma. Damit bin ich völlig einverstanden. Und es tut mir Leid, dass ich Dinge gesagt habe, die ich nicht hätte sagen sollen. Sie müssen verstehen, dass mir mein Bruder sehr wichtig ist. Ich hätte nichts gesagt, wenn ich nicht solche Angst um ihn hätte. Das ist alles.«

Mma Ramotswe sah ihn an. Er liebte seinen Bruder wirklich. Es konnte nicht leicht für ihn sein, ihn mit einer Frau verheiratet zu sehen, der er so wenig traute. »Ich habe bereits vergessen, was gesagt worden ist, Rra«, sagte sie. »Sie brauchen sich keine Sorgen zu machen.«

Der Regierungsmensch erhob sich. »Fangen Sie morgen an?«, fragte er. »Ich werde alles in die Wege leiten.«

»Nein«, sagte Mma Ramotswe. »Erst in ein paar Tagen. Ich habe noch viel in Gaborone zu erledigen. Aber machen Sie sich keine Sorgen. Wenn für Ihren armen Bruder etwas getan werden kann, werde ich es tun. Wenn wir erst einmal einen Fall übernommen haben, nehmen wir ihn nicht auf die leichte Schulter. Das kann ich Ihnen versprechen.«

Der Regierungsmensch langte über den Schreibtisch und ergriff ihre Hand. »Sie sind eine sehr gute Frau, Mma. Was über Sie gesagt wird, ist wahr. Jedes Wort.«

Er wandte sich an Mma Makutsi. »Und Sie, Mma: Sie sind eine kluge Dame. Wenn Sie den Job als Privatdetektivin jemals satt bekommen, können Sie für die Regierung arbeiten. Die Regierung braucht Frauen wie Sie. Die meisten Frauen, die für uns arbeiten, taugen nichts. Sie sitzen herum und lackieren sich die Fingernägel – ich habe es selbst gesehen. Sie dagegen wären fleißig, denke ich.«

Mma Ramotswe wollte etwas dazu bemerken, aber der Regierungsmensch war bereits auf dem Weg nach draußen. Vom Fenster aus sahen sie, wie sein Chauffeur mit Schwung die Autotür aufriss und hinter ihm zuschlug.

Mma Makutsi fragte: »Wenn ich für die Regierung arbeiten würde – was natürlich nicht in Frage kommt –, wie lange würde es wohl dauern, bis ich so ein Auto und so einen Fahrer hätte?«

Mma Ramotswe lachte. »Glauben Sie nicht alles, was er sagt«, riet sie ihr. »Solche Männer machen alle möglichen Versprechungen. Und das ist ein sehr dummer Mann. Und dazu noch furchtbar eingebildet.«

»Aber er hat doch über die Frau seines Bruders die Wahrheit gesagt?«, fragte Mma Makutsi besorgt.

»Wahrscheinlich«, erwiderte Mma Ramotswe. »Ich glaube nicht, dass er es erfunden hat. Aber denken Sie daran, was Clovis Andersen sagt. Jede Geschichte hat zwei Seiten. Bis jetzt haben wir nur eine gehört.«

Das Leben wurde immer komplizierter, dachte Mma Ramotswe. Sie hatte sich gerade bereit erklärt, einen vermutlich schwierigen Fall zu übernehmen, für den sie Gaborone verlassen müsste. Das allein war schon problematisch genug, aber die ganze Situation wurde noch viel schwieriger, wenn man an Mr. J. L. B. Matekoni und *Tlokweng Road Speedy Motors* dachte. Und dann war da noch das Problem mit den Kindern. Jetzt, wo sie sich am Zebra Drive eingelebt hatten, sollten sie einen geregelten Tagesablauf haben. Rose, ihre Hausangestellte, konnte sie dabei unterstützen, aber Mma Ramotswe konnte ihr nicht alles aufbürden.

Auf der Liste, die sie frühmorgens erstellt hatte, stand an erster Stelle, das Büro für den Umzug vorzubereiten. Jetzt meinte sie, dass sie eher die Werkstatt an die erste Stelle rücken sollte und das Büro an die zweite. Danach kamen die Kinder. Sie schrieb SCHULE und eine Telefonnummer darunter. Dann folgte: MANN FÜR KÜHLSCHRANKREPARATUR KOMMEN LASSEN. SOHN VON ROSE WEGEN ASTHMA ZUM ARZT BRINGEN. Und am Ende schrieb sie: ETWAS WEGEN DER BÖSEN FRAU UNTERNEHMEN.

»Mma Makutsi«, sagte sie. »Ich denke, ich bringe Sie jetzt gleich zur Werkstatt rüber. Wir können Mr. J. L. B. Matekoni nicht im Stich lassen, auch wenn er sich seltsam benimmt. Sie müssen mit Ihrer Aufgabe als amtierende Werkstattleiterin sofort beginnen. Ich fahre Sie mit dem Lieferwagen hin.«

Mma Makutsi nickte. »Ich bin bereit, Mma«, sagte sie. »Ich bin bereit, alles zu managen.«

Kapitel 6

Die Firma *Tlokweng Road Speedy Motors* war Teil einer Gruppe von drei Gebäuden: eines beherbergte einen Gemischtwarenladen, der alles – von billiger Kleidung bis Paraffinöl und goldenem Sirup – auf Lager hatte, und eines einen Baumarkt, der mit Holz und Wellblech für Dächer handelte. Die Werkstatt befand sich am östlichen Ende. Mehrere Dornenbäume standen darum herum und eine alte Benzinpumpe davor. Mr. J. L. B. Matekoni war eine bessere Pumpe versprochen worden, aber die Mineralölgesellschaft war nicht scharf darauf, dass er ihren moderneren Niederlassungen Konkurrenz machte und sie vergaßen praktischerweise ihr Versprechen. Sie lieferten weiter Benzin, da sie vertraglich dazu verpflichtet waren, jedoch ohne Begeisterung, und sie vergaßen gern den Liefertermin. Das Ergebnis war, dass die Kraftstofftanks häufig leer waren.

Nichts davon spielte eine große Rolle. Die Kunden gingen zu *Tlokweng Road Speedy Motors*, weil sie ihre Autos von Mr. J. L. B. Matekoni repariert haben und nicht weil sie tanken wollten. Es waren Leute, die den Unterschied zwischen einem guten Mechaniker und einem, der nur Autos reparierte, erkannten. Ein guter Mechaniker verstand Autos. Er konnte ein Problem allein dadurch diagnostizieren, dass er einem laufenden Motor lauschte – fast wie ein erfahrener Arzt, der einen Patienten nur anzuschauen braucht, um zu wissen, was ihm fehlt.

»Motoren reden mit euch«, erklärte er seinen Lehrlingen. »Sie sagen euch, was mit ihnen nicht stimmt. Ihr müsst ihnen nur zuhören.«

Natürlich verstanden die Lehrlinge nicht, was er meinte. Sie hatten eine völlig andere Einstellung zu Motoren und waren unfähig zu begreifen, dass Motoren Launen und Gefühle haben konnten, dass sich ein Motor unter Druck gesetzt oder gestresst, erleichtert oder entspannt fühlen konnte. Diese Lehrlinge zu ertragen war ein Akt der Nächstenliebe seitens Mr. J. L. B. Matekoni, der sich Sorgen machte, dass es nicht genügend ordentlich ausgebildete Mechaniker in Botswana gäbe, wenn seine Generation sich irgendwann zur Ruhe setzen würde.

»Afrika kommt nicht voran, wenn wir keine Mechaniker haben«, erklärte er Mma Ramotswe einmal. »Mechaniker sind der Grundstein im Gebäude. Andere Leute stehen darüber: Ärzte, Krankenschwestern, Lehrer. Aber das Ganze ist auf Mechanikern aufgebaut. Deshalb ist es wichtig, junge Leute zu Mechanikern auszubilden.«

Als Mma Ramotswe und Mma Makutsi jetzt vor *Tlokweng Road Speedy Motors* vorfuhren, sahen sie einen der Lehrlinge am Steuer eines Autos, während der andere es langsam in die Werkstatt schob. Während sie heranfuhren, unterbrach der schiebende Lehrling seine Arbeit, um die beiden Frauen anzusehen, und das Auto rollte rückwärts.

Mma Ramotswe parkte ihren winzigen weißen Lieferwagen unter einem Baum, und sie und Mma Makutsi gingen zum Büroeingang.

»Guten Morgen, Mma Ramotswe«, sagte der größere der beiden Lehrlinge. »Ihre Radaufhängung ist schlecht. Sie sind zu schwer dafür. Sehen Sie mal, wie es auf einer Seite runtersackt. Wir können's für Sie in Ordnung bringen.«

»An meinem Wagen ist nichts kaputt«, konterte Mma Ramotswe. »Mr. J. L. B. Matekoni kümmert sich selber um das Auto. Er hat nie was von Radaufhängung gesagt.«

»In letzter Zeit sagt er über gar nichts was«, erwiderte der Lehrling. »Er ist reichlich schweigsam.«

Mma Makutsi blieb stehen und sah den Jungen an. »Ich bin Mma Makutsi«, sagte sie und musterte ihn durch ihre große Brille. »Ich bin hier amtierende Werkstattleiterin. Wenn du über Radaufhängungen reden willst, kannst du zu mir ins Büro kommen. Und inzwischen kannst du mir schon mal verraten, wem das Auto gehört und was ihr damit macht.«

Der Lehrling blickte sich hilfesuchend nach seinem Freund um.

»Es ist das Auto der Frau, die hinter der Polizeiwache wohnt. Ich glaube, sie ist eine von den leichten Damen.« Er lachte. »Sie benutzt den Wagen, um Männer aufzugabeln, und jetzt will er nicht starten. Also kriegt sie keine. Haha!«

Mma Makutsi fragte gereizt: »Er will nicht starten, wie?«

»Genau«, sagte der Lehrling. »Er will nicht starten. Deshalb mussten Charlie und ich mit dem Truck rüberfahren und ihn abschleppen. Jetzt schieben wir ihn in die Werkstatt, um uns den Motor mal anzuschauen. Ich glaube, das wird eine größere Reparatur. Vielleicht ein neuer Anlasser. Sie wissen ja, wie es ist. Diese Sachen kosten eine Menge Geld, und es ist nur gut, dass die Männer der Frau so viel Geld geben. Sie kann sich so was leisten. Haha!«

Mma Makutsi schob die Brille auf ihrer Nase nach unten und starrte den Jungen an.

»Und was ist mit der Batterie?«, fragte sie. »Vielleicht ist es die Batterie. Habt ihr's mal mit Starthilfekabeln versucht?«

Der Lehrling hörte auf zu lächeln.

»Na?«, fragte Mma Ramotswe. »Habt ihr's mit den Kabeln versucht? Habt ihr's wenigstens probiert?«

Der Lehrling schüttelte den Kopf. »Das ist ein altes Auto. Da ist bestimmt was andres kaputt.«

»Unsinn«, sagte Mma Makutsi. »Mach vorn auf! Habt ihr eine gute Batterie in der Werkstatt? Schließt die Kabel an und seht, was passiert!«

Der Lehrling sah seinen Kumpel an, der aber nur mit den Schultern zuckte.

»Na, macht schon«, befahl Mma Makutsi. »Ich hab im Büro noch eine Menge zu tun. Beeilt euch!«

Mma Ramotswe sagte nichts, beobachtete aber mit Mma Makutsi, wie die Lehrlinge das Auto die letzten Meter in die Werkstatt schoben, die alte Batterie herausnahmen und die neue Batterie an die Kabel anschlossen. Einer der jungen Männer setzte sich missmutig auf den Fahrersitz und drehte den Zündschlüssel. Der Motor startete sofort.

»Alte Batterie aufladen«, sagte Mma Makutsi. »Und dann wechselt ihr für die Frau das Öl und bringt ihr den Wagen zurück. Sagt ihr, es täte euch Leid, dass die Reparatur so lange gedauert hätte, dass sie aber dafür von uns einen kostenlosen Ölwechsel bekommen hätte.« Sie drehte sich zu Mma Ramotswe, die lächelnd neben ihr stand. »Kundentreue ist sehr wichtig. Wenn man etwas für den Kunden tut, bleibt er dir ewig treu. Das ist ganz wichtig im Geschäft.«

»Ganz wichtig«, stimmte ihr Mma Ramotswe bei. Sie hatte Zweifel gehabt, ob Mma Makutsi die Werkstatt wirklich leiten könnte, aber diese hatten sich inzwischen fast vollständig in Luft aufgelöst.

»Verstehen Sie viel von Autos?«, erkundigte sie sich beiläufig bei ihrer Assistentin, während sie mit dem Aufräumen der übervollen Schreibtischplatte von Mr. J. L. B. Matekoni begannen.

»Nicht besonders viel«, antwortete Mma Makutsi. »Aber ich kenne mich mit Schreibmaschinen aus, und eine Maschine gleicht der anderen, finden Sie nicht auch?«

Ihre unmittelbare Aufgabe war es nun herauszufinden, welche Autos darauf warteten, repariert zu werden, und welche für einen späteren Service eingetragen waren. Der ältere der beiden Lehrlinge, Charlie, wurde ins Büro zitiert und gebeten, eine Liste der noch ausstehenden Arbeiten anzufertigen. Wie sich herausstellte, standen acht Autos hinter der Werkstatt und warteten auf Ersatzteile. Einige davon waren bestellt worden, andere noch nicht. Nachdem sie sich einen Überblick verschafft hatten, rief Mma Makutsi die Lieferanten der Reihe nach an und erkundigte sich nach dem jeweiligen Ersatzteil.

»Mr. J. L. B. Matekoni ist sehr ärgerlich«, sagte sie streng. »Und wir werden nicht in der Lage sein, Sie für vergangene Bestellungen zu bezahlen, wenn wir mit den neuen Aufträgen nicht weiter vorankommen. Haben Sie das verstanden?«

Es wurden Versprechungen gegeben und meistens sogar eingehalten. Schon Stunden später trafen Ersatzteile ein, von den Lieferanten selbst vorbeigebracht. Sie wurden ordnungsgemäß gekennzeichnet – etwas, was den Lehrlingen zufolge bisher nie gemacht wurde – und in der Reihenfolge ihrer Dringlichkeit auf eine Werkbank gelegt. In der Zwischenzeit waren die jungen Männer, deren Arbeit mit Mma Makutsi abgestimmt worden war, eifrig damit beschäftigt, Teile einzubauen, Motoren zu testen und schließlich jedes Fahrzeug Mma Makutsi zur Prüfung zu übergeben. Sie ließ sich von ihnen erklären, was an den Autos gemacht worden war, inspizierte die Arbeit gelegentlich selbst und überließ Mma Ramotswe, weil sie selbst keinen Führerschein hatte, den Wagen für eine Probefahrt, bevor sie den Besitzer telefonisch benachrichtigte, dass alles erledigt sei. Nur die Hälfte der Arbeit würde in Rechnung gestellt werden, um ihn für die lange Wartezeit zu entschädigen, erklärte sie. Das besänftigte alle Autobesitzer bis auf einen, der verkündete, er würde in Zukunft woandershin gehen.

»Dann werden Sie von unserem kostenlosen Service-Angebot keinen Gebrauch machen können«, sagte Mma Makutsi ruhig. »Das ist schade.«

Das bewirkte den nötigen Meinungsumschwung, und am Ende des Tages hatte die Firma *Tlokweng Road Speedy Motors* sechs Autos an ihre Eigentümer zurückgegeben, die ihnen allesamt verziehen zu haben schienen.

»Das war ein guter erster Tag«, sagte Mma Makutsi, als sie und Mma Ramotswe den erschöpften Lehrlingen nachblickten, die die Straße hinunter gingen. »Die Burschen haben sich abgerackert. Dafür habe ich sie mit einer Prämie von je fünfzig Pula belohnt. Sie sind zufrieden, und ich bin sicher, dass aus ihnen bessere Lehrlinge werden. Sie werden sehen, Mma!«

Mma Ramotswe war nachdenklich geworden. »Ich glaube, Sie haben Recht«, sagte sie. »Sie sind eine außergewöhnliche Chefin.«

»Danke«, sagte Mma Makutsi. »Aber jetzt müssen wir nach Hause gehen, denn morgen gibt es wieder viel zu tun.«

Mma Ramotswe fuhr ihre Assistentin mit ihrem winzigen weißen Lieferwagen durch die Straßen, die voller Menschen auf dem Nachhauseweg waren. Es gab überladene Minibusse, die sich mit ihrer Last gefährlich zur Seite neigten, Fahrräder mit Beifahrern auf den Gepäckträgern und Leute, die zu Fuß gingen, die Arme schwenkten, vor sich hin pfiffen, nachdachten, sich Hoffnungen machten. Die Straße war ihr vertraut, weil sie Mma Makutsi schon oft nach Hause gefahren hatte, und sie kannte die baufälligen Häuser und die Grüppchen von neugierig guckenden Kindern, die solche Gegenden zu bevölkern schienen. Sie setzte ihre Assistentin am Tor ab und sah ihr nach, wie sie ums Haus zu dem Klinkerschuppen ging, in dem sie wohnte. Sie bildete sich ein, eine Gestalt in der Tür zu sehen, einen Schatten vielleicht, aber dann drehte sich Mma Makutsi um, und Mma Ramotswe, die nicht dabei ertappt werden wollte, wie sie ihre Assistentin beobachtete, musste losfahren.

Kapitel 7

Nicht jeder hatte wie Mma Ramotswe eine Hausangestellte, aber wenn man einen gut bezahlten Job hatte und ein Haus ihrer Größe, würde es als egoistisch gelten, kein Dienstmädchen zu beschäftigen oder sogar mehrere Hausangestellte zu unterstützen. Mma Ramotswe wusste, dass es Länder gab, wo die Menschen keine Dienstboten hatten, auch wenn sie sich welche leisten konnten. Für sie war dies unverständlich. Wenn Leute Dienstboten beschäftigen konnten und es nicht taten, was blieb den Dienstboten dann zu tun?

In Botswana hatte bestimmt jedes Haus am Zebra Drive – auf jeden Fall jedes Haus mit mehr als zwei Schlafzimmern – eine Hausangestellte. Es gab Gesetze, die vorschrieben, wie viel diesen Leuten zu zahlen war, aber sie wurden oft missachtet. Es gab Menschen, die ihre Dienstboten schlecht behandelten, die ihnen sehr wenig bezahlten und erwarteten, dass sie sich von früh bis abends für sie plagten, und diese Menschen bildeten, soweit sie wusste, die Mehrheit. Diese Ausbeutung war Botswanas dunkles Geheimnis, über das niemand gerne sprach. Und mit Sicherheit sprach niemand gern darüber, wie die Masarwa in der Vergangenheit behandelt worden waren, nämlich wie Sklaven, und wenn man es erwähnte, bekamen die Leute einen unruhigen Blick und wechselten das Thema. Aber es war geschehen und es geschah immer noch hier und da. Natürlich passierten solche Sachen in ganz Afrika. Die Sklaverei war ein großes Unrecht gewesen, das an Afrika begangen worden war, aber es hatte auch immer bereitwillige afrikanische Sklavenhändler gegeben, die ihre eigenen Leute verkauften, und es gab noch heute unermesslich viele Afrikaner, die für einen Hungerlohn arbeiteten, unter Bedingungen, die man als Sklaverei bezeichnen konnte. Es waren stille Menschen, schwache Menschen, und die Hausangestellten gehörten dazu.

Mma Ramotswe wunderte sich, dass Leute es fertig brachten, ihren Dienstboten gegenüber so gefühllos zu sein. Sie selbst war im Haus einer Freundin gewesen, die so ganz nebenbei erwähnte, dass ihr Hausmädchen fünf Tage Urlaub im Jahr bekäme und noch dazu unbezahlten. Diese Freundin brüstete sich damit, dass sie ihrer Angestellten vor gar nicht langer Zeit den Lohn gekürzt hatte, weil sie die Frau für faul hielt.

»Aber warum geht sie nicht, wenn du so etwas tust?«, hatte Mma Ramotswe gefragt.

Die Freundin hatte gelacht. »Wohin denn? Es gibt eine Menge Leute, die ihren Job gern übernehmen würden, und das weiß sie. Sie weiß, dass ich jemanden kriegen könnte, der die Arbeit für halb so viel machen würde, was sie bekommt.«

Mma Ramotswe hatte nichts gesagt, die Freundschaft aber im selben Augenblick stillschweigend beendet. Diese Begebenheit war ein Anlass gewesen, sich etwas ausgiebiger Gedanken zu machen: Kann man mit einem Menschen befreundet sein, der sich schlecht benimmt? Oder ist es so, dass schlechte Menschen nur schlechte Freunde haben, weil nur andere schlechte Menschen so viel mit ihnen gemein haben, dass sie Freunde werden können? Mma Ramotswe dachte an weltweit bekannte schlechte Menschen. Zum Beispiel Idi Amin oder Henrik Verwoerd. Idi Amin war nicht ganz richtig im Kopf, vielleicht war er deshalb nicht auf die gleiche Art schlecht wie Mr. Verwoerd, der geistig völlig normal zu sein schien, aber ein Herz aus Eis hatte. Hatte jemand Mr. Verwoerd geliebt? Hatte ihm jemand die Hand gehalten? Vermutlich hatte es solche Menschen gegeben. Immerhin waren doch Leute auf seiner Beerdigung gewesen. Und hatten sie nicht geweint, wie es die Leute taten, wenn gute Menschen beerdigt wurden? Um Mr. Verwoerd hatte es Menschen gegeben, und vielleicht waren nicht alle seine Leute schlecht. Jetzt, wo sich die Dinge in Südafrika geändert hatten, mussten diese Leute ja weiterleben. Vielleicht verstanden sie jetzt, was für ein Unrecht sie begangen hatten. Und auch wenn sie es nicht begriffen, war ihnen doch größtenteils vergeben worden. Die normalen Afrikaner hatten meist für Hass keinen Platz in ihren Herzen. Vielleicht waren sie manchmal ein bisschen dumm, wie Menschen überall, aber nachtragend waren sie nicht. Mr. Mandela hatte es der ganzen Welt gezeigt. Genau wie Seretse Khama, dachte Mma Ramotswe, obwohl sich niemand außer den Menschen Botswanas an ihn zu erinnern schien. Und doch gehörte er zu den großen Männern Afrikas, und er hatte die Hand ihres Vaters, Obed Ramotswe, geschüttelt, als er Mochudi besuchte, um mit dem Volk zu sprechen. Und als der Khama die Hand ihres Vaters ergriff, stand sie mit stolz geschwellter Brust daneben, und sie erinnerte sich jedes Mal an diesen Tag, wenn sie das Foto des großen Staatsmanns auf ihrem Kaminsims betrachtete.

Die Freundin, die ihr Hausmädchen so schlecht behandelte, war eigentlich kein böser Mensch. Sie verhielt sich anständig gegenüber ihrer Familie, und zu Mma Ramotswe war sie auch immer freundlich gewesen, aber was ihre Hausangestellte betraf – und Mma Ramotswe hatte sie kennen gelernt, eine angenehme und fleißige Frau aus Molepolole –, so schien sie auf deren Gefühle kaum Rücksicht zu nehmen. Mma Ramotswe meinte, das Verhalten ihrer Freundin habe mit Ignoranz zu tun, einer Unfähigkeit, die Hoffnungen und Wünsche anderer zu verstehen. Dieses Verständnis, glaubte sie, war der Beginn aller Moral. Wenn man begriff, was ein anderer Mensch empfand, wenn man sich in seine Lage versetzen konnte, dann war es doch sicher nicht möglich, ihm weitere Schmerzen zuzufügen. Es wäre dann so, als würde man sich selbst verletzen.

Mma Ramotswe wusste, dass viel über Moral debattiert wurde, aber ihrer Meinung nach war die Sache ganz einfach. Erstens gab es die alte Botswana-Moral, und die war auf jeden Fall richtig. Wenn man sich daran hielt, tat man das Richtige und brauchte sich weiter keine Gedanken zu machen. Es gab natürlich auch noch andere moralische Grundsätze: die Zehn Gebote beispielsweise, die sie vor vielen Jahren in der Sonntagsschule in Mochudi auswendig gelernt hatte und ebenfalls richtig waren. Diese moralischen Grundsätze waren wie die Gesetze Botswanas. Sie waren wortwörtlich zu befolgen. Es ging nicht, dass man sich einbildete, das Hohe Gericht Botswanas zu sein und für sich entschied, welche Teile man befolgte und welche nicht. Moralische Grundsätze wurden nicht aufgestellt, damit sich jeder nach Belieben aussuchen konnte, welche ihm passten. Ebenso wenig wurden sie aufgestellt, damit man sie anzweifelte. Man konnte nicht sagen, dass man dieses Verbot beachten würde, jenes aber nicht. *Ich werde keinen Diebstahl begehen – ganz gewiss nicht –, aber Ehebruch ist etwas anderes: schlecht für andere Leute, aber nicht für mich.*

Moral ist für jeden, dachte Mma Ramotswe, und das bedeutet, dass die Ansichten nicht nur einer Person nötig sind, um Moral zu erschaffen. Das war es, was die moderne Moral mit ihrer Hervorhebung des Einzelnen und der Stärkung der individuellen Position so schwach machte. Wenn man den Leuten die Möglichkeit gab, eine eigene Moral für sich zu erarbeiten, würden sie eine Fassung wählen, die für sie am einfachsten wäre und ihnen erlaubte, meist nur das zu tun, was ihnen am besten gefiel. Und das war nach Ansicht von Mma Ramotswe simpler Egoismus, egal welch großartige Bezeichnung man dieser Moral auch verpasste.

Mma Ramotswe hatte einmal im Radio eine Sendung des *World Service* gehört, die ihr den Atem raubte. Es ging um Philosophen, die sich Existenzialisten nannten und die, soweit Mma Ramotswe verstanden hatte, in Frankreich lebten. Diese Franzosen behaupteten, man solle auf eine Weise leben, die einem das Gefühl gab, wirklich zu leben. Und dies sei genau das Richtige. Mma Ramotswe staunte. Man musste nicht nach Frankreich gehen, um Existenzialisten zu treffen, überlegte sie. Es gab eine Menge Existenzialisten hier in Botswana. Note Mokoti zum Beispiel. Sie war mit einem Existenzialisten verheiratet gewesen, ohne es zu wissen. Note, dieser Egoist, der sich nicht ein einziges Mal für einen anderen eingesetzt hatte – nicht einmal für seine Frau –, hätte die Existenzialisten gutgeheißen und sie ihn. Es war sicher sehr existenzialistisch, jede Nacht in die Kneipe zu gehen, während die schwangere Ehefrau zu Hause blieb, und noch existenzialistischer, sich mit jungen Mädchen zu amüsieren – jungen existenzialistischen Mädchen –, die man in den Kneipen kennen gelernt hatte. Es war ein gutes Leben, ein Existenzialist zu sein, wenn auch nicht so gut für die anderen, nichtexistenzialistischen Menschen um einen herum.

Mma Ramotswe behandelte ihre Hausangestellte Rose nicht auf diese Weise, sie beutete sie nicht aus. Rose hatte seit dem Tag, an dem Mma Ramotswe in den Zebra Drive gezogen war, für sie gearbeitet. Wie Mma Ramotswe gemerkt hatte, gab es ein Netzwerk arbeitsloser Leute, über das schnell bekannt wurde, wenn jemand in ein neues Haus zog und möglicherweise einen Dienstboten benötigte. Rose war keine Stunde nach Mma Ramotswe im Haus erschienen.

»Sie werden ein Dienstmädchen brauchen, Mma«, hatte sie gesagt. »Ich bin ein sehr gutes Dienstmädchen. Ich werde hart arbeiten und Ihnen für den Rest Ihres Lebens keinen Ärger machen. Ich kann gleich anfangen.«

Mma Ramotswe hatte sich sofort ein Urteil gebildet. Sie sah eine vertrauenswürdig aussehende Frau vor sich, nett gekleidet, etwa dreißig Jahre alt. Aber sie sah auch, dass sie eine Mutter war, und eines ihrer Kinder wartete am Tor und schaute zu ihr hinüber. Und sie fragte sich, was die Mutter zu ihrem Kind gesagt haben mochte: *Wenn mir diese Frau als Dienstmädchen Arbeit gibt, haben wir heute Abend etwas zu essen. Hoffen wir's. Du wartest hier und stellst dich auf die Zehenspitzen. Stell dich auf die Zehenspitzen!* Das sagte man auf Setswana, wenn man hoffte, dass ein Wunsch in Erfüllung ging – so, wie die Weißen sagten: Drück mir die Daumen!

Mma Ramotswe schaute zum Tor und sah, dass das Kind tatsächlich auf seinen Zehenspitzen stand, und da wusste sie, dass es nur eine Antwort für sie gab.

Sie sah die Frau an. »Ja«, sagte sie. »Ich brauche ein Dienstmädchen, und ich gebe Ihnen den Job, Mma.«

Die Frau klatschte dankbar in die Hände und winkte dem Kind. Ich habe Glück, dachte Mma Ramotswe. Ich habe Glück, dass ich jemanden so glücklich machen kann, nur weil ich etwas gesagt habe.

Rose zog sofort ein und bewies schnell, was sie wert war. Das Haus am Zebra Drive war von den Vorbesitzern, die unordentliche Leute gewesen waren, in einem schlechten Zustand hinterlassen worden. In jeder Ecke lag Staub. Über drei Tage lang fegte und polierte Rose, bis das Haus nach Bodenwachs roch und jede Oberfläche glänzte. Nicht nur das – sie war auch eine hervorragende Köchin und eine fantastische Büglerin. Mma Ramotswe kleidete sich gut, aber sie brachte nur selten die Energie auf, ihre Blusen so schön zu bügeln, wie sie es gerne hätte. Rose tat es mit einer Leidenschaft, die sich bald in gestärkten Säumen und Stoffbahnen widerspiegelte, denen Knitterfalten zutiefst fremd waren.

Rose bezog das Dienstbotenquartier auf dem Hinterhof. Es bestand aus einem kleinen Wohnblock, der zwei Räume enthielt und an den Dusche und Toilette und eine überdachte Veranda angebaut worden waren, unter der man Feuer zum Kochen machen konnte. Sie schlief in einem der Zimmer und ihre beiden kleinen Kinder in dem zweiten. Es gab noch andere, ältere Kinder, darunter ein Junge, der Schreiner geworden war und gut verdiente. Aber selbst damit kamen sie wegen der Lebenshaltungskosten kaum aus, vor allem, weil ihr jüngerer Sohn Asthma hatte und teure Inhaliergeräte brauchte, die ihm das Atmen erleichterten.

Als Mma Ramotswe jetzt das Haus betrat, nachdem sie Mma Makutsi abgesetzt hatte, fand sie Rose in der Küche vor, wo sie einen geschwärzten Kochtopf scheuerte. Sie erkundigte sich höflich nach dem Tagesverlauf ihrer Angestellten und erhielt die Auskunft, dass es ein sehr guter Tag gewesen sei.

»Ich habe Motholeli beim Baden geholfen«, sagte sie. »Und jetzt ist sie drüben und liest ihrem kleinen Bruder etwas vor. Er ist den ganzen Tag über herumgesprungen und jetzt schrecklich müde. Er wird bald einschlafen. Nur der Gedanke an sein Essen hält ihn noch wach.«

Mma Ramotswe dankte ihr und lächelte. Vor einem Monat hatte Mr. J. L. B. Matekoni die Kinder aus dem Waisenhaus mitgebracht, und sie musste sich immer noch an ihre Gegenwart gewöhnen. Es war seine Idee gewesen – und er hatte sie nicht einmal nach ihrer Meinung gefragt, bevor er sich als Pflegevater einspannen ließ –, aber sie hatte die Situation akzeptiert und die Kinder schnell ins Herz geschlossen. Motholeli, die im Rollstuhl saß, machte sich im Hause nützlich und hatte zu Mr. J. L. B. Matekonis Freude Interesse am Reparieren von Autos gezeigt. Ihr jüngerer Bruder war nicht so leicht zugänglich. Er war zwar lebhaft und antwortete höflich, wenn er angesprochen wurde, aber er schien sich lieber allein oder mit seiner Schwester als mit anderen Kindern zu beschäftigen. Motholeli hatte bereits ein paar Freundinnen gefunden, aber der Junge schien vor Freundschaften zurückzuschrecken.

Das Mädchen ging jetzt in die höhere Schule von Gaborone, die in der Nähe war, und fühlte sich dort wohl. Jeden Morgen kam ein Mädchen aus ihrer Klasse an die Tür und bot an, den Rollstuhl zur Schule zu schieben.

Mma Ramotswe war beeindruckt gewesen.

»Sagen euch die Lehrer, dass ihr das machen sollt?«, fragte sie eines der Mädchen.

»Nein, Mma«, war die Antwort. »Wir sind miteinander befreundet. Deshalb tun wir's.«

»Ihr seid nette Mädchen«, sagte Mma Ramotswe. »Irgendwann werdet ihr nette Frauen sein. Das gefällt mir.«

Für den Jungen hatten sie einen Platz in der örtlichen Grundschule gefunden, aber Mma Ramotswe hoffte, dass Mr. J. L. B. Matekoni dafür bezahlen würde, ihn nach Thornhill zu schicken. Diese Schule kostete eine Menge Geld, und jetzt fragte sie sich, ob es jemals möglich wäre. Auch diese Sache – eine von vielen – müsste geklärt werden. Da waren die Werkstatt, die Lehrlinge, das Haus von Mr. J. L. B. Matekoni und die Kinder. Und die Hochzeit – wann immer die stattfinden würde –, obwohl Mma Ramotswe im Augenblick kaum daran zu denken wagte.

Sie ging durch bis zum Wohnzimmer, wo der Junge neben dem Rollstuhl seiner Schwester saß und ihr zuhörte.

»So«, sagte Mma Ramotswe. »Du liest deinem kleinen Bruder also eine Geschichte vor? Ist es eine schöne Geschichte?«

Motholeli blickte sich um und lächelte.

»Es ist keine Geschichte, Mma«, sagte sie. »Vielmehr – es ist keine richtige aus einem Buch. Es ist eine Geschichte, die ich in der Schule geschrieben habe, und jetzt lese ich sie ihm vor.«

Mma Ramotswe ließ sich auf der Armlehne des Sofas nieder.

»Warum fängst du nicht von vorn an?«, schlug sie vor. »Ich würde deine Geschichte auch gerne hören.«

»Mein Name ist Motholeli und ich bin dreizehn Jahre alt. Ich habe einen Bruder, der sechs ist. Meine Mutter und mein Vater sind gestorben. Darüber bin ich sehr traurig, aber ich bin froh, dass ich nicht auch gestorben bin und meinen Bruder habe.

Ich bin ein Mädchen, das drei Leben hat. Mein erstes Leben war, als ich mit meiner Mutter und meinen Tanten und Onkeln oben in den Salzpfannen Makadikadi in der Nähe von Nata lebte. Das ist schon lange her, und ich war noch klein. Meine Leute waren Buschmänner und zogen von einem Ort zum anderen. Sie wussten, wie man im Busch etwas zu essen findet, indem man nach Wurzeln gräbt. Sie waren sehr kluge Leute, aber niemand mochte sie.

Meine Mutter schenkte mir ein Armband aus Straußenhaut, in die sie Stückchen von Straußeneierschalen genäht hatte. Ich habe es immer noch. Es ist das einzige, was ich von meiner Mutter habe, jetzt wo sie tot ist.

Nachdem sie gestorben war, rettete ich meinem kleinen Bruder, der mit ihr im Sand vergraben worden war, das Leben. Er lag ganz oben unter dem Sand. Ich wischte den Sand von seinem Gesicht und sah, dass er noch atmete. Ich erinnere mich, dass ich ihn aufhob und mit ihm durch den Busch rannte, bis ich eine Straße fand. Ein Mann fuhr mit einem Lastwagen die Straße entlang, und als er mich sah, hielt er an und nahm mich mit nach Francistown. Er setzte mich bei einem Krankenhaus ab. Ich weiß nicht mehr genau, was dort passiert ist, aber sie fanden eine Krankheit bei mir, die man Tuberkulose nennt. Später nahm uns eine Krankenschwester mit, die sagte, ich könnte mit meinem Bruder auf ihrem Hof leben. Sie hatten einen kleinen Schuppen, wo es sehr heiß war, wenn die Sonne drauf schien, aber kühl in der Nacht. Dort schlief ich mit meinem kleinen Bruder.

Ich fütterte ihn mit dem Essen, das sie mir dort im Haus gaben. Ich erledigte Dinge für diese freundlichen Leute. Ich wusch ihre Wäsche und hängte sie auf die Leine. Ich schrubbte auch ein paar Töpfe für sie, weil sie keine Dienstboten hatten.

Dann wurde ich sehr krank, und die Frau brachte mich wieder ins Krankenhaus. Die Tuberkulose saß noch in mir, und sie konnten mir nicht helfen, und nach einer Weile konnte ich nicht mehr gehen. Sie gaben mir Krücken, aber ich kam nicht besonders gut damit zurecht. Dann fanden sie einen Rollstuhl für mich, und ich konnte nach Hause zurückkehren. Aber dann mussten die Leute in eine andere Stadt ziehen, und wir sollten in ein Waisenhaus kommen, das man Waisenfarm nannte. Die Frau sagte, wir hätten großes Glück, einen Platz auf dieser schönen Waisenfarm zu bekommen und ich solle immer daran denken, Jesus zu lieben. Ich sagte, dass ich Jesus gerne lieben würde und dass ich meinem kleinen Bruder beibringen würde, ihn auch zu lieben.

Das war das Ende meines ersten Lebens. Mein zweites Leben begann an dem Tag, an dem ich in der Waisenfarm ankam. Eine Dame hatte uns abgeholt, und als die vielen Kinder dort rumstanden und uns anstarrten, sagte sie ihnen, sie sollten spielen gehen und uns nicht anstarren, aber sie gingen nur ein kurzes Stück weg und schauten hinter den Bäumen hervor auf uns.

Alle Waisen lebten in Häusern. In jedem Haus waren ungefähr zehn Waisen und eine Mutter, die sich um sie kümmerte. Meine Hausmutter war eine freundliche Frau. Sie gab mir neue Kleider und einen Schrank, in dem ich meine Sachen aufbewahren konnte. Ich hatte noch nie einen Schrank besessen und war sehr stolz darauf. Ich bekam auch ein paar Haarspangen, die ich mir ins Haar stecken konnte. Ich hatte noch nie so wunderschöne Sachen gehabt und tat sie unter mein Kopfkissen, wo sie sicher waren. Manchmal wachte ich nachts auf und dachte daran, was für ein Glück ich hatte. Aber ich weinte auch manchmal, weil ich an mein erstes Leben dachte und an meine Onkel und Tanten, und ich fragte mich, wo sie jetzt waren. Durch einen Spalt im Vorhang konnte ich von meinem Bett aus die Sterne sehen, und ich dachte: wenn sie hochschauen, sehen sie dieselben Sterne und wir sehen sie zur gleichen Zeit. Aber ich fragte mich auch, ob sie sich überhaupt noch an mich erinnerten, weil ich ja nur ein Mädchen bin und davongelaufen war.

Ich war sehr glücklich auf der Waisenfarm. Ich arbeitete schwer, und Mma Potokwani, die Leiterin, sagte eines Tages, wenn ich Glück hätte, würde sie neue Eltern für uns finden. Ich konnte das nicht glauben, da niemand ein Mädchen im Rollstuhl nehmen würde, wo es doch so viele erstklassige Waisenmädchen gab, die sehr gut gehen konnten und auch ein Zuhause suchten.

Aber sie hatte Recht. Ich dachte nicht, dass es Mr. J. L. B. Matekoni sein würde, der uns aufnähme, aber ich freute mich sehr, als er sagte, wir könnten in seinem Haus leben. So begann mein drittes Leben.

Sie backten extra einen Kuchen für uns, bevor wir die Waisenfarm verließen, und wir aßen ihn mit der Hausmutter. Sie sagte, dass sie immer sehr traurig ist, wenn eins der Waisenkinder geht, weil es ist, als ob ein Mitglied der Familie sie verlässt. Aber sie kannte Mr. J. L. B. Matekoni gut, und sie sagte mir, dass er einer der besten Männer Botswanas ist. Ich würde in seinem Haus sehr glücklich sein, meinte sie.

So kam ich mit meinem kleinen Bruder in sein Haus, und wir lernten bald seine Freundin, Mma Ramotswe, kennen, die Mr. J. L. B. Matekoni heiraten wird. Sie sagte, sie würde meine neue Mutter sein, und sie brachte uns in ihr Haus, das sich besser als Mr. J. L. B. Matekonis Haus für Kinder eignet. Ich habe dort ein sehr schönes Zimmer, und ich habe viele Kleider bekommen. Ich bin sehr glücklich, dass es solche Menschen in Botswana gibt. Ich habe sehr viel Glück im Leben gehabt, und ich danke Mma Ramotswe und Mr. J. L. B. Matekoni von Herzen dafür.

Wenn ich groß bin, möchte ich Mechanikerin sein. Ich werde Mr. J. L. B. Matekoni in der Werkstatt helfen und abends werde ich Mma Ramotswes Sachen ausbessern und ihr Essen kochen. Wenn sie dann beide sehr alt sind, können sie stolz auf mich sein und sagen, dass ich eine gute Tochter und eine gute botswanische Staatsbürgerin bin.

Das ist die Geschichte meines Lebens. Ich bin ein gewöhnliches Mädchen aus Botswana, aber es ist ein großes Glück, drei Leben zu haben. Die meisten Leute haben nur eins.

Diese Geschichte ist wahr. Ich habe nichts davon erfunden. Es ist alles wahr.«

Als das Mädchen zu Ende gelesen hatte, blieb es still. Der Junge blickte zu seiner Schwester auf und lächelte. Er dachte: Ich habe Glück, dass ich so eine kluge Schwester habe. Ich hoffe, dass Gott ihr eines Tages ihre Beine wieder gibt. Mma Ramotswe sah das Mädchen an und legte behutsam eine Hand auf ihre Schulter. Sie dachte: Ich werde mich um dieses Kind kümmern. Ich bin jetzt seine Mutter. Rose, die im Korridor gelauscht hatte, blickte auf ihre Schuhe und dachte: Was für eine seltsame Art, sich auszudrücken – drei Leben!

Kapitel 8

Am folgenden Morgen rief Mma Ramotswe als Erstes Mr. J. L. B. Matekoni an. Sie telefonierten oft frühmorgens miteinander – zumindest seit sie verlobt waren –, aber normalerweise war es Mr. J. L. B. Matekoni, der anrief. Er wartete immer ab, bis Mma Ramotswe ihre Tasse Buschtee getrunken hatte, was sie am liebsten draußen im Garten tat, wählte erst dann ihre Nummer und meldete sich förmlich mit: »Hier spricht Mr. J. L. B. Matekoni, Mma. Hast du gut geschlafen?«

Das Telefon klingelte über eine Minute lang, bis der Hörer abgenommen wurde.

»Mr. J. L. B. Matekoni? Ich bin's. Wie geht es dir? Hast du gut geschlafen?«

Die Stimme am anderen Ende klang verwirrt, und Mma Ramotswe merkte, dass sie ihn geweckt hatte.

»Oh. Ja. Oh. Jetzt bin ich wach. Ja, ich bin dran.«

Mma Ramotswe blieb beharrlich bei der förmlichen Begrüßung. Es war wichtig, eine Person zu fragen, ob sie gut geschlafen hatte – eine alte Tradition, aber eine, an der man festhalten sollte.

»Hast du gut geschlafen, Rra?«

Mr. J. L. B. Matekonis Stimme war tonlos, als er antwortete: »Ich glaube nicht. Ich hab die ganze Nacht mit Grübeln zugebracht und keinen Schlaf bekommen. Ich bin erst eingeschlafen, als die anderen aufgewacht sind. Jetzt bin ich hundemüde.«

»Das ist schade, Rra. Es tut mir Leid, dass ich dich geweckt habe. Du musst wieder ins Bett gehen und weiterschlafen. Ohne Schlaf kann man nicht leben.«

»Weiß ich«, sagte Mr. J. L. B. Matekoni gereizt. »Ich versuche ja immer einzuschlafen, aber es gelingt mir nicht. Es ist, als ob ein seltsames Tier in meinem Zimmer ist, das mich nicht schlafen lassen will und mich dauernd anstupst.«

»Tier?«, fragte Mma Ramotswe. »Was für ein Tier?«

»Hier ist kein Tier! Jedenfalls nicht, wenn ich das Licht anmache. Ich habe nur das Gefühl, dass eins da ist und mich nicht schlafen lässt. Das ist alles, was ich gesagt habe. Es ist wirklich kein Tier da.«

Mma Ramotswe blieb still. Dann fragte sie: »Fühlst du dich wohl, Rra? Vielleicht bist du krank.«

Mr. J. L. B. Matekoni schnaubte. »Ich bin nicht krank. Mein Herz klopft ununterbrochen in mir drin. Meine Lunge füllt sich mit Luft. Ich habe nur die ganzen Probleme satt, die es gibt. Ich mache mir Sorgen, dass es rauskommt, das ist alles. Dann ist alles vorbei.«

Mma Ramotswe runzelte die Stirn. »Was soll rauskommen? Was ist vorbei?«

Mr. J. L. B. Matekoni senkte die Stimme. »Du weißt, wovon ich rede. Du weißt es ganz genau.«

»Ich weiß nichts, Rra. Ich weiß nur, dass du sehr merkwürdige Dinge sagst.«

»Ha! Das behauptest du, Mma, aber du weißt sehr wohl, wovon ich spreche. Ich habe ein paar sehr böse Dinge in meinem Leben getan, und jetzt werden sie es herausfinden und mich festnehmen. Sie werden mich bestrafen, und du wirst dich wegen mir zu Tode schämen, Mma. Das kann ich dir versichern!«

Mma Ramotswe versuchte stillschweigend zu verdauen, was sie gerade gehört hatte. Konnte es sein, dass Mr.

J. L. B. Matekoni ein schreckliches Verbrechen begangen hatte, das er bis jetzt vor ihr geheim gehalten hatte? War irgendetwas ans Tageslicht gekommen? Unmöglich! Er war ein feiner Mensch und nicht in der Lage, etwas Unehrenhaftes zu tun, aber manchmal hatten auch feine Leute ein düsteres Geheimnis aus ihrer Vergangenheit. Jeder Mensch tut in seinem Leben mindestens einmal was, wofür er sich schämen muss. Jedenfalls hatte sie so etwas gehört. Bischof Makhulu hatte im Frauenclub davon gesprochen, und er hatte gesagt, dass er noch nie einen Menschen getroffen hätte – nicht einmal so jemanden wie ein Priester –, der nicht etwas getan hatte, was er später bereute. Selbst die Heiligen hatten Schlimmes getan. Vielleicht war der heilige Franziskus mal auf eine Taube getreten – ach was, bestimmt nicht –, oder vielleicht hatte er etwas anderes getan, was er bedauerte. Was Mma Ramotswe betraf, so gab es vieles, was sie gern rückgängig gemacht hätte. Zum Beispiel dass sie, als sie sechs war, Sirup auf das beste Kleid eines Mädchens getropft hatte, nur weil sie selbst nicht so ein schönes Kleid besaß. Sie sah die Frau immer noch ab und zu. Sie lebte in Gaborone und war mit einem Mann verheiratet, der im Diamantensortiergebäude arbeitete. Mma Ramotswe fragte sich, ob sie es der Frau nach mehr als dreißig Jahren beichten sollte, aber sie konnte sich nicht dazu überwinden. Jedes Mal, wenn die Frau sie freundlich grüßte, erinnerte sich Mma Ramotswe daran, wie sie die Dose genommen und den Sirup über den rosa Stoff geträufelt hatte, als das Mädchen das Kleid einmal im Klassenzimmer liegen ließ. Eines Tages würde sie es ihr sagen müssen. Oder sie könnte Bischof Makhulu bitten, einen Brief in ihrem Namen zu schreiben. *Ein Mitglied meiner Gemeinde bittet um Vergebung, Mma. Eine Schuld, die sie vor vielen Jah-*

ren auf sich geladen hat, lastet schwer auf ihr. Erinnern Sie sich an Ihr rosafarbenes Lieblingskleid ...

Wenn Mr. J. L. B. Matekoni so etwas getan hatte – vielleicht Motoröl über einen Menschen gegossen –, sollte er sich darüber keine Sorgen machen. Es gab wenig Unrecht, außer Mord, das sich nicht wieder gutmachen ließ. Eine Menge Vergehen waren viel geringfügiger, als es dem Missetäter erschien, und man konnte sie mit gutem Gewissen in der Vergangenheit ruhen lassen. Und selbst ernstere Dinge waren verzeihlich, wenn man sein Unrecht eingesehen hatte. Sie sollte Mr. J. L. B. Matekoni trösten. Es war leicht, aus einer Mücke einen Elefanten zu machen, wenn man sich eine Nacht lang schlaflos herumgewälzt hatte.

»Wir haben alle etwas falsch gemacht in unserem Leben, Rra«, sagte sie. »Du, ich, Mma Makutsi, selbst der Papst. Keiner von uns kann behaupten, dass er vollkommen ist. Die Menschen sind nun mal nicht so. Du darfst dir keine Sorgen mehr machen. Sag mir einfach, was es war. Ich bin sicher, dass ich dich beruhigen kann.«

»Oh, das kann ich nicht, Mma. Ich wage nicht einmal daran zu denken. Du wärst furchtbar schockiert – du würdest mich nie mehr sehen wollen. Ich verdiene dich nicht, verstehst du? Du bist zu gut für mich, Mma.«

Mma Ramotswe wurde langsam wütend. »Du redest Unsinn. Natürlich verdienst du mich. Ich bin eine ganz normale Person, und du bist ein richtig guter Mann. Du machst deine Arbeit gut, und die Leute halten sehr viel von dir. Wohin bringt der britische Hochkommissar sein Auto zur Inspektion? Zu dir. An wen wendet sich die Waisenfarm, wenn etwas zu reparieren ist? An dich. Du hast eine hervorragende Werkstatt, und ich fühle mich geehrt, dich heiraten zu dürfen. So ist es und nicht anders.«

Auf ihre Worte folgte Schweigen. Dann: »Aber du weißt ja nicht, wie schlecht ich bin. Ich habe dir nie von diesen bösen Dingen erzählt.«

»Dann sag's mir. Sag's mir jetzt! Ich bin stark.«

»Oh, ich kann nicht, Mma. Du wärst schockiert.«

Mma Ramotswe merkte, dass sie nicht weiterkam und wechselte die Taktik.

»Übrigens, was deine Werkstatt angeht«, sagte sie. »Du warst gestern nicht da und auch vorgestern nicht. Mma Makutsi hat die Leitung für dich übernommen. Das geht aber nicht für immer.«

»Ich freue mich, dass sie die Werkstatt leitet«, sagte Mr. J. L. B. Matekoni tonlos. »Ich fühle mich im Moment nicht sehr stark. Ich finde, ich sollte zu Hause bleiben. Sie wird sich um alles kümmern. Bitte bedanke dich bei ihr für mich.«

Mma Ramotswe holte tief Luft. »Es geht dir nicht gut, Mr. J. L. B. Matekoni. Ich denke, ich kann dir einen Termin beim Arzt besorgen. Ich habe mit Dr. Moffat gesprochen. Er sagt, dass er dich sehen kann. Er hält es für eine gute Idee.«

»Bei mir ist nichts kaputt«, sagte Mr. J. L. B. Matekoni. »Ich brauche Dr. Moffat nicht zu sehen. Was kann er für mich tun? Nichts.«

Das war nicht gerade ein aufbauendes Gespräch gewesen, und nachdem sie den Hörer aufgelegt hatte, schritt Mma Ramotswe höchst beunruhigt ein paar Minuten lang die Küche ab. Dr. Moffat hatte natürlich Recht gehabt. Mr. J. L. B. Matekoni litt an einer Krankheit – Depression hatte er sie genannt –, aber jetzt machte sie sich noch mehr Sorgen wegen der schrecklichen Sache, die er angeblich getan hatte. Keinem würde man es wohl weniger zutrauen, ein Mörder zu sein, aber wenn nun herauskam, dass er doch einer war? Würde es ihre Gefühle für ihn ändern, wenn sie erfuhr, dass er jemanden umgebracht hatte oder würde sie sich sagen, dass es nicht wirklich seine Schuld war, dass er sich verteidigt hatte, als er seinem Opfer mit dem Schraubenschlüssel den Schädel einschlug? So verhielten sich die Frauen und Freundinnen von Mördern. Sie akzeptierten nie, dass ihr Mann zu einem Mord fähig wäre. Mütter waren auch so. Die Mütter von Mördern bestanden immer darauf, dass ihre Söhne nicht so schlecht waren, wie es die Leute behaupteten. Für eine Mutter blieb der Mann ein kleiner Junge, egal wie alt er wurde, und kleinen Jungen kann man nicht vorwerfen, einen Mord begangen zu haben.

Note Mokoti hätte ein Mörder sein können. Er wäre durchaus in der Lage gewesen, einen Mann kaltblütig zu töten, weil er keine Gefühle hatte. Es war nicht schwer, sich vorzustellen, dass Note jemanden erstach und dann so gleichmütig weiterzugehen, als habe er seinem Opfer nur die Hand geschüttelt.

Bei der ganzen Episode mit Note war sie für eines dankbar – dass ihr Daddy noch lebte, als Note sie verließ, nachdem er sie schwer geschlagen hatte. Wenigstens konnte ihr Vater sich darüber freuen, dass seine Tochter nicht mehr mit diesem Mann zusammen war, auch wenn er fast zwei Jahre lang unter dieser Verbindung gelitten hatte. Als sie ihm erzählte, dass Note verschwunden sei, hatte er nicht gesagt, dass sie dumm war, ihn zu heiraten, auch wenn er es vielleicht gedacht hatte. Er sagte einfach, sie solle in sein Haus zurückkehren, er würde sich stets um sie kümmern, und dass er hoffe, ihr Leben würde von nun an besser werden.

Aber Note Mokoti und Mr. J. L. B. Matekoni waren zwei völlig verschiedene Menschen. Note war es, der Verbrechen begangen hatte, nicht Mr. J. L. B. Matekoni. Und doch – warum bestand er darauf, etwas Schreckliches getan zu haben, wenn es nicht stimmte? Mma Ramotswe stand vor einem Rätsel, und sie beschloss, wie immer in einem solchen Fall, sich an die Quelle zu wenden, die bei allen Zweifeln oder Streitfragen stets Informationen und Trost spendete: das *Botswana Book Centre*.

Sie frühstückte schnell und ließ die Kinder in der Obhut von Rose. Sie hätte ihnen gern mehr Aufmerksamkeit geschenkt, aber das Leben war im Augenblick zu kompliziert. Sich mit Mr. J. L. B. Matekoni zu befassen, stand an erster Stelle, gefolgt von der Werkstatt, den Ermittlungen im Falle des Regierungsmenschen und dem Umzug ins neue Büro. Es war eine schwierige Liste: Jede einzelne Aufgabe musste dringend erledigt werden, und doch hatte jeder Tag nur eine begrenzte Stundenzahl.

Sie fuhr die kurze Strecke in die Stadt und fand einen guten Parkplatz für ihren winzigen weißen Lieferwagen hinter der Standard Bank. Dann, ein oder zwei bekannte Gesichter grüßend, steuerte sie auf den Eingang der Buchhandlung zu. Es war ihr Lieblingsgeschäft in der Stadt, und sie kalkulierte gewöhnlich eine gute Stunde für den einfachsten Buchkauf ein, was ihr genügend Zeit zum Stöbern in den Regalen ließ. Aber an diesem Morgen hatte sie ein klares Ziel vor Augen und widersetzte sich standhaft den Verführungen der Zeitschriftenregale mit ihren Fotos von verschönerten Häusern und hinreißenden Kleidern.

»Ich möchte mit dem Geschäftsführer sprechen«, sagte sie zu einer Angestellten.

»Sie können mit mir sprechen«, sagte die junge Frau.

Mma Ramotswe war unerbittlich. Die Verkäuferin war höflich, aber sehr jung und es wäre besser, mit einem Mann zu reden, der viel von Büchern verstand. »Nein«, sagte Mma Ramotswe. »Ich wünsche mit dem Geschäftsführer zu sprechen, Mma. Es handelt sich um eine sehr wichtige Angelegenheit.«

Der Geschäftsführer wurde geholt und begrüßte Mma Ramotswe höflich.

»Schön, Sie zu sehen«, sagte er. »Sind Sie als Detektivin hier, Mma?«

Mma Ramotswe lachte. »Nein, Rra. Aber ich würde gern ein Buch finden, das mir bei einer sehr delikaten Angelegenheit helfen kann. Darf ich Ihnen etwas anvertrauen?«

»Natürlich, Mma«, sagte er. »Sie werden nie auf einen Buchhändler treffen, der über die Bücher spricht, die seine Kunden lesen. Wir sind da sehr diskret.«

»Gut«, sagte Mma Ramotswe. »Ich suche ein Buch über eine Krankheit namens Depression. Kennen Sie so ein Buch?«

Der Geschäftsführer nickte. »Keine Sorge, Mma. Ich kenne nicht nur so ein Buch, ich habe sogar eins im Laden. Das kann ich Ihnen verkaufen.« Er legte eine kleine Pause ein. »Es tut mir Leid, Mma. Eine Depression ist keine angenehme Krankheit.«

Mma Ramotswe blickte über ihre Schulter. »Es handelt sich nicht um mich«, sagte sie. »Es geht um Mr. J. L. B. Matekoni. Ich glaube, er leidet an Depression.«

Die Miene des Geschäftsführers drückte Mitgefühl aus, als er sie an ein Eckregal führte, dem er ein dünnes Buch mit rotem Einband entnahm.

»Das ist ein sehr gutes Buch über die Krankheit«, sagte er und reichte es ihr. »Wenn Sie lesen, was auf der Rückseite steht, sehen Sie, dass das Buch schon vielen Leuten im Umgang mit dieser Krankheit geholfen hat. Es tut mir übrigens Leid, dass Mr. J. L. B. Matekoni davon betroffen ist. Ich hoffe, dass er sich mit Hilfe dieses Buches besser fühlen wird.«

»Sie haben mir schon geholfen, Rra«, sagte sie. »Vielen Dank. Wir haben großes Glück, Ihren hervorragenden Buchladen hier zu haben. Danke schön.«

Sie bezahlte und ging zu ihrem Lieferwagen zurück, wobei sie im Buch blätterte. Ein Satz sprang ihr besonders ins Auge, und sie blieb wie angewurzelt stehen, um ihn zu lesen.

»Ein charakteristisches Merkmal akuter Depression ist das Gefühl, etwas Schreckliches getan zu haben, vielleicht Schulden gemacht, die man nicht zurückzahlen kann, oder ein Verbrechen verübt. Dies wird vom Gefühl der Wertlosigkeit begleitet. Es versteht sich von selbst, dass das eingebildete Unrecht nie geschehen ist, aber keinerlei Argumente werden den Leidenden davon überzeugen.«

Mma Ramotswe las den Absatz noch einmal, und ihre Stimmung stieg gewaltig. Im Allgemeinen erwartet man nicht, dass ein Buch über Depressionen eine solche Wirkung auf den Leser hat, aber in ihrem Fall war es so. Natürlich hatte Mr. J. L. B. Matekoni nichts Schreckliches getan. Er war so, wie sie ihn immer gekannt hatte, ein Mann von unverletzlicher Ehre. Jetzt musste sie ihn nur noch zum Arzt schaffen und behandeln lassen. Sie klappte das Buch zu und blickte auf die Rückseite des Einbands. »Diese gut behandelbare Krankheit ...« stand da. Das munterte sie noch mehr auf. Sie wusste, was sie zu tun hatte, und ihre Liste war, auch wenn sie ihr am Morgen lang und kompliziert erschienen war, nicht mehr so erschreckend.

Vom *Botswana Book Centre* fuhr sie schnurstracks zu *Tlokweng Road Speedy Motors*. Zu ihrer Erleichterung war die Werkstatt offen und Mma Makutsi stand vor dem Büro und trank eine Tasse Tee. Die beiden Lehrlinge saßen auf ihren Ölfässern. Einer rauchte eine Zigarette und der andere trank Limonade aus einer Dose.

»Noch ziemlich früh für eine Pause«, sagte Mma Ramotswe und musterte die jungen Männer.

»Ach, Mma, wir verdienen alle eine Pause«, sagte Mma Makutsi. »Wir sind schon seit zweieinhalb Stunden hier. Wir sind alle um sechs erschienen und haben schwer gearbeitet.«

»Ja«, sagte einer der Lehrlinge. »Unheimlich schwer. Und wir haben sehr gute Arbeit geleistet, Mma. Sagen Sie's ihr ruhig, Mma! Sagen Sie ihr, was Sie gemacht haben!«

»Die amtierende Werkstattleiterin ist eine erstklassige Mechanikerin«, warf der andere ein. »Noch besser als der Boss, finde ich.«

Mma Makutsi lachte. »Ihr Jungs seid es gewohnt, Frauen zu schmeicheln. Bei mir funktioniert so was nicht. Ich bin hier als Werkstattleiterin und nicht als Frau.«

»Aber es stimmt doch, Mma«, sagte der ältere Lehrling. »Wenn sie es Ihnen nicht sagen will, dann tu ich's. Wir hatten hier ein Auto, eins, das vier, fünf Tage hier rumstand. Es gehört einer älteren Krankenschwester vom Princess Marina Hospital. Das ist eine kräftige Frau, und ich würde nicht gern mit ihr tanzen müssen. Auweia!«

»Die Frau würde sowieso nicht mit dir tanzen«, zischte Mma Makutsi. »Weshalb sollte sie mit einem ölverschmierten Bürschchen wie dir tanzen wollen, wenn sie es mit Chirurgen und ähnlichen Leuten tun kann?«

Der Lehrling lachte nur. »Jedenfalls, als sie das Auto herbrachte, sagte sie, dass es immer mitten im Verkehr stehen bliebe und sie immer eine Weile warten und dann neu starten muss. Dann würde es wieder eine Weile fahren und wieder stehen bleiben.

Wir haben es uns angeschaut. Ich habe eine Probefahrt gemacht, und es war alles okay. Ich bin damit rüber zum alten Flughafen gefahren und sogar die Lobatse Road entlang. Nichts. Kein Stopp. Aber die Frau hatte gesagt, dass es dauernd stehen blieb. Also habe ich die Zündkerzen ausgewechselt und es noch einmal probiert. Diesmal blieb das Auto direkt am Kreisel beim Golfclub stehen. Blieb einfach stehen. Dann fuhr es wieder los. Und etwas Lustiges ist passiert, was die Frau uns schon erzählt hatte. Als das Auto stehen blieb, gingen die Scheibenwischer an. Ich hatte den Hebel aber gar nicht berührt.

Heute früh hab ich deshalb zu Mma Makutsi gesagt: ›Das ist wirklich ein merkwürdiges Auto, Mma. Es bleibt stehen und startet wieder.‹

Mma Makutsi kam her und sah sich den Wagen an. Sie guckte sich den Motor an und sah, dass die Zündkerzen neu sind und auch die Batterie. Dann öffnete sie die Tür und stieg ein, und sie machte so ein Gesicht – sehen Sie mal! Genau so! Die Nase in die Höhe gereckt. Und sie sagte: ›Das Auto riecht nach Mäusen. Ich sage euch, es hat einen Mäusegeruch.‹

Sie fing an, im Auto herumzusuchen. Sie schaute unter die Sitze und fand nichts. Dann guckte sie unter das Armaturenbrett und brüllte uns was zu. Sie schrie: ›Da ist ein Mäusenest! Und sie haben die ganze Isolation hier von den Drähten gefressen – schaut's euch an!‹

Wir sahen uns dann die Drähte an – sehr wichtige Kabel in einem Auto. Das sind die, die mit der Zündung

verbunden sind. Und wir sahen, dass sich zwei berührten oder beinah berührten – genau da, wo die Mäuse den Belag abgeknabbert hatten. Der Motor dachte, die Zündung sei aus, wenn sich die Drähte berührten, und die Scheibenwischer gingen stattdessen an. Das war es also. In der Zwischenzeit flitzten die Mäuse aus dem Auto. Mma Makutsi holte das Nest raus und warf es weg. Dann umwickelte sie die Drähte mit Band, das wir ihr gaben, und jetzt ist das Auto repariert. Es hat kein Mäuseproblem mehr, weil die Frau eine so tolle Detektivin ist.«
»Sie ist eine Mechaniker-Detektivin«, sagte der andere. »Sie würde einen Mann sehr glücklich machen, aber auch sehr müde!«
»Seid still!«, schimpfte Mma Makutsi im Spaß. »Ihr Jungs müsst wieder an die Arbeit. Ich bin hier die amtierende Werkstattleiterin und nicht eins von den Mädchen, die ihr in den Kneipen aufgabelt. Zurück an die Arbeit!«
Mma Ramotswe lachte. »Sie haben offensichtlich ein Talent dafür, Dinge herauszufinden, Mma. Vielleicht unterscheidet sich ein Detektiv ja gar nicht so sehr von einem Mechaniker.«
Sie gingen ins Büro. Mma Ramotswe fiel sofort auf, dass sich Mma Makutsi bereits mit Erfolg des Chaos angenommen hatte. Obwohl Mr. J. L. B. Matekonis Schreibtisch immer noch voller Papiere war, schienen diese in Stapel sortiert worden zu sein. Abzusendende Rechnungen bildeten einen Stoß und zu bezahlende Rechnungen einen anderen. Lieferantenkataloge waren auf einem Aktenschrank gestapelt worden, und Autohandbücher standen wieder im Regal hinter dem Schreibtisch. Und an einer Wand lehnte eine glänzend weiße Tafel, in die Mma Makutsi zwei Spalten mit den Überschriften AUTOS REIN und AUTOS RAUS eingezeichnet hatte.

»Sie haben uns in der Handelsschule beigebracht«, sagte Mma Makutsi, »dass es wichtig ist, ein System zu haben. Wenn man ein System hat, das einem sagt, wo man ist, verläuft man sich nicht.«

»Das ist wahr«, stimmte ihr Mma Ramotswe bei. »Sie wissen offensichtlich, wie man einen Betrieb führt.«

Mma Makutsi strahlte. »Und da ist noch etwas«, sagte sie. »Ich glaube, es würde helfen, wenn ich eine Liste für Sie führe.«

»Eine Liste?«

»Ja«, sagte Mma Makutsi und reichte ihr einen großen roten Ordner. »Hier habe ich eine Liste für Sie vorbereitet. Jeden Tag werde ich diese Liste auf den neuesten Stand bringen. Sie werden sehen, dass sie drei Spalten hat. DRINGEND, NICHT SO DRINGEND und IRGENDWANN IN DER ZUKUNFT.«

Mma Ramotswe seufzte. Sie brauchte nicht noch eine Liste, aber sie wollte Mma Makutsi nicht enttäuschen.

»Danke, Mma«, sagte sie und öffnete die Akte. »Ich sehe, Sie haben mit der Liste bereits angefangen.«

»Ja«, sagte Mma Makutsi. »Mma Potokwani von der Waisenfarm rief an. Sie wollte mit Mr. J. L. B. Matekoni sprechen, aber ich habe ihr gesagt, dass er nicht da ist. Sie sagte dann, sie würde sich sowieso gern mit Ihnen in Verbindung setzen und Sie könnten sie anrufen. Sie sehen, ich habe es in der Spalte NICHT SO DRINGEND notiert.«

»Ich ruf sie an«, sagte Mma Ramotswe. »Es hat sicher mit den Kindern zu tun. Ich ruf sie am besten gleich an.«

Mma Makutsi ging in die Werkstatt zurück, und Mma Ramotswe hörte, wie sie den Lehrlingen irgendwelche Anweisungen zurief. Sie nahm den Hörer in die Hand, der, wie sie feststellte, voll fettiger Fingerabdrücke war, und wählte die Nummer, die Mma Makutsi in der Liste eingetragen hatte. Während das Telefon klingelte, hakte sie den einsamen Posten auf der Liste mit einem Rotstift ab.

Mma Potokwani antwortete.

»Es ist sehr freundlich von Ihnen, mich anzurufen, Mma Ramotswe. Ich hoffe, den Kindern geht es gut?«

»Sie haben sich gut eingelebt«, sagte Mma Ramotswe.

»Schön. Nun also, Mma – dürfte ich Sie um einen Gefallen bitten?«

Mma Ramotswe wusste, dass die Waisenfarm auf diese Weise funktionierte. Sie brauchte Hilfe, und natürlich war jeder dazu bereit – niemand konnte Mma Silvia Potokwani etwas abschlagen.

»Ich werde Ihnen helfen, Mma. Sagen Sie mir nur, um was es geht.«

»Ich möchte, dass Sie einen Tee mit mir trinken«, sagte Mma Potokwani. »Heute Nachmittag, wenn möglich. Es gibt etwas, was Sie sehen sollten.«

»Können Sie mir nicht sagen, was es ist?«

»Nein, Mma«, sagte Mma Potokwani. »Es lässt sich schwer am Telefon beschreiben. Sie sollten es sich selber anschauen.«

Kapitel 9

Die Waisenfarm lag außerhalb der Stadt und war mit dem Auto in etwa zwanzig Minuten zu erreichen. Mma Ramotswe war schon mehrmals dort gewesen, wenn auch nicht so oft wie Mr. J. L. B. Matekoni, der regelmäßig hinfuhr, um sich mit allen möglichen Maschinenteilen zu befassen, die andauernd kaputtgingen. Es gab zum Beispiel eine Bohrlochpumpe, die regelmäßig Aufmerksamkeit verlangte, und einen Kleinbus, dessen Bremsen ihn ständig in Anspruch nahmen. Es tat ihm nicht Leid um die Zeit, die er darauf verwendete, und die Leute von der Waisenfarm hielten, wie jedermann, große Stücke auf ihn.

Mma Ramotswe mochte Mma Potokwani, die eine sehr entfernte Verwandte mütterlicherseits war. Es passierte häufig in Botswana, dass jemand mit irgendjemandem verwandt war, eine Lektion, die Ausländer schnell lernten, wenn ihnen klar wurde, dass sie bei einer kritischen Bemerkung mit der entfernten Cousine der getadelten Person sprachen.

Als Mma Ramotswe eintraf, stand Mma Potokwani vor ihrem Büro und redete mit einer Angestellten. Sie dirigierte den winzigen weißen Lieferwagen auf einen Besucherparkplatz unter einem schattigen Syringabaum und bat ihren Gast dann ins Haus.

»Es ist in den letzten Tagen so heiß geworden, Mma Ramotswe«, sagte sie. »Aber ich habe einen kräftigen Ventilator in meinem Büro. Wenn ich ihn ganz hoch stelle, bläst er die Leute aus dem Raum. Eine sehr nützliche Waffe.«

»Ich hoffe, Sie tun es nicht mit mir«, sagte Mma Ramotswe. Einen Augenblick lang hatte sie die Vorstellung, mit aufgeplusterten Röcken aus Mma Potokwanis Büro geweht zu werden, bis hoch in den Himmel, von wo sie auf Bäume und Wege und das Vieh hinunterblicken könnte, das verwundert zu ihr hinaufsah.

»Natürlich nicht«, sagte Mma Potokwani. »Sie gehören zu der Sorte von Besuchern, die ich gern empfange. Die Sorte, die ich nicht mag, sind Leute, die sich einmischen. Leute, die mir vorschreiben wollen, wie ich mich als Leiterin einer Waisenfarm zu verhalten habe. Manchmal kommen solche Leute. Leute, die ihre Nasen überall reinstecken. Sie denken, sie kennen sich mit Waisen aus, was aber nicht stimmt. Die Leute, die sich am besten mit Waisen auskennen, sind die da draußen.« Sie deutete aus dem Fenster auf zwei Hausmütter. Die kräftigen Frauen in blauen Kittelschürzen gingen mit zwei Kleinkindern einen Weg entlang, die winzigen Hände fest in den ihren, die zögerlichen, wackligen Schritte sanft unterstützend.

»Ja«, fuhr Mma Potokwani fort. »Diese Damen wissen Bescheid. Sie können mit jedem Kind umgehen. Mit einem traurigen Kind, das ständig um seine verstorbene Mutter weint. Mit einem unartigen Kind, dem das Stehlen beigebracht worden ist. Mit einem frechen Kind, das nicht gelernt hat, ältere Menschen zu respektieren, und Schimpfwörter benutzt. Diese Damen können mit all diesen Kindern umgehen.«

»Es sind sehr gute Frauen«, sagte Mma Ramotswe. »Die beiden Waisen, die Mr. J. L. B. Matekoni und ich aufgenommen haben, sagen, dass sie hier sehr glücklich waren. Erst gestern las mir Motholeli eine Geschichte vor, die sie in der Schule geschrieben hat. Die Geschichte ihres Lebens. Sie hat auch von Ihnen erzählt, Mma.«

»Ich bin froh, dass sie hier glücklich war«, sagte Mma Potokwani. »Das ist ein ganz tapferes Mädchen, die Kleine.« Sie legte eine Pause ein. »Aber ich habe Sie nicht hier raus gebeten, um über die Kinder zu reden, Mma. Ich wollte Ihnen von einer merkwürdigen Sache erzählen, die hier passiert ist. Sie ist so merkwürdig, dass selbst die Hausmütter nicht damit fertig werden. Deshalb dachte ich mir, ich sollte Sie fragen. Ich rief Mr. J. L. B. Matekoni an, um mir Ihre Telefonnummer geben zu lassen.«

Sie langte über ihren Schreibtisch und goss Mma Ramotswe eine Tasse Tee ein. Dann schnitt sie einen großen Früchtekuchen an, der neben dem Tablett auf einer Platte stand. »Dieser Kuchen ist von unseren älteren Mädchen gebacken worden«, sagte sie. »Wir bringen ihnen das Kochen und Backen bei.«

Mma Ramotswe nahm das große Kuchenstück entgegen und betrachtete die saftigen Früchte darin. Dieses Stück enthält mindestens siebenhundert Kalorien, dachte sie. Aber es spielt keine Rolle. Sie war eine traditionell gebaute Dame, und über solche Dinge brauchte sie sich keine Gedanken zu machen.

»Sie wissen, dass wir alle möglichen Kinder aufnehmen«, fuhr Mma Potokwani fort. »Meistens werden sie zu uns gebracht, wenn die Mutter stirbt und niemand weiß, wer der Vater ist. Oft ist die Großmutter der Sache nicht gewachsen, weil sie zu krank oder zu arm ist, und dann haben die Kinder niemanden mehr. Wir bekommen sie von den Sozialarbeitern und manchmal auch von der Polizei gebracht. Manchmal werden sie auch einfach irgendwo zurückgelassen, und irgendein Mitbürger setzt sich mit uns in Verbindung.«

»Sie haben Glück, wenn sie hierher kommen«, sagte Mma Ramotswe.

»Ja. Und was in der Vergangenheit auch mit ihnen passiert sein mag – wir kennen es. Nichts schockiert uns. Aber hin und wieder taucht ein ganz ungewöhnlicher Fall auf, und dann wissen wir nicht, was wir tun sollen.«

»Und so ein Kind ist jetzt da?«

»Ja«, sagte Mma Potokwani. »Nachdem Sie das große Stück Kuchen gegessen haben, zeige ich Ihnen einen Jungen, der ohne Namen angekommen ist. Wenn sie keinen Namen haben, geben wir ihnen einen. Wir finden einen guten Botswana-Namen und den bekommen sie. Aber das geschieht meist nur mit Babys. Ältere Kinder sagen uns normalerweise ihren Namen. Dieser Junge nicht. Tatsächlich scheint er überhaupt nicht sprechen gelernt zu haben. Deshalb haben wir beschlossen, ihn Mataila zu nennen.«

Mma Ramotswe aß ihren Kuchen auf und nahm den letzten Schluck Tee zu sich. Dann ging sie mit Mma Potokwani zu einem der Häuser am äußersten Rand des Gebäudekreises, in dem die Waisen lebten. Bohnen wuchsen dort, und der kleine Hof vor der Tür war sauber gefegt. Hier ist eine Hausmutter, die es versteht, einen Haushalt zu führen, dachte Mma Ramotswe. Und wenn es so ist, weshalb wird sie dann nicht mit einem kleinen Jungen fertig?

Die Hausmutter, Mma Kerileng, war in der Küche. Sich die Hände an ihrer Schürze abtrocknend, begrüßte sie Mma Ramotswe herzlich und bat die beiden Frauen ins Wohnzimmer. Es war ein fröhlich eingerichteter Raum. Bilder, die die Kinder gemalt hatten, waren an eine große Tafel gepinnt. Eine Kiste in der Ecke war mit Spielsachen gefüllt.

Mma Kerileng wartete, bis ihre Gäste saßen, bevor sie sich auf einem der ausladenden Sessel niederließ, die sich um einen niedrigen Tisch in der Mitte gruppierten.

»Ich habe von Ihnen gehört, Mma«, sagte sie zu Mma Ramotswe. »Ich habe Ihr Bild in der Zeitung gesehen. Und natürlich habe ich Mr. J. L. B. Matekoni getroffen, wenn er hier war, um all die Maschinen zu reparieren, die ständig kaputtgehen. Sie haben Glück, dass Sie einen Mann heiraten werden, der Dinge reparieren kann. Die meisten Männer machen nur alles kaputt.«

Mma Ramotswe neigte bei diesem Kompliment den Kopf zur Seite. »Er ist ein guter Mann«, sagte sie. »Er fühlt sich im Augenblick nicht wohl, aber ich hoffe, dass es ihm bald wieder besser geht.«

»Das hoffe ich auch«, sagte Mma Kerileng. Sie sah Mma Potokwani erwartungsvoll an.

»Ich wollte, dass Mma Ramotswe sich Mataila anschaut«, sagte sie. »Vielleicht kann sie uns einen guten Rat geben. Wie geht es ihm heute?«

»Genauso wie gestern«, sagte Mma Kerileng. »Und wie vorgestern. Der Junge ändert sich nicht.«

Mma Potokwani seufzte. »Es ist sehr traurig. Schläft er jetzt? Können wir zu ihm gehen?«

»Ich glaube, er ist wach«, sagte die Hausmutter. »Aber sehen wir trotzdem nach.«

Sie erhob sich und führte sie einen auf Hochglanz polierten Korridor entlang. Mma Ramotswe bemerkte anerkennend, wie sauber das Haus war. Sie wusste, wie viel harte Arbeit diese Frau verrichtete. Im ganzen Land gab es Frauen, die immerzu schufteten und schufteten und selten Lob ernteten. Die Politiker rechneten es sich als Verdienst an, Botswana aufgebaut zu haben. Aber wie konnten sie es wagen, sich die ganze schwere Arbeit von

Leuten wie Mma Kerileng, Frauen wie sie, als Verdienst anzurechnen?

Vor einer Tür am Ende des Korridors blieben sie stehen, und Mma Kerileng zog einen Schlüssel aus der Schürzentasche.

»Ich kann mich nicht erinnern, wann wir zuletzt ein Kind in einem Zimmer eingeschlossen haben«, sagte sie. »Ich glaube sogar, dass wir so etwas noch nie tun mussten.«

Diese Feststellung schien Mma Potokwani verlegen zu machen. »Es geht nicht anders«, sagte sie. »Er würde sonst in den Busch laufen.«

»Ja, sicher«, sagte Mma Kerileng. »Es ist nur so traurig.«

Sie stieß die Tür zu einem Zimmer auf, in dem nur eine Matratze lag. Im Fenster war kein Glas. Davor war ein großes schmiedeeisernes Gitter, wie es zum Schutz gegen Einbrecher benutzt wurde. Auf der Matratze saß ein Junge von etwa fünf oder sechs Jahren mit gespreizten Beinen, völlig nackt.

Der Junge blickte die Frauen an, und für einen kurzen Augenblick sah Mma Ramotswe Angst von der Art, die man in den Augen eines erschrockenen Tieres sieht. Es dauerte aber nur wenige Sekunden. Dann drückte sein Blick Leere oder Abwesenheit aus.

»Mataila«, sagte Mma Potokwani sehr langsam auf Setswana. »Mataila, wie geht es dir heute? Diese Dame hier heißt Mma Ramotswe. Ramotswe. Kannst du sie sehen?«

Der Junge sah Mma Potokwani an, während sie sprach, und sein Blick blieb auf sie gerichtet, bis sie schwieg. Dann schaute er wieder auf den Boden.

»Ich glaube nicht, dass er etwas versteht«, sagte Mma Potokwani. »Aber wir reden trotzdem mit ihm.«

»Haben Sie es mit anderen Sprachen versucht?«, fragte Mma Ramotswe.

Mma Potokwani nickte. »Alles, was wir uns vorstellen konnten. Wir ließen Leute aus der Universität von der Abteilung für afrikanische Sprachen kommen. Sie versuchten es mit selteneren Sprachen für den Fall, dass er aus Sambia herunter gewandert ist. Wir versuchten es mit Herero. Wir versuchten es mit San, obwohl er offensichtlich kein Mosarwa ist. Nichts. Absolut nichts.«

Mma Ramotswe trat einen Schritt vor, um sich den Jungen näher anzusehen. Er hob leicht den Kopf, tat aber weiter nichts. Sie trat einen weiteren Schritt vor.

»Seien Sie vorsichtig«, warnte Mma Potokwani. »Er beißt. Nicht immer, aber ziemlich oft.«

Mma Ramotswe blieb stehen. Beißen war in Botswana keine ungewöhnliche Kampfmethode, und es wäre nicht überraschend, ein Kind vorzufinden, das biss. Vor kurzem war von einem Fall in Mmegi berichtet worden, wo jemand mit Bissen attackiert worden war. Ein Kellner hatte nach einem Streit wegen zu wenig heraus gegebenen Wechselgelds einen Gast gebissen, und dies hatte zu einem Prozess im Amtsgericht von Lobatse geführt. Der Kellner war zu einem Monat Gefängnis verurteilt worden und hatte auch gleich noch den Polizisten gebissen, der ihn in die Zelle führte. Ein weiteres Beispiel für die Kurzsichtigkeit gewalttätiger Menschen, dachte Mma Ramotswe. Dieser zweite Biss hatte ihm weitere drei Monate Gefängnis eingebracht.

Mma Ramotswe blickte auf das Kind hinunter.

»Mataila?«

Der Junge reagierte nicht.

»Mataila?« Sie streckte dem Jungen eine Hand entgegen, bereit, sie notfalls schnell zurückzuziehen.

Der Junge knurrte. Es ließ sich nicht anders ausdrücken, dachte sie. Es war ein Knurren, ein leiser, kehliger Laut, der aus seiner Brust zu kommen schien.

»Haben Sie das gehört?«, fragte Mma Potokwani. »Ist es nicht ungewöhnlich? Und wenn Sie sich wundern, weshalb er nackt ist – er hat die Kleidung zerrissen, die wir ihm gegeben haben. Er hat sie mit den Zähnen zerrissen und auf den Boden geworfen. Wir haben ihm zwei Paar Shorts gegeben, und er hat mit beiden das Gleiche gemacht.«

Mma Potokwani trat jetzt vor.

»Mataila«, sagte sie. »Du stehst jetzt auf und kommst mit raus. Mma Kerileng bringt dich an die frische Luft.«

Sie streckte eine Hand aus und nahm den Jungen sanft am Arm. Er wandte kurz den Kopf, und Mma Ramotswe dachte, dass er beißen wollte, aber er tat es nicht, sondern stand folgsam auf und ließ sich aus dem Raum führen.

Vor dem Haus nahm Mma Kerileng die Hand des Jungen und ging mit ihm auf eine Baumgruppe am Rand der Anlage zu. Der Junge hatte einen ziemlich ungewöhnlichen Gang, bemerkte Mma Ramotswe – ein Zwischending zwischen Laufen und Gehen, als ob er plötzlich zum Sprung ansetzen könnte.

»Das ist also unser Mataila«, sagte Mma Potokwani, während sie der Hausmutter nachblickten, die sich mit ihrem Schützling entfernte. »Was halten Sie davon?«

Mma Ramotswe verzog das Gesicht. »Es ist wirklich merkwürdig. Dem Kind muss etwas Schreckliches passiert sein.«

»Zweifellos«, stimmte ihr Mma Potokwani bei. »Das habe ich auch zum Arzt gesagt, der ihn sich angesehen hat. Er sagte, vielleicht ja, vielleicht nein. Er sagte, dass es

Kinder gibt, die sich genau so verhalten. Sie bleiben für sich und lernen nie sprechen.«

Mma Ramotswe beobachtete, wie Mma Kerileng die Hand des Kindes kurz losließ.

»Wir müssen ihn ständig beaufsichtigen«, sagte Mma Potokwani. »Wenn wir ihn allein lassen, läuft er in den Busch und versteckt sich. Letzte Woche war er vier Stunden lang verschwunden. Sie haben ihn schließlich drüben bei den Klärbecken wieder gefunden. Er scheint nicht zu wissen, dass ein nacktes Kind, das so schnell laufen kann wie er, Aufmerksamkeit erregt.«

Mma Potokwani und Mma Ramotswe gingen gemeinsam zum Büro zurück. Mma Ramotswe war niedergeschlagen. Sie fragte sich, was man für so ein Kind tun könnte. Es war einfach, auf die Bedürfnisse liebenswerter Waisen einzugehen, von solchen wie die beiden Kinder, die zu ihr gezogen waren. Aber es gab eben auch noch viele andere Kinder – Kinder, die auf die eine oder andere Weise geschädigt worden waren und Geld und Verständnis brauchten. Sie dachte über ihr Leben mit ihren vielen Listen und Aufgaben nach, und sie fragte sich, wie sie jemals die Zeit finden würde, Mutter eines solchen Kindes zu sein. Mma Potokwani plante doch wohl nicht, ihr und Mr. J. L. B. Matekoni auch noch dieses Kind anzuvertrauen? Sie wusste, dass die Leiterin des Waisenhauses den Ruf hatte, sehr energisch zu sein und dass sie ein Nein als Antwort nicht gelten ließ, was sie natürlich zu einer mächtigen Fürsprecherin ihrer Waisen machte. Aber Mma Ramotswe konnte sich wirklich nicht vorstellen, dass sie ihr so etwas zumuten würde, denn eine Zumutung wäre es tatsächlich, wenn sie ihr dieses Kind aufbürden wollte – jeder würde das so sehen.

»Ich bin eine viel beschäftigte Frau«, begann sie, als sie sich dem Büro näherten. »Es tut mir Leid, aber ich kann nicht ...«

Eine Gruppe Waisenkinder ging an ihnen vorbei und grüßte die Leiterin höflich. Sie hatten ein kleines, unterernährtes Hündchen dabei, das ein Kind in den Armen wiegte. Eine Waise hilft der anderen, dachte Mma Ramotswe.

»Gebt Acht mit dem Hund«, warnte Mma Potokwani. »Ich sage euch immer wieder, ihr sollt keine streunenden Hunde auf den Arm nehmen. Ihr wollt einfach nicht hören ...«

Sie wandte sich Mma Ramotswe zu. »Aber, Mma Ramotswe! Ich hoffe, Sie haben nicht gedacht ... Natürlich habe ich nicht erwartet, dass Sie den Jungen zu sich nehmen! Wir werden hier selbst kaum mit ihm fertig, trotz aller Hilfen, die wir haben.«

»Ich hatte es tatsächlich befürchtet«, sagte Mma Ramotswe. »Ich bin immer bereit zu helfen, aber auch mir sind Grenzen gesetzt – ich kann nicht alles tun.«

Mma Potokwani lachte und berührte ihren Gast beruhigend am Unterarm. »Natürlich nicht. Sie helfen uns doch schon mit den beiden Waisen, die Sie aufgenommen haben. Nein, ich wollte Sie nur um Rat bitten. Ich weiß, dass Sie einen sehr guten Ruf genießen, was das Auffinden Vermisster betrifft. Können Sie uns sagen, wie wir etwas über diesen Jungen herausfinden können? Wenn wir etwas über seine Vergangenheit wüssten, etwas über seine Herkunft, wäre es uns vielleicht möglich, zu ihm durchzudringen.«

Mma Ramotswe schüttelte den Kopf. »Das wird sicher sehr schwierig sein. Sie müssten mit Leuten in der Nähe des Ortes reden, an dem man ihn gefunden hat. Sie müssten viele Fragen stellen, und ich denke, dass die Leute nicht gerne Auskunft geben. Sonst hätten sie schon etwas gesagt.«

»Da haben Sie Recht«, sagte Mma Potokwani traurig. »Die Polizei hat dort oben bei Maun viele Fragen gestellt. Sie waren in allen Dörfern, und niemand wusste etwas von so einem Kind. Die Polizei zeigte den Leuten ein Foto von ihm, und sie sagten einfach nein, sie wüssten nichts von ihm.«

Mma Ramotswe war nicht überrascht. Wenn jemand das Kind haben wollte, hätte er sich gemeldet. Die Tatsache, dass die Polizei nur auf Schweigen stieß, bedeutete wahrscheinlich, dass das Kind absichtlich ausgesetzt worden war. Außerdem war es durchaus möglich, dass bei einem solchen Kind Zauberei im Spiel war. Wenn ein Medizinmann behauptet hatte, das Kind sei besessen oder ein *tokolosi*, ein Geist, konnte man nichts mehr für den Jungen tun. Er hatte wahrscheinlich Glück, dass er noch lebte. Solche Kinder traf meist ein ganz anderes Los.

Sie standen jetzt neben ihrem Lieferwagen. Der Baum hatte Laub abgeworfen, und Mma Ramotswe wischte es weg. Sie waren so zart, die Blätter dieses Baums – Hunderte von winzigen Blättern an einem Stiel in der Mitte, wie das raffinierte Gewebe eines Spinnennetzes. Hinter ihnen waren Kinderstimmen zu hören; die Kinder sangen ein Lied, an das sich Mma Ramotswe aus ihrer Kindheit erinnerte und das sie zum Lächeln brachte.

»Die Rinder kommen heim, eins, zwei, drei,
die Rinder kommen heim, das große, das kleine,
das mit dem einen Horn.
Ich lebe mit den Rindern, eins, zwei, drei,
oh, Mutter, gib auf mich Acht.«

Sie blickte in Mma Potokwanis Gesicht, ein Gesicht, das mit jeder Falte und jedem Gesichtsausdruck sagte: Ich bin die Leiterin einer Waisenfarm.

»Sie singen immer noch dieses Lied«, sagte Mma Ramotswe.

Mma Potokwani lächelte. »Ich singe es auch. Die Lieder unserer Kindheit vergessen wir nie, nicht wahr?«

»Sagen Sie«, bat Mma Ramotswe, »was haben die Leute von dem Jungen erzählt? Haben die Leute, die ihn gefunden haben, etwas gesagt?«

Mma Potokwani dachte einen Augenblick nach. »Sie sagten der Polizei, dass sie ihn im Dunkeln gefunden hätten. Sie sagten, es sei schwer gewesen, ihn zu bändigen. Und sie sagten, dass er komisch gerochen hätte.«

»Komisch?«

Mma Potokwani machte eine wegwerfende Handbewegung. »Einer der Männer sagte, er habe nach Löwe gerochen. Der Polizist erinnerte sich daran, weil es so eine merkwürdige Aussage war. Er schrieb es in seinen Bericht, den wir schließlich erhielten, als die Leute von der Stammesverwaltung dort oben den Jungen zu uns schickten.«

»Nach Löwe?«

»Ja«, sagte Mma Potokwani. »Lächerlich.«

Mma Ramotswe sagte einen Augenblick nichts. Sie kletterte in ihren winzigen weißen Lieferwagen und dankte Mma Potokwani für ihre Gastfreundschaft.

»Ich werde über den Jungen nachdenken«, sagte sie. »Vielleicht fällt mir etwas dazu ein.«

Sie winkten sich zu, als Mma Ramotswe die staubige Straße entlang und durch das Tor des Waisenhauses mit dem großen Schild fuhr, auf dem »Hier leben Kinder« stand.

Sie fuhr langsam, weil Esel und Rinder und die Jungen, die sie hüteten, auf der Straße waren. Einige der Hirten waren noch klein, höchstens sechs oder sieben Jahre alt, wie der arme, stumme Junge in seiner kleinen Kammer.

Was, wenn ein kleiner Hirtenjunge verloren ging, dachte Mma Ramotswe. Was, wenn er sich im Busch verlief, weit weg vom Viehgehege? Würde er umkommen? Oder würde etwas ganz anderes mit ihm passieren?

Kapitel 10

Mma Ramotswe war sich klar, dass mit der *No. 1 Ladies' Detective Agency* etwas geschehen musste. Es dauerte nicht lang, die Sachen aus dem alten Büro ins neue Quartier im hinteren Teil von *Tlokweng Road Speedy Motors* zu schaffen. Es war ja weiter nichts als ein Aktenschrank und sein Inhalt, ein paar Metalltabletts, auf denen man Papiere, die auf das Ablegen warteten, stapeln konnte, die alten Teekannen und ihre beiden angeschlagenen Becher und natürlich die altmodische Schreibmaschine – die ihr Mr. J. L. B. Matekoni geschenkt hatte und jetzt nach Hause zurückkehrte. Die Sachen wurden von den beiden Lehrlingen im winzigen weißen Lieferwagen verstaut, nachdem sie nur erstaunlich kurz und leise gemurrt hatten, es gehöre nicht zu ihrem Job. Es schien, dass sie zu allem bereit waren, was Mma Makutsi von ihnen verlangte; sie brauchte nur vom Büro aus zu pfeifen, und schon rannte einer hinein, um zu hören, was sie wollte.

Diese Willfährigkeit war für Mma Ramotswe eine Überraschung, und sie fragte sich, wie es sein konnte, dass Mma Makutsi so viel Macht über die jungen Männer besaß. Mma Makutsi war nicht schön im herkömmlichen Sinne. Ihre Haut war für den modernen Geschmack viel zu dunkel, und die aufhellende Creme, die sie benutzte, hatte Flecken hinterlassen. Dann ihre Haare, die sie häufig flocht, aber auf was für eine merkwürdige Art! Und diese Brille mit den riesigen Gläsern, die nach Mma Ramotswes Ansicht groß genug wäre für zwei Leute. Dies war also die Person, die bei einem Schönheitswettbewerb nicht mal in die erste Runde käme, die beiden Schürzenjäger aber herumkommandierte, die ihr sklavisch ergeben zu sein schienen. Es war ein großes Rätsel.

Es konnte natürlich sein, dass hinter allem mehr als das reine Äußere lag. Mma Makutsi war zwar keine hinreißende Schönheit, aber eine starke Persönlichkeit, und die jungen Männer erkannten dies vielleicht. Schönheitsköniginnen mangelte es häufig an Charakter, was die Männer sicher nach einer Weile anödete. Diese schrecklichen Wettbewerbe, die andauernd stattfanden – *Miss-Lovers-Special* oder *Miss-Viehwirtschaft* –, brachten die hohlköpfigsten Mädchen groß heraus. Diese hirnlosen Girls versuchten dann, ihre Meinung zu allen möglichen Themen zu äußern, und zu Mma Ramotswes völligem Unverständnis hörte man ihnen auch noch zu.

Sie wusste, dass die Lehrlinge alle Schönheitswettbewerbe verfolgten, denn sie hatte sie darüber reden hören. Aber jetzt schien ihr Hauptinteresse das zu sein, Mma Makutsi zu imponieren und ihr zu schmeicheln. Einer hatte sogar versucht, sie zu küssen und wurde mit gespielter Entrüstung weggestoßen.

»Seit wann küsst ein Mechaniker die Werkstattleiterin?«, fragte Mma Makutsi. »Zurück ans Werk, bevor ich deinen nutzlosen Hintern mit dem Stock bearbeite!«

Die Lehrlinge hatten die Sachen aus dem Detektivbüro in null Komma nichts zusammengepackt und den ganzen Inhalt in einer halben Stunde aufgeladen. Mit beiden jungen Männern im hinteren Teil des Autos, um den Aktenschrank festzuhalten, war die *No. 1 Ladies' Detective Agency* bereit, samt gemaltem Schild ins neue Quartier zu ziehen. Es war ein trauriger Moment, als sie zum letzten Mal die Tür verschlossen, und beide – Mma Ramotswe und Mma Makutsi – waren den Tränen nahe.

»Es ist doch nur ein Umzug, Mma«, sagte Mma Makutsi, ihre Chefin tröstend. »Es ist ja nicht so, als ob wir das Geschäft aufgäben.«

»Ich weiß«, sagte Mma Ramotswe und blickte vielleicht zum letzten Mal vorm Haus über die Dächer der Stadt und die Dornenbäume. »Ich bin hier sehr glücklich gewesen.«

Wir sind immer noch im Geschäft, ja, aber nur gerade noch, dachte Mma Ramotswe. In den letzten Tagen hatte sie bei all dem Aufruhr und den vielen Listen der Agentur nur wenig Zeit gewidmet. Um genau zu sein, hatte sie ihr überhaupt keine Zeit gewidmet. Es gab nur einen ungelösten Fall – weiter war kein Auftrag hereingekommen. Was sich zweifellos ändern würde. Dem Regierungsmenschen würde sie für ihren Zeitaufwand ein saftiges Honorar in Rechnung stellen können, was allerdings von einem erfolgreichen Ergebnis abhinge. Sie könnte ihm natürlich auch eine Rechnung schicken, wenn nichts herauskäme, aber es war ihr immer peinlich, Geld zu verlangen, wenn sie dem Kunden nicht helfen konnte. Vielleicht müsste sie im Fall des Regierungsmenschen einfach härter sein. Er war ein reicher Mann und konnte es sich leisten, sie zu bezahlen. Es müsste leicht sein, dachte sie, eine Detektei zu haben, die sich nur um die Bedürfnisse Reicher kümmerte, eine *No. 1 Rich Person's Detective Agency*, weil das Berechnen der Honorare immer schmerzlos wäre. Aber so einen Betrieb hatte sie nun mal nicht, und sie war sich nicht sicher, ob sie damit zufrieden wäre. Mma Ramotswe half jedem gern, egal in welcher Position sich die Leute befanden. Sie hatte schon in so manchem Fall Geld eingebüßt, weil sie es nicht übers Herz gebracht hatte, einen Menschen in Not abzuweisen. Mir ist es bestimmt, diese Arbeit zu machen, sagte sie sich. Ich muss für jeden da sein, der um meine Hilfe bittet. Das ist meine Pflicht: anderen Menschen helfen, mit den Schwierigkeiten in ihrem Leben fertig zu werden. Nicht, dass man alles könnte. Afrika war voll notleidender Menschen, und man musste sich Grenzen setzen. Du kannst nicht allen helfen, aber zumindest für jene da sein, die in dein Leben treten. Mit diesem Grundsatz kannst du mit dem Leiden, das du siehst, umgehen. Es ist dein Leiden. Andere Leute mussten mit dem Leiden, das *ihnen* begegnete, umgehen.

Wie aber wurde man mit den Problemen des Geschäfts, und zwar hier und jetzt, fertig? Mma Ramotswe beschloss, ihre Liste zu überarbeiten und den Regierungsmenschen an die oberste Stelle zu setzen. Das bedeutete, dass sie augenblicklich Nachforschungen anstellen musste. Und was wäre besser, als mit dem Vater der verdächtigten Ehefrau zu beginnen? Dafür gab es mehrere Gründe, wobei der wichtigste folgender war: Wenn wirklich ein Plan existierte, den Bruder des Regierungsmenschen zu beseitigen, wäre diese Idee wahrscheinlich nicht auf dem Mist der Ehefrau gewachsen, sondern die Idee ihres Vaters. Mma Ramotswe war überzeugt, dass Leute, die die krummsten Dinger drehten, dies nur selten aus eigenem Antrieb taten. Meist war noch ein anderer daran beteiligt, jemand, der einen Nutzen aus der Sache zog, oder einer, der dem Täter nahestand und als moralische Unterstützung hinzugezogen wurde. In diesem Fall wäre die wahrscheinlichste Person der Vater der jungen Frau. Wenn sich dieser Mann, wie der Regierungsmensch hatte durchblicken lassen, des sozialen Aufstiegs durch die Eheschließung bewusst war und so viel Wesens darum machte, dann war er höchstwahrscheinlich selbst ehrgeizig. Dann wäre es natürlich von Vorteil für ihn, seinen Schwiegersohn aus dem Weg zu räumen, um dann mit Hilfe seiner Tochter einen Großteil des Familienvermögens an sich zu reißen. Je länger Mma Ramotswe darüber nachdachte, desto wahrscheinlicher schien es ihr, dass hinter dem Vergiftungsversuch der Büroangestellte steckte.

Sie konnte sich seine Gedanken gut vorstellen – wie er an seinem kleinen Schreibtisch saß und die Macht und den Einfluss um sich herum beobachtete, und wusste, dass er nur einen winzigen Teil davon selber besäße. Wie kränkend musste es für einen Mann seines Schlages sein, den Regierungsmenschen in seiner Staatskarosse grußlos an sich vorbeifahren zu sehen, obwohl dieser Mensch doch der Schwager der eigenen Tochter war. Wie schwierig musste es für ihn sein, nicht die Anerkennung zu bekommen, die ihm, wie er zweifellos meinte, zustand, wenn nur mehr Leute wüssten, dass er mit dieser einflussreichen Familie verbunden war. Wenn er – oder seine Tochter, was aufs Gleiche rauskam – das Geld und das Vieh erhielten, könnte er seinen erniedrigenden Posten im Staatsdienst aufgeben und das Leben eines reichen Bauern führen. Er, der jetzt kein Vieh besaß, hätte dann haufenweise Rinder. Er, der jetzt knausern und sparen musste, um sich jedes Jahr eine Reise nach Francistown leisten zu können, würde jeden Tag Fleisch essen und freitagabends mit seinen Freunden *Lion Lager* trinken und großzügig Runden ausgeben. Und von all dem trennte ihn nur ein kleines schlagendes Herz. Würde dieses Herz zum Schweigen gebracht, wäre sein Leben wie verwandelt.

Der Regierungsmensch hatte Mma Ramotswe den Familiennamen der jungen Frau genannt und gesagt, dass ihr Vater seine Mittagspause gern unter einem Baum vor dem Ministerium verbrachte. Damit hatte sie alle Informationen, die sie brauchte, um ihn zu finden: sein Name und seinen Baum.

»Sie haben noch mit der Werkstatt zu tun«, erklärte sie Mma Makutsi, als beide im neuen Büro saßen. »Ich fange jetzt mit dem neuen Fall an. Ich werde mich wieder als Detektivin betätigen.«

»Gut«, sagte Mma Makutsi. »Eine Werkstatt leiten ist ein anspruchsvoller Job. Ich werde eine Menge zu tun haben.«

»Ich freue mich, dass die Lehrlinge so fleißig sind«, sagte Mma Ramotswe. »Sie fressen Ihnen ja aus der Hand.«

Mma Makutsi lächelte verschwörerisch. »Es sind ziemlich alberne Jungs«, sagte sie. »Aber wir Damen sind es schließlich gewohnt, mit albernen jungen Männern umzugehen.«

»Das sehe ich«, sagte Mma Ramotswe. »Sie müssen viele Freunde gehabt haben, Mma. Die Jungs scheinen Sie zu mögen.«

Mma Makutsi schüttelte den Kopf. »Ich hatte bisher so gut wie gar keine Freunde. Ich verstehe nicht, weshalb diese Jungen mich so behandeln, wo es so viele hübsche Mädchen in Gaborone gibt.«

»Sie unterschätzen sich, Mma«, sagte Mma Ramotswe. »Sie wirken offensichtlich sehr anziehend auf Männer.«

»Meinen Sie?«, fragte Mma Makutsi und strahlte vor Freude.

»Ja«, sagte Mma Ramotswe. »Manche Frauen werden für Männer immer attraktiver, je älter sie werden. Ich habe es beobachtet. Während die jungen Mädchen, die Schönheitsköniginnen, mit zunehmendem Alter an Attraktivität verlieren, werden die anderen immer schöner. Ein interessantes Phänomen.«

Mma Makutsi sah nachdenklich aus. Sie rückte ihre Brille zurecht, und Mma Ramotswe bemerkte, wie sie ihr Spiegelbild heimlich in der Fensterscheibe betrachtete. Sie war sich nicht sicher, ob das, was sie gesagt hatte, der Wahrheit entsprach – aber selbst wenn es nicht stimmen sollte, war sie froh, es gesagt zu haben, wenn es das Selbstbewusstsein von Mma Makutsi aufgebaut hatte. Es schadete ihr überhaupt nicht, von den beiden wertlosen Burschen angehimmelt zu werden, solange sie sich nicht mit ihnen einließ. Und Mma Ramotswe war sich ziemlich sicher, dass diese Gefahr kaum bestand – jedenfalls vorläufig nicht.

Sie ließ Mma Makutsi im Büro allein und fuhr in ihrem winzigen weißen Lieferwagen davon. Es war jetzt halb eins. Die Fahrt würde zehn Minuten dauern, was ihr genügend Zeit ließ, einen Parkplatz zu finden, sich ins Ministerium zu begeben und nach dem Vater der jungen Ehefrau, Mr. Kgosi Sipoleli, einem Büroangestellten im Ministerium und, wenn ihre Eingebung sie nicht trog, zukünftigen Mörder, zu suchen.

Sie parkte ihren Lieferwagen bei der katholischen Kirche, weil in der Stadt viel los war und es in der Nähe keine Parkplätze gab. Sie würde zu Fuß gehen müssen – nur eine kurze Strecke –, was ihr nichts ausmachte, weil sie bestimmt Leuten begegnen würde, die sie kannte, und für einen kleinen Plausch immer noch ein paar Minuten erübrigen konnte.

Sie wurde nicht enttäuscht. Kaum war sie um die Ecke gebogen, traf sie auf Mma Gloria Bopedi, die Mutter von Chemba Bopedi, die mit Mma Ramotswe in Mochudi zur Schule gegangen war. Chemba hatte Pilot Matanyani geheiratet, der vor kurzem Direktor einer Schule in Selibi-Pikwe geworden war. Sie hatte sieben Kinder, wovon das älteste erst kürzlich bei einem Wettlauf Bester der unter Fünfzehnjährigen von Botswana geworden war.

»Wie geht es Ihrem blitzschnellen Enkel, Mma?«, erkundigte sich Mma Ramotswe.

Die ältere Frau strahlte. Sie hatte nur noch wenige Zähne, stellte Mma Ramotswe fest, die es besser gefunden hätte, wenn sie die restlichen entfernen und sich ein Gebiss verpassen ließe.

»Oh, der ist schnell, das kann man nicht leugnen«, antwortete Mma Bopedi. »Aber er ist auch ein frecher Junge. Er hat so schnell laufen gelernt, damit er unangenehmen Dingen aus dem Weg gehen kann. Deshalb läuft er so schnell.«

»Na ja«, sagte Mma Ramotswe, »jedenfalls ist was Gutes dabei herausgekommen. Vielleicht macht er irgendwann bei der Olympiade mit und läuft für Botswana. Dann kann er der Welt zeigen, dass die schnellen Läufer nicht alle aus Kenia stammen.«

Wieder ertappte sie sich dabei, nicht die volle Wahrheit zu sagen. Die besten Läufer kamen alle aus Kenia, wo die Menschen großgewachsen waren und lange Beine hatten, die sich zum Laufen eigneten. Das Problem der Batswana war, dass sie nicht besonders groß waren. Die Männer waren eher untersetzt, was in Ordnung war, wenn sie sich ums Vieh kümmerten, athletischen Ansprüchen aber nicht genügte. Tatsächlich waren die meisten Südafrikaner keine guten Läufer, obwohl die Zulus und die Swasis manchmal jemanden hervorbrachten, der auf der Aschenbahn Großartiges leistete, wie beispielsweise der fantastische Läufer aus Swasiland Richard ›Concorde‹ Mavuso.

Natürlich waren auch die Buren gute Sportsleute. Es gab unter ihnen sehr große Männer mit gewaltigen Schenkeln und kräftigen Nacken wie Brahman-Rinder.

Sie spielten Rugby und schienen ihre Sache dabei gut zu machen, obwohl sie nicht besonders schlau waren. Ein Motswana-Mann, der vielleicht nicht so groß wie diese Rugbyspieler war und nicht so flink wie einer von diesen kenianischen Läufern, aber zuverlässig und scharfsinnig, gefiel ihr immer noch besser.

»Meinen Sie nicht auch, Mma?«, fragte sie Mma Bopedi.

»Was soll ich meinen?«, wollte Mma Bopedi wissen.

Mma Ramotswe stellte fest, dass sie die Frau bei ihren Träumereien vergessen hatte und entschuldigte sich.

»Ich habe gerade über unsere Männer nachgedacht«, sagte sie.

Mma Bopedi zog eine Augenbraue hoch. »Ach, wirklich, Mma? Um ehrlich zu sein – ich denke ab und zu auch über unsere Männer nach. Nicht oft, aber manchmal. Sie wissen, wie es ist.«

Mma Ramotswe verabschiedete sich von Mma Bopedi und setzte ihren Weg fort. Vor dem Optikerladen traf sie Mr. Motheti Pilai, der regungslos dastand und zum Himmel hinauf sah.

»Dumela, Rra«, sprach sie ihn höflich an. »Geht es Ihnen gut?«

Mr. Pilai senkte den Blick. »Mma Ramotswe«, sagte er. »Darf ich Sie anschauen? Ich habe gerade diese neue Brille bekommen, und zum ersten Mal seit Jahren kann ich die Welt deutlich sehen. Ach, ist das wunderbar! Ich hatte vergessen, wie es war, alles klar zu erkennen. Und da sind Sie, Mma! Sie sehen wunderschön aus, schön dick.«

»Danke, Rra.«

Er schob seine Brille bis zur Nasenspitze. »Meine Frau hat mir dauernd gesagt, dass ich eine neue Brille brauche, aber ich hatte immer Angst, hierher zu kommen. Ich mag die Maschine nicht, die einem Licht ins Auge scheint. Und die Maschine, die einem Luft in den Augapfel bläst, mag ich auch nicht. Deshalb hab ich's immer wieder verschoben. Ich war sehr dumm.«

»Es ist nie gut, etwas zu verschieben«, sagte Mma Ramotswe und dachte daran, wie sie die Angelegenheit des Regierungsmenschen verschoben hatte.

»Oh, ich weiß«, sagte Mr. Pilai. »Aber das Problem ist, dass man etwas auch dann nicht tut, wenn man weiß, dass es das Beste wäre.«

»Es ist wirklich ein Rätsel«, sagte Mma Ramotswe. »Aber es stimmt. Es ist, als ob sich zwei Menschen in einem befänden. Einer sagt: Tu dies! Ein Anderer sagt: Tu das! Aber beide Stimmen sind in ein und derselben Person.«

Mr. Pilai starrte Mma Ramotswe an. »Es ist sehr heiß heute«, meinte er dann.

Sie stimmte ihm bei, und dann gingen beide ihren Geschäften nach. Sie würde nicht mehr stehen bleiben, beschloss sie. Es war jetzt fast eins, und sie wollte genug Zeit haben, um Mr. Sipoleli zu finden und mit ihm das Gespräch zu führen, das ihre Untersuchung in Gang setzen würde.

Der Baum war leicht zu erkennen. Er stand in der Nähe des Haupteingangs des Ministeriums und war eine große Akazie mit einem breiten Blätterdach, das in weitem Umkreis auf den staubigen Boden darunter Schatten warf. Gleich neben dem Baumstamm standen mehrere strategisch günstige Steine – bequeme Sitze für jeden, der sich ausruhen und beobachten wollte, wie das tägliche Leben von Gaborone so ablief. Jetzt, fünf Minuten vor eins, waren die Steine unbesetzt.

Mma Ramotswe wählte den größten aus und ließ sich darauf nieder. Sie hatte eine große Thermosflasche Tee, zwei Aluminiumbecher und vier Corned-Beef-Sandwiches aus dick geschnittenen Brotscheiben mitgebracht. Sie nahm einen der Becher und füllte ihn mit Buschtee. Dann lehnte sie sich an den Baumstamm und wartete. Es war angenehm, mit einem Becher Tee in der Hand im Schatten zu sitzen und dem vorbeiziehenden Verkehr zuzuschauen. Niemand schenkte ihr die geringste Beachtung, denn es war ein völlig normaler Anblick: eine stattliche Frau unter einem Baum.

Etwa zehn nach eins, als Mma Ramotswe ihren Tee ausgetrunken hatte und auf ihrem bequemen Plätzchen fast eingenickt wäre, tauchte vor dem Ministerium eine Gestalt auf und ging dem Baum entgegen. Als er näher kam, riss sich Mma Ramotswe aus ihrer Schläfrigkeit. Sie war jetzt im Dienst und musste die Chance nutzen, mit Mr. Sipoleli reden zu können – wenn er es tatsächlich war, der sich näherte.

Der Mann trug eine sauber gebügelte blaue Hose, ein kurzärmliges weißes Hemd und eine dunkelbraune Krawatte. Es war genau die Kleidung, die man von einem Beamten der unteren Dienstgrade erwartete. Und so als hätte er die Diagnose bestätigen wollen, stak in seiner Hemdentasche eine ordentliche Reihe von Kugelschreibern. Es war eindeutig die Uniform eines jüngeren Beamten, auch wenn er schon Ende vierzig war. Es war ein Mann, der in der Stellung, die er erreicht hatte, bleiben würde und nicht mehr befördert wurde.

Der Mann näherte sich dem Baum spürbar zögerlich. Mma Ramotswe anstarrend, schien es, als ob er etwas sagen wollte, sich aber nicht dazu überwinden konnte.

Mma Ramotswe lächelte ihn an. »Guten Tag, Rra«,

sagte sie. »Es ist heiß heute, nicht wahr? Deshalb sitze ich unter dem Baum. Wirklich ein guter Platz in der Hitze.«

Der Mann nickte. »Ja«, sagte er. »Normalerweise sitze *ich* hier.«

Mma Ramotswe tat überrascht. »Ach? Ich hoffe, dass ich nicht auf Ihrem Stein sitze, Rra. Ich sah ihn hier, und niemand saß da drauf.«

Er winkte ungeduldig ab. »Mein Stein? Ja, das ist er. Das ist mein Stein. Aber es ist ein öffentlicher Platz, und jeder hat das Recht, sich draufzusetzen, nehme ich an.«

Mma Ramotswe erhob sich. »Aber Rra, Sie müssen diesen Stein nehmen. Ich setze mich auf einen da drüben.«

»Nein, Mma«, sagte er schnell, und sein Ton veränderte sich: »Ich will Ihnen keine Umstände machen. Ich kann auf dem Stein dort sitzen.«

»Nein, Sie setzen sich auf diesen Stein! Es ist Ihr Stein. Ich hätte mich nicht draufgesetzt, wenn ich geahnt hätte, dass er einem anderen gehört. Ich kann mich auf diesen Stein setzen. Das ist auch ein guter Stein. Sie setzen sich auf *den* Stein!«

»Nein«, sagte er mit fester Stimme. »Sie gehen dahin zurück, wo Sie waren, Mma. Ich kann jeden Tag auf dem Stein sitzen. Sie nicht. Ich setze mich auf *diesen* Stein.«

Mma Ramotswe kehrte mit gespieltem Widerstreben zu dem Stein zurück, auf dem sie zuerst gesessen hatte, während sich Mr. Sipoleli auf einem anderen niederließ.

»Ich trinke Tee, Rra«, sagte sie. »Aber er reicht auch für Sie. Ich möchte, dass Sie davon nehmen, weil ich auf Ihrem Stein sitze.«

Mr. Sipoleli lächelte. »Sie sind sehr freundlich, Mma. Ich trinke sehr gerne Tee. Ich trinke eine Menge Tee in meinem Büro. Ich bin nämlich Beamter.«

»Oh?«, machte Mma Ramotswe. »Das ist ein guter Job. Sie müssen wichtig sein.«

Mr. Sipoleli lachte. »Nein«, sagte er. »Ich bin gar nicht wichtig. Ich bin nur ein einfacher Beamter. Aber ich habe Glück, dass ich diese Stelle überhaupt habe. Es gibt Leute mit Universitätsabschluss, die einen vergleichbaren Job haben. Ich habe ein *Cambridge Certificate*, weiter nichts. Ich finde, dafür habe ich viel erreicht.«

Mma Ramotswe hörte ihm beim Einschenken zu. Sie war überrascht. Sie hatte einen ganz anderen Menschen erwartet, einen kleinen Beamten, der sich vor Wichtigkeit aufblähte und eine höhere Position anstrebte. Hier dagegen war ein Mann, der ganz zufrieden damit zu sein schien, was er war und was er erreicht hatte.

»Könnten Sie nicht befördert werden, Rra? Wäre es nicht möglich, aufzusteigen?«

Mr. Sipoleli ließ sich die Frage gründlich durch den Kopf gehen. »Ich denke schon«, sagte er nach einiger Zeit. »Das Problem ist nur, dass ich eine Menge Zeit damit verbringen müsste, mich bei höherrangigen Leuten einzuschmeicheln. Dann müsste ich die richtigen Dinge sagen und über meine jüngeren Kollegen schlechte Berichte schreiben. Und das möchte ich nicht. Ich bin kein ehrgeiziger Mann. Ich bin glücklich, wo ich bin. Wirklich.«

Mma Ramotswes Hand zitterte, als sie ihm den Teebecher reichen wollte. Dies war überhaupt nicht, was sie erwartet hatte, und plötzlich fielen ihr Clovis Andersens Ratschläge ein. »Niemals vorverurteilen«, hatte er geschrieben. »Niemals im Voraus entscheiden, was was oder wer wer ist. Damit begibt man sich auf eine völlig falsche Fährte.«

Sie beschloss, ihm ein Sandwich anzubieten, das sie aus ihrem Plastikbeutel zog. Er freute sich, nahm aber das kleinste. Noch ein Hinweis darauf, dachte sie, dass er bescheiden ist. Der Mr. Sipoleli ihrer Phantasie hätte, ohne zu zögern, das größte Sandwich genommen.

»Haben Sie Familie in Gaborone, Rra?«, erkundigte sie sich ganz harmlos.

Mr. Sipoleli hatte den Mund voll und kaute erst sein Corned Beef zu Ende, bevor er antwortete. »Ich habe drei Töchter«, sagte er. »Zwei sind Krankenschwestern, eine im Princess Marina Hospital und die andere draußen in Molepolole. Dann ist da noch meine Erstgeborene, die sehr gut in der Schule war und zur Universität ging. Wir sind sehr stolz auf sie.«

»Lebt sie in Gaborone?«, fragte Mma Ramotswe und reichte ihm noch ein Sandwich.

»Nein«, erwiderte er. »Sie lebt woanders. Sie hat einen jungen Mann geheiratet, den sie während des Studiums kennen lernte. Sie wohnen weiter draußen. Dort drüben.«

»Und Ihr Schwiegersohn?«, fragte Mma Ramotswe. »Was macht er? Ist er gut zu ihr?«

»Ja«, sagte Mr. Sipoleli. »Er ist ein guter Mann. Sie sind sehr glücklich, und ich hoffe, dass sie viele Kinder bekommen werden. Ich freue mich darauf, Großvater zu sein.«

Mma Ramotswe dachte einen Augenblick nach. Dann sagte sie: »Das Beste daran, seine Kinder verheiratet zu sehen, muss der Gedanke sein, dass sie sich um einen kümmern können, wenn man alt ist.«

Mr. Sipoleli lächelte. »Also, das stimmt wahrscheinlich. Aber meine Frau und ich haben andere Pläne. Wir wollen zurück nach Mahalapye ziehen. Ich habe Rinder dort – nur ein paar – und ein bisschen Land. Wir werden dort oben zufrieden sein. Mehr wollen wir nicht.«

Mma Ramotswe schwieg. Dieser durch und durch gute Mann sprach offensichtlich die Wahrheit. Ihr Verdacht, er könne hinter einem Plan stehen, seinen Schwiegersohn zu töten, war absurd, und sie schämte sich gründlich dafür. Um ihre Verwirrung zu verbergen, bot sie ihm noch eine Tasse Tee an, die er dankbar entgegennahm. Nach weiteren fünfzehn Minuten, in denen sie sich über das Tagesgeschehen unterhielten, stand sie auf, klopfte sich den Staub vom Rock und dankte ihm, dass er seine Mittagspause mit ihr geteilt hatte. Sie hatte herausgefunden, was sie wissen wollte, zumindest über ihn. Aber das Treffen mit dem Vater ließ auch Zweifel an ihren Mutmaßungen über die Tochter aufkommen. Wenn die Tochter ihrem Vater glich, konnte sie unmöglich eine Giftmörderin sein. Dieser gute bescheidene Mann hätte niemals eine Tochter großgezogen, die so etwas täte, oder? Es war natürlich möglich, dass gute Eltern schlechte Kinder hatten. Man brauchte wenig Lebenserfahrung, um das zu kapieren. Es war jedoch eher unwahrscheinlich, und für die nächsten Schritte der Ermittlung wäre ein erheblich höheres Maß an Vorurteilslosigkeit vonnöten.

Ich habe eine Lektion gelernt, sagte sich Mma Ramotswe, als sie zu ihrem winzigen weißen Lieferwagen ging. Sie war tief in Gedanken versunken und registrierte Mr. Pilai kaum, der immer noch vor dem Optikerladen stand und in die Zweige des Baumes über seinem Kopf blickte.

»Ich habe über das, was Sie mir erzählt haben, nachgedacht, Mma«, sagte er, als sie vorüberging. »Es war eine sehr zum Nachdenken anregende Bemerkung.«

»Ja«, sagte Mma Ramotswe, leicht verblüfft. »Und ich fürchte, ich weiß die Antwort nicht. Ich weiß sie einfach nicht.«

Mr. Pilai schüttelte den Kopf. »Dann müssen wir weiter darüber nachdenken«, sagte er.

»Ja«, sagte Mma Ramotswe. »Da haben Sie Recht.«

Kapitel 11

Der Regierungsmensch hatte Mma Ramotswe eine Telefonnummer gegeben, die sie jederzeit benutzen könnte, ohne mit seinen Sekretärinnen und Assistenten verbunden zu werden. An diesem Nachmittag probierte sie die Nummer zum ersten Mal aus und kam sofort zu ihrem Kunden durch. Er klang erfreut, von ihr zu hören, und war zufrieden, dass die Ermittlungen begonnen hatten.

»Ich würde nächste Woche gern zu Ihrem Haus auf dem Land fahren«, sagte Mma Ramotswe. »Haben Sie sich mit Ihrem Vater schon in Verbindung gesetzt?«

»Jawohl«, antwortete der Regierungsmensch. »Ich habe ihm gesagt, dass Sie zu Besuch kommen, um sich auszuruhen. Ich habe ihm gesagt, dass Sie unter den Frauen viele Stimmen für mich gewonnen haben und dass ich mich Ihnen erkenntlich zeigen muss. Sie werden gut versorgt werden.«

Einzelheiten wurden abgesprochen, und Mma Ramotswe wurde erklärt, wie sie zur Farm, die an der Francistown Road, nördlich von Pilane, lag, zu fahren hatte.

»Ich bin sicher, dass Sie Beweise für die Bösartigkeit meiner Schwägerin finden werden«, sagte der Regierungsmensch. »Dann können wir meinen armen Bruder retten.«

Mma Ramotswe machte keine Versprechungen. »Wir werden sehen. Ich kann nichts garantieren – ich muss mir das erst mal anschauen.«

»Natürlich, Mma«, sagte der Regierungsmensch hastig. »Aber ich vertraue Ihren Fähigkeiten, herauszufinden, was vor sich geht. Ich weiß, dass Sie Beweise gegen die böse Frau finden werden. Hoffen wir nur, dass Sie noch rechtzeitig eintreffen.«

Nach dem Telefongespräch setzte sich Mma Ramotswe an ihren Schreibtisch und starrte die Wand an. Sie hatte eine ganze Kalenderwoche für diese Aufgabe veranschlagt, was alle anderen Vorhaben auf ihrer Liste in eine ungewisse Zukunft verschob. Wenigstens brauchte sie sich vorläufig keine Sorgen um die Werkstatt zu machen. Und auch nicht um irgendwelche Anfragen an die Detektei. Mma Makutsi konnte sich darum kümmern, und wenn sie – was in letzter Zeit häufiger der Fall war – gerade unter einem Auto lag, konnten die Lehrlinge das Telefon beantworten, so wie sie es ihnen beigebracht hatte.

Aber Mr. J. L. B. Matekoni? Das war die einzige schwierige Sache, um die sie sich noch nicht gekümmert hatte, und sie wusste, dass sie schnell etwas unternehmen musste. Sie hatte das Buch über Depressionen zu Ende gelesen und war zuversichtlicher, wie sie mit den rätselhaften Symptomen umgehen könnte. Bei dieser Krankheit bestand jedoch immer die Gefahr, dass der Leidende etwas Voreiliges tat – das Buch hatte es unmissverständlich zum Ausdruck gebracht –, und ihr graute bei dem Gedanken, Mr. J. L. B. Matekoni könnte durch eigene Geringschätzung und Schwermut zum Äußersten getrieben werden. Irgendwie müsste es ihr gelingen, ihn zu Dr. Moffat zu schleppen, damit er eine Behandlung anfangen könnte. Aber als sie ihm sagte, dass er zum Arzt müsse, hatte er es rundweg abgelehnt. Der nächste Versuch brächte wahrscheinlich die gleiche Reaktion.

Sie überlegte, ob es eine List gab, mit der sie ihn zum Schlucken der Tabletten bringen könnte. Es gefiel ihr nicht, ihn zu hintergehen, aber wenn die Vernunft eines Menschen gestört war, so überlegte sie, müsste jedes Mittel recht sein, um ihm zu helfen. Es war, als hätte ein böses Wesen den Menschen gekidnappt und hielte ihn bis zur Lösegeldzahlung gefangen. Man würde nicht zögern, dachte sie, zu einer List zu greifen, um den Unhold zu bekämpfen. Es wäre vollkommen mit der alten Botswana-Moral und selbstverständlich auch jeder anderen Moral vereinbar.

Ob sie ihm die Tabletten unters Essen mischte? Das wäre möglich, wenn sie sich um alle seine Mahlzeiten kümmerte, was aber nicht der Fall war. Er kam nicht mehr zum Abendessen zu ihr, und es sähe doch sehr merkwürdig aus, wenn sie plötzlich bei ihm auftauchte und ihm sein Essen machte. Außerdem vermutete sie, dass er in seinem jetzigen Zustand nur wenig aß – das Buch hatte davor gewarnt –, da er in auffälliger Weise an Gewicht verlor. Es wäre also unmöglich, ihm die Medikamente auf diesem Wege zu verabreichen, auch wenn sie sich dazu entschließen würde.

Sie seufzte. Es sah ihr gar nicht ähnlich, dazusitzen und die Wand anzustarren, und sekundenlang ging ihr der Gedanke durch den Kopf, dass auch sie Depressionen kriegen könnte. Aber dieser Gedanke ging so schnell, wie er gekommen war. Es kam überhaupt nicht in Frage, dass Mma Ramotswe krank wurde. Alles war von ihr abhängig: die Werkstatt, das Detektivbüro, die Kinder, Mr. J. L. B. Matekoni, Mma Makutsi – von Mma Makutsis Angehörigen in Bobonong ganz zu schweigen. Sie konnte es sich einfach nicht leisten, krank zu sein. Also stand sie auf, strich ihr Kleid glatt und ging durchs Zimmer zum Telefon. Sie nahm das Büchlein, in dem sie Telefonnummern notierte, in die Hand. Potokwani, Silvia. Leiterin. Waisenfarm.

Mma Potokwani interviewte gerade eine zukünftige Pflegemutter, als Mma Ramotswe eintraf. Im Wartezimmer sitzend, beobachtete sie, wie sich über ihrem Kopf an der Decke ein kleiner, blasser Gecko an eine Fliege heranpirschte. Sowohl der Gecko als auch die Fliege waren verkehrt herum. Der Gecko verließ sich auf winzige Saugnäpfe an seinen Zehen, die Fliege auf ihre Sporen. Der Gecko schoss plötzlich nach vorn, war aber zu langsam für die Fliege, die im Siegestaumel herumwirbelte, bis sie sich auf dem Fensterbrett niederließ.

Mma Ramotswe wandte sich den Zeitschriften zu, die auf dem Tisch herumlagen. Da war eine Broschüre der Regierung mit einer Aufnahme der hohen Beamten. Sie sah sich die Gesichter an – sie kannte viele dieser Leute, und in dem einen oder anderen Fall wusste sie mehr, als in Regierungsbroschüren veröffentlicht wurde. Auch der Regierungsmensch war abgebildet, der selbstbewusst in die Kamera lächelte, während ihn, wie sie wusste, die Angst um seinen jüngeren Bruder zerfraß und er sich Anschläge auf dessen Leben vorstellte. »Mma Ramotswe?«

Mma Potokwani hatte die Pflegemutter hinausgeführt und stand jetzt da und blickte auf Mma Ramotswe herab. »Es tut mir Leid, dass ich Sie warten ließ, Mma, aber ich glaube, ich habe für ein sehr schwieriges Kind ein Zuhause gefunden. Ich musste sichergehen, dass die Frau die richtige Person dafür ist.«

Sie gingen in das Zimmer der Leiterin, wo ein vollgekrümelter Teller von kürzlich serviertem Teekuchen zeugte. »Sie sind wegen des Jungen gekommen?«, fragte Mma Potokwani. »Es muss Ihnen etwas eingefallen sein.«

Mma Ramotswe schüttelte den Kopf. »Tut mir Leid, Mma. Ich hatte keine Zeit, über den Jungen nachzudenken. Ich war mit anderen Dingen beschäftigt.«

Mma Potokwani lächelte. »Sie sind immer eine viel beschäftigte Frau.«

»Ich bin gekommen, um Sie um einen Gefallen zu bitten«, sagte Mma Ramotswe.

»Ah!« Mma Potokwani strahlte vor Freude. »Meistens bin ich diejenige, die um Gefallen bittet. Jetzt ist es einmal anders, und ich freue mich darüber.«

»Mr. J. L. B. Matekoni ist krank«, erklärte Mma Ramotswe. »Ich glaube, er hat eine Krankheit namens Depression.«

»Oh!«, unterbrach sie Mma Potokwani. »Damit kenne ich mich aus. Schließlich war ich mal Krankenschwester. Und ich habe ein Jahr in der Nervenheilanstalt von Lobatse gearbeitet. Ich habe gesehen, was diese Krankheit anrichten kann. Aber zumindest lässt sie sich heute gut behandeln. Man kann sich von einer Depression erholen.«

»Das habe ich gehört«, sagte Mma Ramotswe. »Aber man muss Medikamente nehmen. Mr. J. L. B. Matekoni will nicht mal zum Arzt gehen. Er sagt, er ist nicht krank.«

»Das ist Unsinn«, sagte Mma Potokwani. »Er sollte sofort zum Arzt gehen. Sie müssen es ihm sagen.«

»Ich hab's versucht«, sagte Mma Ramotswe. »Er behauptet, ihm fehle nichts. Ich brauche jemanden, der ihn zum Arzt bringt. Jemand ...«

»Jemanden wie mich?«, fiel ihr Mma Potokwani ins Wort.

»Ja«, sagte Mma Ramotswe. »Er hat immer gemacht, worum Sie ihn gebeten haben. Er würde es nicht wagen, Ihnen etwas abzuschlagen.«

»Aber er muss die Mittel einnehmen«, sagte Mma Potokwani. »Ich wäre nicht da, um auf ihn aufzupassen.«

»Nun ja«, meinte Mma Ramotswe nachdenklich. »Wenn Sie ihn hierher brächten, könnten Sie sich um ihn kümmern. Sie könnten darauf achten, dass er seine Arznei nimmt und sich erholt.«

»Sie meinen, ich soll ihn auf die Waisenfarm holen?«

»Ja«, antwortete Mma Ramotswe. »Lassen Sie ihn hier, bis es ihm besser geht.«

Mma Potokwani trommelte mit den Fingern auf ihrem Schreibtisch herum. »Und wenn er sagt, dass er nicht herkommen will?«

»Er würde es nicht wagen, Ihnen zu widersprechen, Mma«, sagte Mma Ramotswe. »Davor hätte er viel zu viel Angst.«

»Oh«, machte Mma Potokwani. »So eine bin ich also?«

»Ein bisschen«, sagte Mma Ramotswe freundlich. »Aber nur bei Männern. Männer haben Respekt vor einer Leiterin.«

Mma Potokwani dachte einen Augenblick nach. Dann sagte sie: »Mr. J. L. B. Matekoni war für die Waisenfarm immer ein guter Freund. Er hat viel für uns getan. Ich werde dies also jetzt für Sie tun, Mma. Wann soll ich zu ihm gehen?«

»Heute«, sagte Mma Ramotswe. »Bringen Sie ihn zu Dr. Moffat. Und dann bringen Sie ihn gleich hierher.«

»Gut«, sagte Mma Potokwani, die sich für ihre Aufgabe zu erwärmen schien. »Ich werde herausfinden, was dieses Theater soll. Nicht zum Arzt gehen wollen? Was für ein Unsinn! Ich werde die Sache für Sie in Ordnung bringen, Mma. Verlassen Sie sich auf mich!«

Mma Potokwani brachte Mma Ramotswe zum Auto.

»Sie werden den Jungen nicht vergessen, Mma?«, fragte sie. »Sie werden über ihn nachdenken?«

»Machen Sie sich keine Sorgen, Mma«, erwiderte Mma Ramotswe. »Sie haben mir eine große Last von den Schultern genommen. Jetzt will ich auch Ihnen eine abnehmen.«

Dr. Moffat empfing Mr. J. L. B. Matekoni in seinem Arbeitszimmer am Ende der Veranda, während Mma Potokwani mit Mrs. Moffat in der Küche eine Tasse Tee trank. Die Frau des Arztes, die Bibliothekarin war, wusste eine Menge, und Mma Potokwani hatte sich schon hin und wieder bei ihr Rat geholt. Es war Abend, und im Arbeitszimmer des Arztes umkreisten Insekten, die durchs Fliegengitter eingedrungen waren, taumelnd die Birne der Schreibtischlampe, warfen sich gegen den Lampenschirm und flatterten, von der Hitze versengt, mit verletzten Flügeln davon. Auf dem Schreibtisch befanden sich ein Stethoskop und ein Sphygmomanometer, dessen Gummiball über den Rand hing, an der Wand hing ein alter Stich der Kuruman-Mission Mitte des neunzehnten Jahrhunderts.

»Ich habe Sie schon länger nicht gesehen, Rra«, sagte Dr. Moffat. »Mein Auto hat sich anständig benommen.«

Mr. J. L. B. Matekoni fing zu lächeln an, aber die Mühe schien zu viel für ihn zu sein. »Ich habe ...« Er verstummte. Dr. Moffat wartete, aber es kam nichts mehr.

»Es geht Ihnen nicht gut?«

Mr. J. L. B. Matekoni nickte. »Ich bin sehr müde. Ich kann nicht schlafen.«

»Das ist schlecht. Wenn wir nicht schlafen, geht es uns nicht gut.« Er legte eine Pause ein. »Macht Ihnen irgendwas Bestimmtes Sorgen? Gibt es Dinge, die Ihnen Kummer bereiten?«

Mr. J. L. B. Matekoni überlegte. Seine Kiefer arbeiteten, als ob er versuchte, unaussprechliche Wörter zu formulieren, und dann antwortete er. »Ich mache mir Sorgen, dass schlimme Sachen, die ich vor langer Zeit getan habe, ans Tageslicht kommen. Dann werde ich verachtet werden. Sie werden alle mit Steinen auf mich werfen. Das wird das Ende sein.«

»Und diese schlimmen Sachen – was denn für schlimme Sachen? Sie wissen, dass Sie mir alles sagen können und dass ich mit niemandem darüber sprechen werde.«

»Es sind schlimme Sachen, die ich vor langer Zeit gemacht habe. Ganz schlimme Sachen. Ich kann mit niemandem darüber reden, nicht einmal mit Ihnen.«

»Und weiter möchten Sie mir nichts darüber sagen?«

»Nein.«

Dr. Moffat beobachtete Mr. J. L. B. Matekoni. Er bemerkte den Kragen, der mit dem falschen Knopf geschlossen war. Er sah die Schuhe mit ihren abgerissenen Schnürsenkeln. Er sah die Augen, in denen sich vor lauter Seelenqual Tränen sammelten, und wusste Bescheid.

»Ich werde Ihnen eine Medizin geben, die Ihnen helfen wird«, sagte er. »Mma Potokwani sagt, dass sie sich um Sie kümmern wird, während Sie sich erholen.«

Mr. J. L. B. Matekoni nickte stumm.

»Und Sie werden diese Medizin einnehmen?«, fuhr Dr. Moffat fort. »Geben Sie mir darauf Ihr Wort?«

Mr. J. L. B. Matekonis Blick, der fest auf den Boden gerichtet war, hob sich nicht. »Mein Wort ist nichts wert«, sagte er leise.

»Es ist die Krankheit, die aus Ihnen spricht«, sagte Dr. Moffat sanft. »Ihr Wort ist eine Menge wert.«

Mma Potokwani führte ihn zu seinem Auto und öffnete die Tür auf der Beifahrerseite. Sie blickte Dr. Moffat und seine Frau an, die am Tor standen, und winkte ihnen. Sie winkten zurück, bevor sie ins Haus gingen. Dann fuhr sie los, zurück zur Waisenfarm, vorbei an *Tlokweng Road Speedy Motors*. Die Werkstatt, verlassen und verloren in der Dunkelheit, wurde von ihrem Besitzer, ihrem Begründer, beim Vorüberfahren keines Blickes gewürdigt.

Kapitel 12

Es war noch frisch und kühl, als sie sich zu ihrer Fahrt bereitmachte, obwohl sie nicht viel länger als eine Stunde dauern würde. Rose hatte Frühstück gemacht, und sie aß mit den Kindern auf der Veranda ihres Hauses am Zebra Drive. Es war ruhig, weil vor sieben wenig Verkehr auf der Straße herrschte. Erst danach gingen die Menschen zur Arbeit. Ein paar Leute waren aber schon unterwegs – ein groß gewachsener Mann mit zerlumpten Hosen, der an einem verkohlten Maiskolben nagte, eine Frau, die ein Baby trug, das sie sich mit einem Tuch auf den Rücken gebunden hatte und dessen Kopf im Schlaf nickte. Einer der mageren gelben Nachbarshunde schlich vorbei, zielstrebig irgendeinem rätselhaften Hundegeschäft nachgehend. Mma Ramotswe tolerierte Hunde, aber sie hegte eine starke Abneigung gegen die übel riechenden gelben Kreaturen, die im Haus nebenan lebten. In der Nacht störte sie ihr Gejaule – sie bellten Schatten, den Mond, Windböen an –, und sie war sicher, dass wegen ihnen keine Vögel in ihren Garten kamen. In jedem Haus außer ihrem schien es Hunde zu geben, und manchmal liefen diese im Rudel die Straße entlang, jagten Autos hinterher und erschreckten Fahrradfahrer.

Mma Ramotswe schenkte sich und Motholeli Buschtee ein. Puso wollte sich nicht an Tee gewöhnen und trank ein Glas warme Milch, in die Mma Ramotswe zwei großzügig gehäufte Löffel Zucker gerührt hatte. Er naschte gern, was vielleicht darauf zurückzuführen war, dass ihn seine Schwester, als sie noch in Francistown lebten, viel mit süßen Sachen gefüttert hatte. Sie müsste ihn an gesündere Dinge gewöhnen, dachte sie, aber das würde Nerven kosten. Rose hatte ihnen Brei gekocht, der in Schüsseln auf dem Tisch stand, und dunklen Sirup darüber geträufelt. Auf einem Teller lagen Papaya-Scheiben. Ein gesundes Frühstück für ein Kind, dachte Mma Ramotswe. Was hätten die Kinder wohl gegessen, wenn sie bei ihrem Stamm geblieben wären? Ihre Leute lebten von so gut wie nichts – Wurzeln, die sie aus der Erde gruben, Maden, Vogeleier. Aber jagen konnten sie wie kein anderer, und es hätte auch Straußenfleisch und *duiker*, Antilope, gegeben, was sich die Menschen in den Städten nur selten leisten konnten.

Sie erinnerte sich, wie sie einmal auf einer Fahrt nach Norden am Straßenrand angehalten und sich eine Tasse Tee gegönnt hatte. Der Halteplatz war eine Lichtung neben der Straße gewesen, wo ein zerbeultes Schild darauf aufmerksam machte, dass man an diesem Punkt den Wendekreis des Steinbocks überquerte. Sie glaubte, allein zu sein, und war überrascht, als hinter einem Baum ein Morsawa oder Buschmann, wie man sie früher nannte, auftauchte. Er trug einen kleinen Lederschurz und hatte eine Art Fellbeutel bei sich. Er war auf sie zugegangen und hatte sie in seiner merkwürdig pfeifenden Sprache angesprochen. Einen Augenblick lang hatte sie sich gefürchtet, obwohl sie doppelt so groß war wie er. Aber diese Leute hatten Pfeile und Gift und bewegten sich von Natur aus sehr schnell.

Sie hatte sich unsicher erhoben, bereit, die Thermosflasche im Stich zu lassen und den Schutz ihres winzigen weißen Lieferwagens aufzusuchen, aber er hatte einfach nur bittend auf seinen Mund gezeigt. Mma Ramotswe glaubte ihn zu verstehen und hatte ihm ihre Tasse gereicht, aber er hatte ihr bedeutet, dass es Essen und nichts zu trinken war, was er wollte. Mma Ramotswe hatte nur ein paar Eier-Sandwiches dabei, die er gierig entgegennahm und hungrig verschlang. Als er fertig war, leckte er sich die Finger und wandte sich ab. Sie sah ihm nach, wie er im Busch verschwand und so natürlich wie ein wildes Tier mit ihm verschmolz. Sie fragte sich, was er wohl von den Eier-Sandwiches gehalten hatte und ob sie ihm besser oder schlechter als die Angebote der Kalahari, die Nagetiere und Knollengewächse, geschmeckt hatten.

Die Kinder hatten zu dieser Welt gehört, aber es gab kein Zurück. Es war ein Leben, in das man einfach nicht zurückkehren konnte, denn was man einst für selbstverständlich gehalten hatte, wäre jetzt unerträglich schwer, und die Fähigkeit zu überleben war ihnen verloren gegangen. Ihr Platz war jetzt bei Rose und Mma Ramotswe im Haus am Zebra Drive.

»Ich muss für vier oder fünf Tage verreisen«, erklärte sie ihnen beim Frühstück. »Rose wird sich um euch kümmern. Es wird euch gut gehen.«

»Ist in Ordnung, Mma«, sagte Motholeli. »Ich werde ihr helfen.«

Mma Ramotswe lächelte ihr aufmunternd zu. Sie hatte ihren kleinen Bruder großgezogen, und es lag in ihrer Natur, Jüngeren zu helfen. Sie würde irgendwann einmal eine gute Mutter werden, dachte sie, aber dann fiel es ihr wieder ein – ging das, im Rollstuhl? Wahrscheinlich war es nicht möglich, ein Kind auf die Welt zu bringen, und selbst wenn, würde sich vielleicht kein Mann finden, der eine Frau im Rollstuhl heiraten wollte. Es war äußerst unfair, aber der Wahrheit musste man sich stellen. Dieses Mädchen würde es immer schwerer haben, immer. Natürlich gab es auch gute Männer, für die so was keine

Rolle spielte und die das Mädchen gern wegen ihres feinen, mutigen Wesens heiraten würden, aber sie waren rar, und Mma Ramotswe fielen nicht viele ein. Oder doch? Mr. J. L. B. Matekoni natürlich, ein sehr guter Mann – wenn auch vorübergehend etwas eigenartig – und der Bischof und früher Sir Seretse Khama, Staatsmann und Oberhäuptling. Dr. Merriweather, der das schottische Krankenhaus in Molepolole leitete, war ein guter Mann. Und es gab andere, die nicht so bekannt waren. Mr. Potolani zum Beispiel, der armen Leuten half und den größten Teil seines Geldes, das er mit seinen Läden verdiente, verschenkte. Und der Mann, der ihr Dach ausgebessert hatte und Roses Fahrrad umsonst in Ordnung brachte, als er sah, dass es reparaturbedürftig war. Es gab tatsächlich viele gute Männer, und vielleicht gäbe es zu gegebener Zeit auch einen für Motholeli. Es wäre möglich.

Das heißt natürlich, wenn sie überhaupt einen Ehemann wollte. Man konnte auch ohne Ehemann glücklich werden, zumindest ein bisschen. Sie persönlich fühlte sich jedenfalls in ihrem Single-Zustand wohl. Trotzdem – wenn man alles bedachte – war es besser, verheiratet zu sein. Sie freute sich auf den Tag, an dem sie dafür sorgen könnte, dass sich Mr. J. L. B. Matekoni immer richtig ernährte. Sie freute sich darauf, dass es Mr. J. L. B. Matekoni wäre, der bei nächtlichen Geräuschen – die neuerdings häufiger zu hören waren – aufstünde, um ihnen nachzugehen, und nicht sie. Wir brauchen in diesem Leben einen anderen, dachte Mma Ramotswe. Wie das alte Sprichwort der Kgatla besagt, brauchen wir einen Menschen, den wir auf Erden zu unserem kleinen Gott machen können. Es kann ein Ehepartner, ein Kind, ein Elternteil oder sonst jemand sein – irgendein Mensch muss unserem Leben einen Sinn geben. Sie hatte immer ihren Daddy gehabt, den verstorbenen Obed Ramotswe, Bergmann, Viehzüchter und Gentleman. Solange er lebte, hatte es ihr Freude bereitet, etwas für ihn zu tun, und jetzt war es eine Freude, Dinge in seinem Andenken zu tun. Aber die Erinnerung an einen Vater reichte nicht aus.

Natürlich gab es Leute, die meinten, dafür müsse man nicht verheiratet sein. Und bis zu einem gewissen Grade hatten sie Recht. Man musste nicht verheiratet sein, um jemanden im Leben zu haben. Man hatte dann aber auch keine Garantie, dass es hielt. Die Ehe selbst war keine Garantie, aber zumindest behaupteten beide Partner, eine lebenslange Gemeinschaft zu wollen. Selbst wenn sie sich irren sollten – sie hatten es wenigstens versucht. Mma Ramotswe hatte keine Geduld mit Leuten, die die Ehe schlecht machten. In früheren Zeiten war sie für die Frauen eine Falle gewesen, weil sie den Männern mehr Rechte einräumte und den Frauen die Pflichten überließ. Die Stammesheirat war so gewesen, obwohl die Frauen mit zunehmendem Alter Achtung und Ansehen erwarben, vor allem wenn sie Mütter von Söhnen waren. Mma Ramotswe unterstützte so etwas nicht und war der Meinung, dass die moderne Auffassung von Ehe für eine Frau etwas ganz anderes bedeutete – sie sollte eine Gemeinschaft von Gleichberechtigten sein. Mma Ramotswe fand, dass Frauen einen großen Fehler gemacht hatten, als sie sich dazu verführen ließen, den Glauben an die Ehe aufzugeben. Einige Frauen glaubten, dass dies eine Befreiung von der Tyrannei der Männer wäre – was in gewisser Weise auch stimmte –, aber es war auch für die Männer eine günstige Gelegenheit, sich egoistisch zu verhalten. Wenn du ein Mann bist, meinte sie, und dir wird gesagt, dass du mit einer Frau zusammen sein kannst, bis du sie satt hast, und dass du danach einfach zu einer Jüngeren gehen darfst und keiner sagt dann, dass du dich schlecht benimmst – weil du ja keinen Ehebruch begehst und deshalb nichts Schlechtes tust –, dann passt dir das ausgezeichnet.

»Wer leidet denn heutzutage?«, hatte Mma Ramotswe Mma Makutsi einmal gefragt, als sie im Büro saßen und auf einen Kunden warteten. »Sind es nicht die Frauen, die von ihren Männern verlassen werden, um sich jüngere Frauen zu nehmen? Ist es nicht so? Ein Mann wird fünfundvierzig und beschließt, dass er genug hat. Also läuft er mit einer jüngeren Frau davon.«

»Sie haben Recht, Mma«, sagte Mma Makutsi. »Es sind die Frauen von Botswana, die leiden, nicht die Männer. Die Männer sind ausgesprochen glücklich. Ich habe es mit eigenen Augen gesehen. Ich habe es in der Handelsschule von Botswana gesehen.«

Mma Ramotswe wartete auf mehr Einzelheiten.

»Es gab viele schöne Mädchen an der Schule«, fuhr Mma Makutsi fort. »Sie hatten aber keine besonders guten Noten. Sie erreichten nur fünfzig Prozent oder knapp darüber. Sie gingen drei oder vier Mal in der Woche aus, und viele trafen sich mit älteren Männern, die mehr Geld hatten und ein schönes Auto. Den Mädchen war es egal, dass die Männer verheiratet waren. Sie gingen mit ihnen aus und tanzten in den Bars. Und wissen Sie, was dann passiert ist, Mma?«

Mma Ramotswe schüttelte den Kopf. »Ich kann's mir vorstellen.«

Mma Makutsi nahm ihre Brille ab und polierte sie an ihrer Bluse. »Sie sagten diesen Männern, sie sollten ihre Frauen verlassen. Und die Männer sagten, das sei eine gute Idee, und liefen mit den Mädchen davon. Und dann gab es viele unglückliche Frauen, die keinen neuen Mann fanden, weil die Männer nur hinter jungen und schönen Mädchen her sind und keine Ältere haben wollen. Das hab ich beobachtet, Mma, ich könnte Ihnen eine Liste mit Namen geben. Eine ganze Liste.«

»Das brauchen Sie nicht«, sagte Mma Ramotswe. »Ich habe selbst eine lange Liste mit den Namen unglücklicher Frauen. Eine sehr lange.«

»Und wie viele unglückliche Männer kennen Sie?«, fuhr Mma Makutsi fort. »Wie viele Männer kennen Sie, die zu Hause sitzen und grübeln und nicht wissen, was sie tun sollen, jetzt, wo ihre Frau mit einem Jüngeren davongelaufen ist? Wie viele, Mma?«

»Keinen«, antwortete Mma Ramotswe. »Nicht einen.«

»Da sehen Sie's«, sagte Mma Makutsi. »Frauen sind reingelegt worden. Die Männer haben uns reingelegt, Mma. Und wie Rindviecher sind wir in ihre Falle getappt.«

Die Kinder für die Schule fertig gemacht und auf den Weg geschickt, packte Mma Ramotswe ihr braunes Köfferchen und fuhr aus der Stadt; vorbei an den Brauereien und den neuen Fabriken, der neuen Vorstadt mit den preiswerten kleinen Klinkerbauten, über die Eisenbahnlinie, die nach Francistown und Bulawayo führt, und auf die Straße, die sie an den verhängnisvollen Ort bringen würde, der ihr Ziel war. Der erste Regen war gekommen, und die ausgedörrte braune Erde wurde grün und gab den Rindern und den wandernden Ziegenherden süßes Gras. Der winzige weiße Lieferwagen hatte kein Radio – jedenfalls keines, das funktionierte –, aber Mma Ramotswe kannte Lieder, die sie singen konnte, und sie sang sie bei offenem Fenster, die frische Morgenluft in der Lunge. Vögel im schimmernden Federkleid flogen vom Straßenrand auf. Und über ihr, in völliger Leere, erstreckte sich der Himmel, Meilen um Meilen im blassesten Blau.

Ihr war nicht wohl gewesen beim Gedanken an ihre Mission, vor allem deshalb nicht, weil sie einen Verstoß gegen die Grundprinzipien der Gastfreundschaft nötig machte. Man betritt als Gast kein Haus unter der Vorspiegelung falscher Tatsachen. Aber genau das tat sie. Sie kam zwar als Gast der Eltern, aber auch diese kannten den wahren Grund ihres Besuches nicht. Sie empfingen sie als die Frau, der ihr Sohn einen Gefallen schuldete, in Wirklichkeit war sie eine Spionin. Zwar war sie das für einen guten Zweck, dennoch drang sie in eine Familie ein, um ein Geheimnis zu lüften.

Doch jetzt, im winzigen weißen Lieferwagen sitzend, beschloss sie, alle moralischen Zweifel beiseite zu schieben. Dies war eine Situation, in der alle nur gewinnen konnten. Sie hatte sich entschlossen, die Sache durchzuziehen – es war auf jeden Fall besser, jemandem etwas vorzumachen, als zuzulassen, dass jemand umgebracht wurde. Zweifel mussten schweigen und das Ziel mit vollem Einsatz verfolgt werden. Es hatte keinen Sinn, sich wegen einer bereits getroffenen Entscheidung zu quälen. Außerdem würden moralische Skrupel sie davon abhalten, ihre Rolle mit Überzeugung zu spielen; das könnte auffallen. Das wäre, als ob ein Schauspieler seine Rolle mitten im Stück anzuzweifeln begönne.

Sie fuhr an einem Mann mit einem Eselskarren vorbei und winkte ihm zu. Er nahm eine Hand vom Zügel und winkte mit seinen Mitfahrern – zwei ältere Frauen, eine jüngere Frau und ein Junge – zurück. Sie fuhren bestimmt aufs Land, dachte Mma Ramotswe. Ein bisschen spät vielleicht, denn sie hätten pflügen sollen, bevor der erste Regen kam, aber sie würden noch rechtzeitig säen und hätten zur Erntezeit Mais, Melonen und Bohnen. Auf dem Karren standen mehrere Säcke, die wahrscheinlich Samen und das Essen der Familie für die Mittagspause enthielten. Die Frauen würden Brei kochen, und wenn der Mann und der Junge Glück hatten, fingen sie was für den Topf – aus einem Perlhuhn wurde ein köstlicher Eintopf für die ganze Familie.

Mma Ramotswe sah den Karren und die Familie im Rückspiegel immer kleiner werden. Es war, als wichen sie in die Vergangenheit zurück. Irgendwann würde keiner mehr zum Pflanzen aufs Land fahren. Alle würden ihr Essen im Laden kaufen wie die Menschen in der Stadt. Was für ein Verlust für das Land! Wie viel Freundschaft und Solidarität und Gefühl für das Land würden verloren gehen, wenn das tatsächlich geschähe! Als kleines Mädchen war sie mit ihren Tanten aufs Land gefahren und bei ihnen geblieben, während die Jungen zu den Viehständen geschickt wurden, wo sie unter der Aufsicht von ein paar alten Männern monatelang in fast völliger Einsamkeit lebten. Sie hatte die Zeit, die sie auf dem Lande verbrachte, geliebt und sich nie gelangweilt. Sie hatten die Höfe gefegt und Gras verwoben. Sie hatten auf den Melonenfeldern Unkraut gezupft und sich lange Geschichten über Ereignisse erzählt, die nie geschehen waren, aber vielleicht in einem anderen Botswana, an einem ganz anderen Ort, geschehen könnten.

Und wenn es regnete, kauerten sie in den Hütten und hörten den Donner übers Land rollen und rochen die Blitze, wenn sie zu nah kamen, den beißenden Geruch nach verbrannter Luft. Wenn der Regen nachließ, gingen sie hinaus und warteten auf die fliegenden Ameisen, die aus ihren Löchern im feuchten Boden krochen und, bevor sie wegflogen, aufgelesen oder direkt in der Luft gefangen und gleich an Ort und Stelle gegessen wurden. Sie schmeckten nach Butter.

Sie kam an Pilane vorbei und blickte rechts in die Straße nach Mochudi hinein. Für sie war es ein guter Ort, aber auch ein schlechter. Ein guter, weil es das Dorf ihrer Kindheit war, und ein schlechter, weil sich nicht weit von der Abzweigung die Stelle befand, an der ein Pfad die Eisenbahnschienen überquerte – dort war ihre Mutter in jener schrecklichen Nacht, als der Zug sie überfuhr, gestorben. Und obwohl Precious Ramotswe damals noch ein Baby war, hatte sie dieser Schatten ihr Leben lang begleitet, die Mutter, an die sie sich nicht erinnern konnte.

Inzwischen war sie ihrem Ziel ganz nah. Man hatte ihr genaue Anweisungen gegeben, und das Tor war dort im Zaun, genau so, wie man es ihr beschrieben hatte. Sie bog von der Straße ab und stieg aus, um das Tor zu öffnen. Dann fuhr sie den Sandweg entlang, der nach Westen führte, der kleinen Häusergruppe entgegen, die sich im Schutz des Busches versteckte und vom Turm einer Windmühle aus Metall überragt wurde. Es war eine Farm von beträchtlichen Ausmaßen, deren Anblick Mma Ramotswe einen Stich versetzte. Obed Ramotswe hätte liebend gern so eine Farm besessen, aber obwohl er mit seiner Rinderzucht Erfolg gehabt hatte, war er nie reich genug geworden, um so einen Besitz zu erwerben. Sie schätzte das Ganze auf sechstausend Morgen, vielleicht mehr.

Den Farmkomplex beherrschte ein großes ausladendes Haus mit einem roten Blechdach und schattigen Veranden ringsherum. Es war das ursprüngliche Farmhaus, das im Laufe der Jahre von weiteren Gebäuden umringt worden war. Zwei davon waren ebenfalls Wohnhäuser. Zu beiden Seiten des Farmhauses wuchsen üppige, lilafarbene Bougainvillea-Büsche, dahinter und auf einer Seite standen Papaya-Bäume. Man hatte sich bemüht, so viel Schatten wie möglich zu schaffen, denn nicht allzu weit in westlicher Richtung, vielleicht nur ein bisschen weiter, als das Auge reichte, veränderte sich das Land und die Kalahari begann. Aber hier war immer noch Wasser, und der Busch war gut für das Vieh. Nicht weit in östlicher Richtung entsprang der Limpopo, jetzt eher ein Rinnsal, in der Regenzeit jedoch ein richtiger Fluss.

Neben einem Außengebäude stand ein Lastwagen geparkt, und Mma Ramotswe ließ dort ihr kleines weißes Auto stehen. Unter dem Schatten einer der größeren Bäume war ein verlockender Platz, aber es wäre dreist von ihr gewesen, sich diese Stelle auszusuchen, denn ganz sicher war es der Parkplatz eines älteren Mitglieds der Familie.

Sie ließ ihren Koffer auf dem Beifahrersitz und ging auf das Tor zu, das zum vorderen Hof des Haupthauses führte. Sie meldete sich lautstark an; es wäre unhöflich gewesen, ohne Einladung einfach ins Haus zu platzen. Es kam keine Antwort, deshalb rief sie erneut. Dieses Mal öffnete sich eine Tür und eine Frau mittleren Alters trat, sich die Hände an ihrer Schürze abtrocknend, heraus. Sie begrüßte Mma Ramotswe höflich und forderte sie auf, das Haus zu betreten.

»Sie werden erwartet«, sagte sie. »Ich bin hier die Haushälterin. Ich kümmere mich um die alte Frau. Sie hat schon auf Sie gewartet.«

Es war kühl unter dem Verandadach und noch kühler im Halbdunkel des Hauses. Mma Ramotswe brauchte ein paar Augenblicke, um sich an die veränderten Lichtverhältnisse zu gewöhnen, und zuerst schien es mehr Schatten als Formen zu geben, aber dann sah sie den Stuhl, auf dem die alte Frau saß, und den Tisch neben ihr mit dem Wasserkrug und der Teekanne.

Sie begrüßten sich, und Mma Ramotswe machte einen Knicks vor der Alten. Dies freute ihre Gastgeberin, die sah, dass eine Frau vor ihr stand, die – anders als die frechen modernen Frauen aus Gaborone, die glaubten, sie wüssten alles, und nicht auf die Älteren hörten – die alten Sitten und Gebräuche noch kannte. Ha! Sie hielten sich für so schlau, sie hielten sich für dieses und jenes, taten Männerarbeit und benahmen sich wie Hündinnen, wenn es um Männer ging. Ha! Aber nicht hier, hier draußen auf dem Land, wo die alten Sitten noch etwas zählten. Und ganz gewiss nicht in diesem Haus!

»Es ist sehr freundlich von Ihnen, mich aufzunehmen, Mma. Auch Ihr Sohn ist ein guter Mann.«

Die alte Frau lächelte. »Das ist schon in Ordnung, Mma. Es tat mir Leid zu hören, dass Sie Schwierigkeiten haben. Schwierigkeiten, die in der Stadt so groß erscheinen, werden hier draußen klein. Was ist hier wichtig? Der Regen. Das Gras für die Rinder. Nichts, worüber sich die Leute in der Stadt Sorgen machen. Sie bedeuten nichts, wenn man hier draußen lebt. Sie werden sehen!«

»Es ist ein schöner Ort«, sagte Mma Ramotswe. »Und so friedlich.«

Die alte Frau machte ein nachdenkliches Gesicht. »Ja, es ist friedlich hier. Es war immer friedlich, und ich möchte nicht, dass sich das ändert.«

Sie goss Wasser in ein Glas und reichte es Mma Ramotswe. »Das sollten Sie trinken, Mma. Sie müssen sehr durstig sein nach Ihrer Fahrt.«

Mma Ramotswe nahm das Glas, dankte ihr und hielt es an ihre Lippen. Die alte Frau beobachtete sie aufmerksam.

»Wo sind Sie her, Mma?«, fragte sie. »Haben Sie immer in Gaborone gelebt?«

Mma Ramotswe wunderte sich nicht über die Frage. Es war eine höfliche Art herauszufinden, wo Loyalitäten lagen. Es gab acht Hauptstämme in Botswana und einige kleinere, und obwohl die meisten jüngeren Leute diese Dinge für unwichtig hielten, waren sie für die ältere Generation von großer Bedeutung. Diese Frau mit ihrem hohen Rang in der Stammesgesellschaft war an solchen Sachen interessiert.

»Ich komme aus Mochudi«, sagte Mma Ramotswe. »Dort bin ich geboren.«

Die alte Frau schien sich sichtbar zu entspannen. »Ah! Dann sind Sie eine Kgatla wie wir. In welchem Bezirk haben Sie gelebt?«

Mma Ramotswe erklärte, von wem sie abstammte, und die Alte nickte. Diesen Häuptling kannte sie, ja, und sie kannte auch seinen Cousin, der mit der Schwester ihrer Schwägerin verheiratet war. Ja, sie glaubte, Obed Ramotswe vor langer Zeit kennen gelernt zu haben, und dann, in ihrer Erinnerung kramend, sagte sie: »Ihre Mutter ist verstorben, nicht wahr? Sie wurde doch von einem Zug getötet, als Sie noch ein Baby waren.«

Mma Ramotswe war überrascht, wunderte sich aber nicht allzu sehr. Es gab Leute, die es zu ihrer Aufgabe machten, sich an die Geschehnisse in der Gemeinde zu erinnern, und sie gehörte wohl zu ihnen. Heute nannte man diese Leute orale Historiker, glaubte sie. In Wirklichkeit waren es alte Frauen, die sich gern an Dinge erinnerten, die sie am meisten interessierten: Ehen, Todesfälle, Kinder. Alte Männer erinnerten sich an Rinder.

Sie setzten ihre Unterhaltung fort, wobei die Alte Mma Ramotswe langsam und raffiniert die Geschichte ihres

Lebens entlockte. Mma Ramotswe erzählte ihr von Note Mokoti, und die alte Frau schüttelte mitfühlend den Kopf und meinte, dass es viele Männer von dieser Sorte gäbe und dass sich die Frauen vor ihnen hüten sollten.

»Bei mir hat meine Familie den Ehemann für mich ausgesucht«, sagte sie. »Sie begannen mit den Verhandlungen, hätten die Sache aber nicht fortgesetzt, wenn ich gesagt hätte, dass ich ihn nicht mag. Aber sie trafen die Wahl, und sie wussten, was für ein Mann gut für mich wäre. Und sie hatten Recht. Mein Mann ist ein sehr guter Ehemann, und ich habe ihm zwei Söhne geschenkt. Einer liebt es, die Rinder zu zählen. Das ist sein Hobby. Auf seine Art ist er ein sehr kluger Mann. Der zweite ist der, den Sie kennen, Mma, ein sehr wichtiger Mann in der Regierung. Ein dritter Sohn, den mein Mann mit der zweiten Frau hatte, lebt hier. Er ist ein hervorragender Farmer und hat für seine Bullen schon Preise gewonnen. Es sind alles feine Menschen, und ich bin stolz auf sie.«

»Und sind Sie auch glücklich, Mma?«, fragte Mma Ramotswe. »Würden Sie Ihr Leben ändern wollen, wenn jemand käme und sagte: Hier ist Medizin, die Ihr Leben ändert. Würden Sie es tun?«

»Niemals«, antwortete die Alte. »Niemals. Gott hat mir alles gegeben, was ein Mensch sich wünschen kann. Einen guten Ehemann. Zwei kräftige Söhne. Starke Beine, die mich sogar heute noch fünf, sechs Meilen ohne Beschwerden tragen. Und sehen Sie mal hier! Ich hab noch alle meine Zähne im Mund. Sechsundsiebzig Jahre und keine Zähne fehlen! Bei meinem Mann ist es genauso. Unsere Zähne werden halten, bis wir hundert sind. Vielleicht noch länger.«

»Sie haben Glück«, sagte Mma Ramotswe. »Sie haben in allem viel Glück.«

»In fast allem«, sagte die alte Frau.

Mma Ramotswe wartete ab. Würde sie noch mehr preisgeben? Vielleicht würde sie etwas über ihre Schwiegertochter verraten. Vielleicht hatte sie sie beim Giftmischen beobachtet oder auf andere Weise davon erfahren. Sie sagte aber nur: »Wenn der Regen kommt, tun mir in der feuchten Luft die Arme weh. Hier und hier. Zwei, drei Monate lang schmerzen mir die Arme so, dass ich kaum nähen kann. Ich habe jede Medizin probiert, aber nichts hilft. Ich finde aber, wenn das alles ist, was Gott mir auferlegt hat, bin ich immer noch eine Frau, die großes Glück hat.«

Die Hausangestellte, die Mma Ramotswe hereingeführt hatte, wurde gerufen, um sie zu ihrem Zimmer zu bringen, das sich auf der Rückseite des Hauses befand. Es war einfach eingerichtet mit einer Patchworkdecke über dem Bett und einem Bild des Mochudi Hill an der Wand. Außerdem gab es einen Tisch mit einer weißen Häkeldecke und eine kleine Kommode, in der Kleider aufbewahrt werden konnten.

»Das Zimmer hat keine Vorhänge«, sagte die Haushälterin. »Aber hier geht nie jemand am Fenster vorbei. Sie sind hier ganz für sich, Mma.«

Sie ging, damit Mma Ramotswe auspacken konnte. Um zwölf Uhr gäbe es Mittagessen, hatte sie Mma Ramotswe erklärt, und bis dahin solle sie sich allein vergnügen.

»Hier gibt es nichts zu tun«, sagte die Haushälterin und fügte wehmütig hinzu: »Es ist nicht Gaborone, verstehen Sie?«

Sie wandte sich zum Gehen, aber Mma Ramotswe versuchte das Gespräch auszudehnen. Ihrer Erfahrung nach war es am einfachsten, jemanden zum Sprechen zu bringen, wenn man ihn von sich selbst erzählen ließ. Diese Frau hatte eigene Ansichten, das spürte sie. Sie war sicher keine dumme Frau und sprach gutes, korrekt ausgesprochenes Setswana.

»Wer lebt noch hier, Mma?«, fragte sie. »Gibt es andere Familienmitglieder?«

»Ja«, sagte die Haushälterin. »Es gibt noch andere Leute. Der Sohn und seine Frau. Es gibt nämlich drei Söhne, wissen Sie? Einer hat einen sehr kleinen Kopf und zählt den ganzen Tag Rinder, ununterbrochen. Er ist immer beim Vieh draußen und kommt nie nach Hause. Er ist wie ein kleiner Junge, verstehen Sie? Deshalb bleibt er draußen bei den Hirtenjungen. Sie behandeln ihn wie einen der ihren, obwohl er ein erwachsener Mann ist. Das ist der eine Sohn. Dann gibt es noch einen in Gaborone, der einen wichtigen Posten hat, und den, der hier lebt. Das sind die Söhne.«

»Und was halten Sie von den Söhnen, Mma?«

Das war eine direkte und wahrscheinlich zu früh gestellte Frage, was gefährlich war. Die Frau könnte misstrauisch werden. Aber sie wurde es nicht und setzte sich sogar aufs Bett.

»Lassen Sie mich eines sagen, Mma«, begann sie: »Der Sohn, der draußen beim Vieh ist, ist ein sehr trauriger Mann. Aber Sie sollten hören, wie seine Mutter über ihn redet. Sie sagt, er ist klug! Klug! Der! Das ist ein kleiner Junge, Mma. Es ist nicht seine Schuld, aber so ist es nun mal. Das Viehgehege ist der beste Platz für ihn, aber sie sollten nicht sagen, dass er klug ist. Es ist einfach gelogen, Mma. Es ist, als ob man in der Trockenheit behauptete, dass es regnet. Was einfach nicht stimmt.«

»Ja«, sagte Mma Ramotswe. »Da haben Sie Recht.«

Die Haushälterin beachtete ihren Einwurf kaum und redete weiter. »Und dann der in Gaborone. Wenn er kommt, sorgt er bei allen für Aufregung. Er stellt uns alle möglichen Fragen, in alles steckt er seine Nase. Er schreit sogar seinen Vater an. Ist das nicht unglaublich? Aber dann schreit ihn seine Mutter an und weist ihn in seine Schranken. Er mag in Gaborone ein hohes Tier sein, aber hier ist er nur der Sohn und sollte seine Eltern nicht anschreien.«

Mma Ramotswe war hocherfreut. Die Frau gehörte zu der Art von Hausangestellten, die sie am liebsten ausfragte.

»Sie haben Recht, Mma«, sagte sie. »Heutzutage schreien zu viele Leute andere an. Ständig Geschrei, überall Geschrei. Aber warum, glauben Sie, schreit er? Will er nur seine Stimme trainieren?«

Die Haushälterin lachte. »Der hat bereits ein lautes Organ, dieser Mann! Nein, er schreit, weil er sagt, dass im Haus was nicht stimmt. Er sagt, dass Dinge nicht ordentlich gemacht werden. Und dann sagt er ...«, sie senkte die Stimme. »Und dann sagt er, dass die Frau seines Bruders eine böse Frau ist. Er hat es immer wieder zu seinem Vater gesagt, ich hab es genau gehört. Die Leute glauben immer, dass Hausangestellte nichts hören, aber auch wir haben Ohren. Ich habe es ihn sagen hören. Er hat schlimme Dinge über sie gesagt.«

Mma Ramotswe hob eine Augenbraue. »Schlimme Dinge?«

»Er behauptet, dass sie mit anderen Männern schlafen würde. Er sagt, dass ihr erstes Kind dann nicht aus diesem Haus stammen würde. Er sagt, dass ihre Söhne von anderen Männern sein würden und anderes Blut die Farm bekäme. Solche Sachen sagt er.«

Mma Ramotswe schwieg. Sie blickte aus dem Fenster. Bougainvillea wuchs direkt davor, und ihr Schatten war lila. Dahinter waren die Wipfel der Dornenbäume zu sehen, die sich bis zu den Hügeln am Horizont erstreckten, ein einsames Land, am Anfang der Leere der Wüste.

»Und glauben Sie, dass es stimmt, Mma? Ist es denn die Wahrheit, was er von der jungen Frau behauptet?«

Die Haushälterin verzog das Gesicht. »Wahrheit, Mma? Wahrheit? Der Mann weiß ja nicht, was das ist. Natürlich stimmt es nicht. Sie ist eine gute Frau. Sie ist die Cousine der Cousine meiner Mutter. Die gesamte Familie – alle sind Christen. Sie lesen die Bibel. Sie folgen dem Herrn. Sie schlafen nicht mit anderen Männern. Das ist die Wahrheit.«

Kapitel 13

Mma Makutsi, amtierende Werkstattleiterin von *Tlokweng Road Speedy Motors* und stellvertretende Detektivin der *No. 1 Ladies' Detective Agency* ging mit Herzklopfen zur Arbeit. Obwohl sie gern Verantwortung übernahm und sich über ihre beiden Beförderungen sehr gefreut hatte, war Mma Ramotswe doch immer im Hintergrund gewesen und sie konnte zu ihr laufen, wenn sie nicht weiter wusste. Jetzt, wo Mma Ramotswe fort war, wurde ihr erst richtig bewusst, dass sie nun für zwei Betriebe und zwei Mitarbeiter allein verantwortlich war. Auch wenn Mma Ramotswe nur vier oder fünf Tage auf der Farm bleiben wollte, reichte dies aus, um Dinge schief gehen zu lassen, und da Mma Ramotswe telefonisch nicht erreichbar war, müsste Mma Makutsi alles allein bewältigen. Was die Werkstatt anging, so wusste sie, dass Mr. J. L. B. Matekoni jetzt auf der Waisenfarm gepflegt wurde und dass sie ihn erst anrufen durfte, wenn es ihm besser ging. Ruhe und Abstand von allen Sorgen war der Rat des Arztes gewesen, und Mma Potokwani, die es nicht gewohnt war, Ärzten zu widersprechen, würde ihren Patienten mit aller Macht beschützen.

Insgeheim hoffte Mma Makutsi, dass erst wieder Kunden in die Detektei kämen, wenn Mma Ramotswe zurück wäre, und das nicht, weil sie keine Lust hatte, an einem Fall zu arbeiten – ganz bestimmt nicht –, aber sie wollte nicht die alleinige Verantwortung tragen. Aber wie konnte es anders sein – natürlich kam ein Kunde und natürlich mit einem Problem, das sofortige Aufmerksamkeit verlangte.

Mma Makutsi saß an Mr. J. L. B. Matekonis Schreibtisch und schrieb Werkstattrechnungen, als einer der Lehrlinge den Kopf zur Tür rein steckte.

»Ein schicker Mann möchte Sie sprechen, Mma«, meldete er und wischte sich die öligen Hände am Overall ab. »Ich hab ihm die Bürotür geöffnet und gesagt, er soll warten.«

Mma Makutsi runzelte die Stirn. »Schick?«

»Todschicker Anzug«, sagte der Lehrling. »Sie wissen schon – gut gebaut wie ich, aber nicht ganz so gut. Super Schuhe. Ein sehr gut aussehender Mann. Passen Sie auf, Mma, solche Männer sind hinter Damen wie Sie her! Passen Sie bloß auf!«

»Wisch dir die Hände nicht am Overall ab!«, zischte Mma Makutsi und stand auf. »Wir zahlen für die Wäsche, nicht du. Wir geben dir Baumwolllappen für den Zweck. Dafür sind sie gedacht. Hat Mr. J. L. B. Matekoni dir das nicht gesagt?«

»Vielleicht«, sagte der Lehrling. »Vielleicht auch nicht. Der Boss hat viel zu uns gesagt. Wir können uns nicht alles merken.«

Mma Makutsi rauschte an ihm vorbei. Diese Burschen waren unmöglich, aber wenigstens waren sie fleißiger, als sie erwartet hatte. Vielleicht war Mr. J. L. B. Matekoni früher zu nachgiebig mit ihnen gewesen. Er war ein so gutmütiger Mann, und es war nicht seine Art, Leute scharf zu kritisieren. Also, ihre Art war es schon. Sie war Absolventin der Handelsschule von Botswana, und ihre Lehrer hatten immer gesagt: Fürchtet euch nicht, eure Leistung und die von anderen zu kritisieren – natürlich nur auf konstruktive Weise. Nun, Mma Makutsi hatte kritisiert, und es hatte Früchte getragen. Die Werkstatt ging gut, und jeden Tag schien mehr Arbeit hereinzukommen.

An der Tür zum Detektivbüro, gleich um die Ecke des Gebäudes, blieb sie stehen und sah sich das Auto an, das unter dem Baum geparkt war. Der Mann – dieser schicke Mann, wie der Lehrling ihn beschrieben hatte – fuhr jedenfalls einen tollen Wagen. Sie ließ ihren Blick über die sanften Wölbungen des Fahrzeugs und seine beiden Antennen – vorne und hinten eine – gleiten. Wieso brauchte jemand so viele Antennen? Man konnte doch nicht gleichzeitig verschiedene Radiosender hören und beim Fahren mehrere Telefongespräche führen? Weshalb auch immer – sie trugen jedenfalls zur Aura von Glamour und Bedeutsamkeit bei, die das Auto ausstrahlte.

Sie stieß die Tür auf. Im Büro, mit dem Blick auf Mma Ramotswes Schreibtisch, die Beine in lässiger Eleganz übereinander geschlagen, saß Mr. Moemedi »Two Shots«-Pulani, sofort erkennbar für einen Leser der *Botswana Daily News*, über deren Kolumnen sein gut aussehendes, arrogantes Gesicht häufig abgebildet war. Mma Makutsis erster Gedanke war, dass der Lehrling ihn eigentlich hätte erkennen müssen, und sie ärgerte sich kurz, aber dann fiel ihr ein, dass der Lehrling ein auszubildender Kfz-Mechaniker und kein auszubildender Detektiv war – außerdem hatte sie noch nie gesehen, dass die Lehrlinge Zeitung lasen. Sie lasen ein südafrikanisches Motorradheft, das sie fasziniert verschlangen, und ein Blatt mit dem Titel »Fancy Girls«, das sie vor Mma Makutsi zu verstecken versuchten, wenn sie die beiden in der Mittagspause damit erwischte. Es gab also absolut keinen Grund, weshalb sie Mr. Pulani, sein Modeimperium und seinen Einsatz für lokale Wohlfahrtseinrichtungen kennen sollten.

Als sie das Büro betrat, erhob sich Mr. Pulani und grüßte sie höflich. Sie schüttelten sich die Hände, und dann ging Mma Makutsi um den Schreibtisch herum und setzte sich auf Mma Ramotswes Stuhl.

»Ich bin froh, dass Sie mich ohne Terminvereinbarung empfangen können, Mma Ramotswe«, sagte Mr. Pulani und zog ein silbernes Zigarettenetui aus seiner Brusttasche.

»Ich bin nicht Mma Ramotswe, Rra«, sagte sie und lehnte die angebotene Zigarette ab. »Ich bin die stellvertretende Geschäftsführerin der Detektei.« Sie machte eine Pause. Es stimmte nicht ganz, dass sie die stellvertretende Geschäftsführerin war. Eigentlich stimmte es überhaupt nicht. Aber sie führte die Geschäfte in Mma Ramotswes Abwesenheit, und so war die Beschreibung vielleicht doch gerechtfertigt.

»Ach so«, sagte Mr. Pulani und zündete sich seine Zigarette mit einem großen vergoldeten Feuerzeug an. »Ich würde aber gern mit Mma Ramotswe persönlich sprechen.«

Mma Makutsi wich vor der Rauchwolke, die über den Schreibtisch auf sie zu driftete, zurück.

»Es tut mir Leid«, sagte sie. »Das wird einige Tage nicht möglich sein. Mma Ramotswe ermittelt in einem sehr wichtigen Fall im Ausland.« Sie legte wieder eine Pause ein. Die Übertreibung war ihr leicht und ohne nachzudenken über die Lippen gekommen. Es klang eindrucksvoller, dass sich Mma Ramotswe im Ausland aufhielt – es gab der Detektei etwas Internationales –, aber sie hätte es nicht sagen sollen.

»Ich verstehe«, sagte Mr. Pulani. »In diesem Fall, Mma, werde ich mit Ihnen sprechen.«

»Ich höre, Rra.«

Mr. Pulani lehnte sich zurück. »Es ist äußerst dringend. Können Sie sich heute noch einer Sache annehmen? Sofort?«

Bevor die nächste Rauchwolke sie einhüllte, holte Mma Makutsi tief Luft.

»Wir stehen zu Ihrer Verfügung«, sagte sie. »Natürlich ist es teurer, wenn wir Eilaufträge erledigen. Das verstehen Sie sicher, Rra.«

Er winkte ab. »Geld spielt keine Rolle«, sagte er. »Was eine Rolle spielt, ist die Zukunft des Schönheitswettbewerbs *Miss Beauty and Integrity*.«

Er schwieg, um seine Worte auf sie wirken zu lassen. Mma Makutsi tat ihm den Gefallen, beeindruckt auszuschauen.

»Oh! Das ist wirklich eine ernste Angelegenheit.«

Mr. Pulani nickte. »In der Tat, Mma. Und es bleiben uns drei Tage, um mit der Sache fertig zu werden. Nur drei Tage.«

»Erzählen Sie mir davon, Rra. Ich höre Ihnen zu.«

»Die Sache hat einen interessanten Hintergrund, Mma«, fing Mr. Pulani an. »Ich denke, dass die Geschichte vor langer Zeit begann. Vor sehr langer Zeit. Tatsächlich begann sie im Paradies, als Gott Adam und Eva schuf. Sie erinnern sich sicher, dass Eva Adam in Versuchung führte, weil sie so schön war. Und seit dieser Zeit sind die Frauen in den Augen der Männer schön geblieben.

Die Männer von Botswana mögen hübsche Frauen. Sie schauen sie an, auch wenn sie älter geworden sind, und denken, das ist eine hübsche Frau oder die ist hübscher als eine andere und so weiter.«

»Mit Rindern machen sie's genauso«, warf Mma Makutsi ein. »Sie sagen, diese Kuh ist eine gute Kuh und die andere ist nicht so gut. Frauen! Für Männer ist es das Gleiche.«

Mr. Pulani sah sie von der Seite an. »Mag sein. So kann man die Sache natürlich auch betrachten. Vielleicht.« Er schwieg für ein paar Sekunden und fuhr dann fort. »Jedenfalls ist es dieses Interesse der Männer an hübschen Damen, das die Schönheitswettbewerbe hier in Botswana so beliebt macht. Wir wollen die schönsten Frauen von Botswana finden und ihnen Titel und Preise verleihen. Für Männer ist es eine wichtige Form der Unterhaltung. Und ich gehöre dazu, Mma. Ich bin seit fünfzehn Jahren nonstop in der Welt der Schönheitsköniginnen aktiv. In dem Schönheitsgewerbe bin ich vielleicht die wichtigste Person.«

»Ich habe Ihr Bild in der Zeitung gesehen, Rra«, sagte Mma Makutsi. »Ich habe gesehen, wie Sie Preise verliehen haben.«

Mr. Pulani nickte. »Vor fünf Jahren habe ich den Wettbewerb *Miss Glamorous Botswana* ins Leben gerufen, und jetzt ist er das Hauptereignis. Die Dame, die unseren Wettbewerb gewinnt, macht immer bei *Miss Botswana* mit und manchmal sogar bei *Miss Universe*. Wir haben Mädchen nach New York und Palm Springs geschickt, und sie haben sehr gut abgeschnitten. Manche behaupten, sie seien unsere beste Exportware nach Diamanten.«

»Und Rindern«, fügte Mma Makutsi hinzu.

»Ja, und Rindern«, stimmte Mr. Pulani ihr bei. »Aber es gibt Leute, die uns ständig angreifen. Sie schreiben an die Zeitungen und erklären uns, dass es falsch ist, Frauen dazu zu ermuntern, sich aufzuputzen und sich so einem Haufen von Männern zu präsentieren. Sie sagen, dass es die falschen Werte fördert. Pah! Falsche Werte? Die Leute, die solche Briefe schreiben, sind nur neidisch. Sie gönnen den Mädchen ihre Schönheit nicht. Sie wissen, dass sie an so einem Wettbewerb nie teilnehmen könnten. Also beschweren sie sich in einer Tour und freuen sich, wenn bei einem Schönheitswettbewerb etwas schief geht. Dabei vergessen sie, dass bei diesen Veranstaltungen viel Geld für wohltätige Zwecke zusammenkommt. Im letzten Jahr haben wir fünftausend Pula für das Krankenhaus gespendet, zwanzigtausend Pula für Opfer der Dürre – zwanzigtausend, Mma – und fast achttausend Pula für einen Stipendienfonds für die Ausbildung von Krankenschwestern. Das sind große Beträge, Mma. Und wie viel haben unsere Kritiker gespendet? Ich kann Ihnen die Antwort sagen – nichts!

Aber wir müssen vorsichtig sein. Wir bekommen viel Geld von Sponsoren, und wenn diese Sponsoren abspringen, sind wir in Schwierigkeiten. Wenn also bei unserem Wettbewerb etwas schief läuft, wollen die Sponsoren möglicherweise nichts mehr mit uns zu tun haben. Sie sagen, dass sie keine schlechte *publicity* haben wollen. Sie sagen, dass sie für gute Werbung zahlen, nicht für schlechte.«

»Und ist was falsch gelaufen?«

Mr. Pulani trommelte mit den Fingern auf dem Schreibtisch herum. »Ja. Es sind ein paar schlimme Dinge passiert. Letztes Jahr hat sich herausgestellt, dass zwei unserer Schönheitsköniginnen schlechte Mädchen sind. Eine wurde in einem der großen Hotels festgenommen, weil sie dort der Prostitution nachging. Das war nicht gut. Eine andere hatte sich unter Vorspiegelung falscher Tatsachen verschiedene Dinge beschafft und unerlaubt eine Kreditkarte benutzt. Die Zeitung veröffentlichte Briefe. Es wurde viel geschimpft. Es hieß zum Beispiel: ›Sollen solche Mädchen Botschafterinnen von Botswana sein? Holt euch doch gleich ein paar Frauen aus dem Knast, um sie zu Schönheitsköniginnen zu machen!‹ Die Leute fanden das lustig. War es aber nicht. Firmen, die die Artikel in der Zeitung lasen, erklärten, dass sie sich beim nächsten Mal als Sponsoren zurückziehen würden. Ich bekam vier Briefe, in denen das Gleiche stand.

Also beschloss ich, dass das Thema unseres Wettbewerbs in diesem Jahr Schönheit und Integrität sein müsste. Ich sagte unseren Leuten, dass wir nur Schönheitsköniginnen wählen dürften, die gute Mitbürgerinnen sind und uns nicht blamieren. Nur so können wir unsere Sponsoren zufrieden stellen.

Für die erste Runde mussten also alle Damen ein Formular ausfüllen, das ich selbst erarbeitet hatte. Darin wurden alle möglichen Fragen über ihre Ansichten gestellt. Zum Beispiel: Würden Sie gern für eine wohltätige Einrichtung arbeiten? Oder: Welche Werte sollten einem guten Bürger von Botswana wichtig sein? Und: Ist es besser zu geben als zu nehmen?

Alle Mädchen beantworteten diese Fragen, und nur diejenigen, die die Bedeutung guter Mitbürgerschaft zu verstehen schienen, durften ins Finale. Von diesen Mädchen haben wir fünf ausgewählt. Ich ging zur Zeitung und erklärte, dass wir fünf ausgezeichnete Mitbürgerinnen gefunden hätten, die nur an die höchsten Werte glaubten. In der *Botswana Daily News* erschien ein Artikel mit der Überschrift: ›Gute Mädchen kämpfen um Schönheitstitel‹.

Ich freute mich sehr, und unseren Kritikern blieb nichts anderes übrig, als den Mund zu halten, weil an diesen Damen, die gute Mitbürgerinnen sein wollten, nichts auszusetzen war. Die Sponsoren riefen mich an und sagten, dass sie gern mit den Werten guter Mitbürgerschaft identifiziert würden und dass sie sich, wenn alles gut ginge, auch im nächsten Jahr als Sponsoren beteiligen würden. Und die Wohlfahrtseinrichtungen erklärten, dass dies der richtige Weg in die Zukunft sei.«

Mr. Pulani schwieg. Er sah Mma Makutsi an, und für einen Moment verließ ihn sein weltmännisches Gehabe, und er schien am Boden zerstört. »Gestern habe ich dann eine schlimme Nachricht erhalten. Eins unserer Mädchen wurde wegen Ladendiebstahls von der Polizei verhaftet. Ich habe von einem meiner Mitarbeiter davon erfahren, und als ich mich bei einem Freund, der Polizeiinspektor ist, erkundigte, hat er es mir bestätigt. Das Mädchen wurde beim Stehlen erwischt. Sie versuchte einen großen Kochtopf mitzunehmen, den sie unter ihre Bluse geschoben hatte. Aber sie merkte nicht, dass der Griff rausguckte, und ein Ladendetektiv erwischte sie. Zum Glück ist es nicht in die Zeitungen gekommen, und vielleicht erfahren sie es erst, wenn der Fall vorm Amtsgericht verhandelt wird.«

Mma Makutsi empfand Mitgefühl für Mr. Pulani. Trotz seines modischen Äußeren tat er zweifellos viel für die Armen. Die Modewelt benahm sich nun mal auffällig, und wahrscheinlich war er nicht schlimmer als andere, wenigstens tat er sein Bestes für Leute in Not. Und Schönheitswettbewerbe waren ein Bestandteil des Lebens, den man nicht einfach fortwünschen konnte. Wenn er seine Veranstaltungen akzeptabler machen wollte, verdiente er Unterstützung.

»Es tut mir Leid, das zu hören, Rra«, sagte sie. »Das müssen sehr schlimme Nachrichten für Sie gewesen sein.«

»Ja«, sagte er unglücklich. »Und noch schlimmer ist, dass die Endausscheidungen in drei Tagen stattfinden.

Jetzt stehen nur noch vier Mädchen auf der Liste, und wie kann ich sicher sein, dass sie mich nicht blamieren? Die, die sie erwischt haben, muss beim Ausfüllen des Fragebogens gelogen haben. Woher soll ich wissen, ob die anderen Mädchen nicht ebenfalls lügen, wenn sie behaupten, sich für wohltätige Zwecke einzusetzen? Wie soll ich das wissen? Und wenn wir eine junge Frau auswählen, die eine Lügnerin ist, kann sie sich genauso gut auch als Diebin oder was weiß ich entpuppen. Das heißt also, wir können uns wieder blamieren, wenn sie auf dem Treppchen steht.«

Mma Makutsi nickte. »Es ist wirklich schwirig. Sie müssten in die Herzen der restlichen Vier gucken können. Wenn eine Gute dabei ist ...«

»Wenn es so eine Dame gibt«, sagte Mr. Pulani mit Überzeugung in der Stimme, »dann wird sie gewinnen. Ich kann dafür sorgen, dass sie gewinnt.«

»Und die anderen Schiedsrichter?«, fragte Mma Makutsi.

»Ich stehe an erster Stelle«, sagte er. »Sie können mich auch als Oberrichter der Schönheit bezeichnen. Meine Stimme ist die, die zählt.«

»Ich verstehe.«

»Ja, so läuft die Sache.«

Mr. Pulani drückte seine Zigarette an einer Schuhsohle aus. »Sie sehen also, Mma, das ist es, was ich von Ihnen erwarte. Ich werde Ihnen die Namen und Adressen der vier jungen Damen geben. Und ich möchte, dass Sie herausfinden, ob eine wirklich gute Frau dabei ist. Wenn nicht, sagen Sie mir wenigstens, welche am ehrenhaftesten ist. Das wäre immerhin besser als nichts.«

Mma Makutsi lachte. »Wie kann ich so schnell in die Herzen der Mädchen schauen?«, fragte sie. »Ich müsste mit vielen, vielen Leuten sprechen, um etwas herauszufinden. Es würde Wochen dauern.«

Mr. Pulani zuckte mit den Achseln. »Sie haben nicht wochenlang Zeit, Mma. Sie haben drei Tage. Und Sie haben gesagt, dass Sie mir helfen können.«

»Ja, aber ...«

Mr. Pulani langte in seine Tasche und zog ein Blatt Papier hervor. »Dies ist die Liste mit den vier Namen. Hinter dem Namen jeder jungen Dame habe ich die Adresse notiert. Drei wohnen direkt in Gaborone, eine in Tlokweng.« Er schob den Zettel über den Schreibtisch und zog dann ein Ledermäppchen aus einer anderen Tasche. Als er es öffnete, sah Mma Makutsi, dass es ein Scheckbuch enthielt. Er schlug es auf und begann zu schreiben. »Und hier, Mma, ist ein Scheck über zweitausend Pula, ausgestellt an die *No. 1 Ladies' Detective Agency*. Hier! Er ist vordatiert. Wenn Sie mir die Informationen, die ich brauche, übermorgen geben, können Sie den Scheck am folgenden Tag der Bank präsentieren.«

Mma Makutsi starrte den Scheck an. Sie stellte sich vor, wie es wäre, Mma Ramotswe nach ihrer Rückkehr sagen zu können: »Ich habe für die Detektei zweitausend Pula verdient – bereits bezahlt.« Sie wusste, dass Mma Ramotswe nicht gierig war. Sie wusste aber auch, dass sie sich über die finanzielle Situation ihres Büros Sorgen machte. Ein Honorar in dieser Höhe würde enorm helfen und wäre eine Belohnung für das Vertrauen, das Mma Ramotswe in sie gesetzt hatte.

Sie legte den Scheck in eine Schublade. Dabei beobachtete sie, wie sich Mr. Pulani entspannte.

»Ich zähle auf Sie, Mma«, sagte er. »Alles, was ich über die *No. 1 Ladies' Detective Agency* gehört habe, war gut.

Ich hoffe, dass ich mich selbst von ihrer Qualität überzeugen kann.«

»Das hoffe ich auch, Rra«, sagte Mma Makutsi. Aber sie spürte bereits Zweifel aufkommen. Wie sollte sie bloß herausfinden, welche der vier aufgelisteten Damen sich moralisch einwandfrei verhielt? Eine unlösbare Aufgabe, wie es schien.

Sie begleitete Mr. Pulani zur Tür und registrierte, dass er weiße Schuhe trug. Sie bemerkte auch seine großen goldenen Manschettenknöpfe und den seidigen Schimmer seiner Krawatte. So einen Mann hätte ich nicht gern, dachte sie. Man müsste seine ganze Zeit im Schönheitssalon zubringen, um seinen Ansprüchen ans Aussehen, die zweifellos hoch waren, genügen zu können. Manche Frauen, so glaubte Mma Makutsi, hätten natürlich rein gar nichts dagegen einzuwenden.

Kapitel 14

Die Haushälterin hatte gesagt, dass es um zwölf Uhr Mittagessen gäbe, also erst einige Stunden später, und Mma Ramotswe fand die Zeit am besten genutzt, wenn sie sich mit ihrer Umgebung vertraut machte. Sie liebte Farmen – wie die meisten Batswana –, weil sie sie an ihre Kindheit und an die wahren Werte ihres Volkes erinnerten. Die Menschen teilten sich das Land mit dem Vieh, den Vögeln und den vielen anderen Kreaturen, die man zu sehen bekam, wenn man aufmerksam war. In der Stadt, wo man Nahrungsmittel in den Läden kaufen konnte und fließendes Wasser aus den Hähnen kam, dachte man vielleicht nicht an solche Sachen, aber für viele Menschen war das Leben eben anders.

Nach ihrem aufschlussreichen Gespräch mit der Haushälterin verließ Mma Ramotswe ihr Zimmer und ging aus der Haustür. Die Sonne brannte heiß herunter, und die Schatten waren kurz. Im Osten, über den fernen Hügeln, die im Hitzedunst blau schimmerten, bauten sich schwere Regenwolken auf. Wenn sich die Wolken noch mehr zusammenballten, könnte es Regen geben, oder es regnete bereits dort draußen, entlang der Grenze. Wie es den Anschein hatte, würde es ein gutes Regenjahr sein. Jeder betete darum. Guter Regen bedeutete volle Bäuche. Trockenheit bedeutete magere Rinder und eine verdorrte Ernte. Vor ein paar Jahren hatten sie eine schlimme Dürre erlebt, und die Regierung hatte schweren Herzens angeordnet, dass mit dem Schlachten des Viehs begonnen werden sollte. Es war das Schlimmste, was man den Leuten befehlen konnte, und das Leiden war groß gewesen.

Mma Ramotswe sah sich um. In einiger Entfernung war eine Koppel, und Rinder standen dicht gedrängt um einen Wassertrog. Ein Rohr verlief von der knarrenden Windmühle und Speicherbecken aus Beton über den Boden bis zum Trog und dem durstigen Vieh. Mma Ramotswe beschloss, sich die Rinder anzusehen. Schließlich war sie die Tochter von Obed Ramotswe, der einen Blick für Rinder hatte und bei vielen Leuten als einer der besten Rinderkenner in Botswana galt. Auch sie sah sofort, ob es sich um ein gutes Tier handelte, und manchmal, wenn sie an einem besonders schönen Exemplar vorbeifuhr, überlegte sie sich, was ihr Daddy wohl dazu gesagt hätte. Gute Schultern, vielleicht. Oder: Das ist eine gute Kuh – schau, wie sie geht. Oder: Der Bulle gibt nur an; ich glaube nicht, dass er viele Kälber zeugen kann.

Diese Farm besaß vermutlich viele Rinder, vielleicht fünf-, sechstausend. Für die meisten Leute war es ein Reichtum, von dem sie nur träumen konnten. Mit zehn oder zwanzig Rindern hatte man bereits das Gefühl, einen gewissen Wohlstand erreicht zu haben. Sie selbst wäre damit zufrieden. Obed Ramotswe hatte seine Herde durch kluge Käufe und Wiederverkäufe vergrößert und am Ende seines Lebens zweitausend Rinder besessen. Das war ihre Erbschaft gewesen und sie hatte ihr ermöglicht, das Haus am Zebra Drive zu kaufen und ein Detektivbüro zu eröffnen. Damals waren noch Rinder übrig geblieben, die sie nicht alle verkaufen wollte und von Hirten in einem fernen Gehege, das ein Cousin hin und wieder besuchte, gehütet wurden. Sechzig Stück waren es, allesamt feine Nachkömmlinge der schwerfälligen Brahman-Bullen, die ihr Vater so sorgfältig ausgewählt und gezüchtet hatte. Eines Tages würde sie mit dem Ochsenkarren hinausfahren und sich ihre Rinder ansehen. Das würde Emotionen wachrufen, weil die Tiere eine Verbindung zu ihrem Daddy waren. Sie würde ihn schrecklich vermissen, das wusste sie, und wahrscheinlich weinen, und die Leute würden sich wundern, warum diese Frau immer noch um ihren Vater trauerte, der doch vor so langer Zeit schon gestorben war.

Wir haben immer noch Tränen zu vergießen, dachte sie. Wir beweinen immer noch die frühen Morgen, an denen wir rausgingen und zusahen, wie die Kühe die Trampelpfade entlangschritten und sich die Vögel in der warmen Luftströmung in die Höhe tragen ließen.

»Woran denken Sie, Mma?«

Sie blickte auf. Ein Mann war neben ihr erschienen, eine Viehpeitsche in der Hand, einen zerbeulten Hut auf dem Kopf.

Mma Ramotswe grüßte ihn. »Ich denke an meinen verstorbenen Vater«, sagte sie. »Er hätte die Rinder hier gern gesehen. Kümmern Sie sich drum? Es sind schöne Tiere, Rra.«

Er lächelte geschmeichelt. »Ich habe mich seit ihrer Geburt um sie gekümmert. Sie sind wie meine Kinder. Ich habe zweihundert Kinder, Mma. Alles Vieh.«

Mma Ramotswe lachte. »Sie müssen ein viel beschäftigter Mann sein, Rra.«

Er nickte und zog ein Päckchen aus der Tasche. Er bot Mma Ramotswe ein Stück getrocknetes Rindfleisch an, das sie annahm.

»Sie wohnen im Haus?«, fragte er. »Es kommen oft Leute, die hier übernachten. Manchmal bringt der Sohn, der in Gaborone lebt, Freunde von der Regierung mit. Ich hab sie mit eigenen Augen gesehen, diese Leute.«

»Er hat viel zu tun«, sagte Mma Ramotswe. »Kennen Sie ihn gut?«

»Ja«, sagte der Mann, auf einem Fleischstück herumkauend. »Er kommt hier raus und sagt uns, was wir zu tun haben. Er macht sich ständig Sorgen um das Vieh. Er sagt, die Kuh ist krank, die dort ist lahm. Wo ist die andere? Die ganze Zeit. Dann geht er weg, und alles ist wieder normal.«

Mma Ramotswe runzelte mitfühlend die Stirn. »Das wird nicht leicht sein für seinen Bruder – den anderen –, nicht wahr?«

Der Viehhüter riss die Augen auf. »Er steht da wie ein Hund und lässt sich von seinem Bruder zusammenstauchen. Er ist ein guter Farmer, der Jüngere, aber der Erstgeborene denkt immer noch, dass er derjenige ist, der die Farm managt. Aber wir wissen, dass der Vater mit dem Häuptling gesprochen hat und abgemacht worden ist, dass der Jüngere das meiste Vieh und der Ältere Geld bekommt. Das ist beschlossene Sache.«

»Und dem Älteren gefällt das nicht?«

»Nein«, sagte der Viehhüter. »Und ich glaube, ich kann verstehen, was er denkt. Aber er ist erfolgreich in Gaborone und führt ein ganz anderes Leben. Der Jüngere ist der Bauer. Er versteht was vom Vieh.«

»Und der dritte?«, fragte Mma Ramotswe. »Der Sohn, der dort draußen ist?« Sie zeigte in die Richtung der Kalahari.

Der Viehhüter lachte. »Er ist nur ein Junge. Es ist traurig. Er hat Luft im Kopf, sagen die Leute. Die Mutter soll was getan haben, als er im Mutterleib war. So passieren solche Sachen.«

»Oh?«, machte Mma Ramotswe. »Was hat sie denn getan?« Sie wusste, dass die Leute auf dem Lande glaubten, ein Kind käme wegen eines Fehltritts seiner Eltern behindert auf die Welt. Wenn zum Beispiel eine Frau ein Verhältnis mit einem anderen Mann hatte, konnte ein Schwachsinniger geboren werden. Wenn ein Mann seine Frau, die sein Kind erwartete, im Stich ließ und mit einer anderen davonlief, konnte auch das zu einem Unglück für das Baby führen.

Der Viehhüter senkte seine Stimme, obwohl sich Mma Ramotswe nicht vorstellen konnte, wer sie, außer den Rindern und Vögeln, belauschen könnte.

»Auf sie muss man aufpassen«, sagte der Mann. »Sie ist diejenige. Die Alte. Das ist eine böse Frau.«

»Böse?«

Er nickte. »Passen Sie auf sie auf«, sagte er. »Schauen Sie sich ihre Augen an.«

Die Haushälterin kam kurz vor zwölf an ihre Tür und erklärte, dass das Essen fertig sei.

»Sie essen auf der Veranda dort drüben«, sagte sie und deutete auf die gegenüberliegende Seite des Hauses, die unter einem Baldachin aus Netzen und einer Fülle von Kletterpflanzen, die sich über ein rauhes Holzspalier rankten, im Schatten lag. Zwei Tische waren aneinander gerückt und mit einem gestärkten weißen Tischtuch bedeckt worden. An einem Ende der großen Tafel standen mehrere Schüsseln mit Essen: dampfender Kürbis, eine Schüssel mit Maisbrei, eine Platte mit Bohnen und anderem grünen Gemüse und eine große Terrine mit einem dicken Fleischeintopf. Außerdem gab es einen Laib Brot und einen Teller mit Butter. Es war gutes Essen von der Art, die sich nur eine reiche Familie täglich leisten konnte.

Mma Ramotswe sah die alte Frau, die leicht vom Tisch abgerückt saß, ein kleines Baumwolltuch über den Schoß gebreitet. Aber auch andere Mitglieder der Familie waren versammelt: ein Kind von etwa zwölf Jahren, eine junge Frau in schickem grünem Rock und weißer Bluse – die Ehefrau, vermutlich – und ein Mann an ihrer Seite, in lange Khakihosen und ein kurzärmliges Khakihemd gekleidet. Der Mann erhob sich, als Mma Ramotswe erschien und trat vor, um sie zu begrüßen.

»Sie sind unser Gast«, sagte er lächelnd. »Herzlich willkommen in unserem Hause, Mma.«

Die Alte nickte ihr zu. »Dies ist mein Sohn«, sagte sie. »Er war bei den Rindern, als Sie ankamen.«

Der Mann stellte sie seiner Frau vor, die sie freundlich anlächelte.

»Es ist sehr heiß heute, Mma«, sagte die junge Frau. »Aber ich glaube, es wird regnen. Ich glaube, Sie haben uns den Regen mitgebracht.«

Das war ein Kompliment, und Mma Ramotswe ging auf ihre Bemerkung ein. »Ich hoffe es«, sagte sie. »Das Land ist immer noch durstig.«

»Es ist immer durstig«, sagte der Mann. »Gott beschloss, aus Botswana ein trockenes Land für trockene Tiere zu machen. Ja, das hat er wohl entschieden.«

Mma Ramotswe setzte sich zwischen die Ehefrau und die Alte. Während die junge Frau das Essen servierte, füllte ihr Mann die Gläser mit Wasser.

»Ich habe beobachtet, wie Sie sich das Vieh angesehen haben«, sagte die Alte. »Mögen Sie Rinder, Mma?«

»Welcher Motswana mag keine Rinder?«, erwiderte Mma Ramotswe.

»Vielleicht gibt es welche«, sagte die alte Frau. »Vielleicht gibt es welche, die das Vieh nicht verstehen. Ich weiß nicht.«

Sie wandte den Kopf ab, als sie antwortete, und blickte

jetzt durch die hohen, unverglasten Fenster der Veranda, über die Weite des Busches, der sich bis zum Horizont erstreckte.

»Ich habe gehört, Sie sind aus Mochudi«, sagte die junge Frau und reichte Mma Ramotswe einen Teller. »Ich stamme auch von dort.«

»Das war vor langer Zeit«, sagte Mma Ramotswe. »Ich lebe jetzt in Gaborone. Wie so viele andere Leute.«

»Wie mein Bruder«, sagte der Mann. »Sie müssen ihn gut kennen, wenn er Sie zu uns schickt.«

Einen Moment lang wurde es still. Die alte Frau wandte den Kopf, um ihren Sohn anzusehen, der wegschaute.

»Ich kenne ihn nicht besonders gut«, sagte Mma Ramotswe. »Aber er lud mich aus Gefälligkeit in dieses Haus ein. Ich hatte ihm geholfen.«

»Sie sind uns sehr willkommen«, sagte die Alte schnell. »Sie sind unser Gast.«

Die letzte Bemerkung war an ihren Sohn gerichtet, der sich mit seinem Teller zu schaffen machte und tat, als ob er die Worte seiner Mutter nicht gehört hätte. Seine Frau hatte jedoch Mma Ramotswes Blick aufgefangen und dann schnell zur Seite geschaut.

Sie aßen schweigend. Die alte Frau hielt ihren Teller auf dem Schoß und war eifrig damit beschäftigt, sich Portionen in Soße getränkten Maisbreis auf den Löffel zu häufen. Sie steckte sich die Mischung in den Mund und kaute langsam darauf herum, die entzündeten Augen fest auf den Busch und den Himmel gerichtet. Die Ehefrau hatte sich nur Bohnen und Kürbis genommen, in denen sie lustlos herumstocherte. Auf ihren Teller blickend, stellte Mma Ramotswe fest, dass sie und der Mann die Einzigen waren, die Fleisch aßen. Das Kind, das ihr als Cousin der Ehefrau vorgestellt worden war, aß eine dicke Scheibe Brot, auf die man Sirup und Soße geträufelt hatte.

Mma Ramotswe sah auf ihr Essen. Sie tauchte die Gabel in den Eintopf, der zwischen einer großen Portion Kürbis und einem kleinen Häufchen Maisbrei kauerte. Der Eintopf war dick und klebrig, und als sie ihre Gabel hob, zog sich eine dünne glyzerinartige Spur über den Teller. Aber als sie die Gabel in den Mund steckte, schmeckte das Essen normal oder fast normal. Sie bemerkte einen leichten Beigeschmack, den sie als metallisch bezeichnen würde, etwa wie der Geschmack der Eisentabletten, die der Arzt ihr einmal verschrieben hatte, oder vielleicht eher bitter – wie der Geschmack eines aufgeschnittenen Zitronenkerns.

Sie blickte die junge Frau an, die sie anlächelte.

»Ich bin keine Köchin«, sagte sie. »Wenn das Essen gut schmeckt, liegt es nicht an mir. Samuel ist der Koch. Er kocht hervorragend, und wir sind stolz auf ihn. Er ist ein ausgebildeter Koch, ein Meisterkoch.«

»Eigentlich ist es Frauenarbeit«, sagte der Mann. »Deshalb finden Sie mich nicht in der Küche. Ein Mann sollte andere Dinge tun.«

Er sah Mma Ramotswe beim Sprechen an, und sie spürte die Herausforderung.

Sie ließ sich ein, zwei Minuten Zeit, bevor sie antwortete. »Das sagen viele Leute, Rra«, erwiderte sie. »Jedenfalls sagen es viele Männer. Ich bin nicht sicher, ob es viele Frauen sagen.«

Der Mann legte seine Gabel nieder. »Fragen Sie meine Frau«, sagte er leise. »Fragen Sie sie nach ihrer Meinung. Bitte, fragen Sie sie.«

Die Frau antwortete, ohne zu zögern. »Was mein Mann sagt, ist richtig«, sagte sie.

Die Alte wandte sich Mma Ramotswe zu. »Sehen Sie? Sie hält zu ihrem Mann. So ist es hier auf dem Land. In der Stadt mag es anders sein, aber auf dem Land ist es so.«

Nach dem Essen ging sie in ihr Zimmer zurück und legte sich aufs Bett. Die Hitze hatte nicht nachgelassen, obwohl sich die Wolken im Osten immer mehr zusammenballten. Es war inzwischen klar, dass es regnen würde, wenn vielleicht auch erst in der Nacht. Wind würde bald aufkommen und mit ihm dieser wunderbare, unvergleichliche Geruch nach Regen, der Geruch nach Staub und Wasser, die aufeinander treffen, der sekundenlang in der Nase verharrte und dann verschwand und manchmal monatelang vermisst wurde – bis er einen wieder überraschte und zu einem Menschen, der bei einem war – irgendjemandem –, sagen ließ: Das ist der Geruch nach Regen. Da! Gerade eben.

Sie lag auf dem Bett und starrte die weißen Deckenbalken an. Sie waren staubfrei, ein Zeichen guter Haushaltsführung. In vielen Häusern waren die Decken mit Fliegendreck gesprenkelt oder an den Rändern fleckig von Termitenspuren. Aber hier war nichts, und der Anstrich war makellos.

Mma Ramotswe war verwirrt. Sie hatte bis jetzt nur herausbekommen, dass das Personal eigene Ansichten hatte und niemand den Regierungsmenschen leiden konnte. Er schien sich überall nur aufzuspielen, aber war das etwas Unerlaubtes? Natürlich hatte ein älterer Bruder eine Meinung dazu, wie das Vieh zu behandeln wäre, und natürlich war es für ihn selbstverständlich, dem jüngeren Bruder diese Meinung auch mitzuteilen. Natürlich hielt die alte Frau ihren behinderten Sohn für klug, und natürlich glaubte sie, dass Stadtmenschen kein Interesse an Rindern hatten. Mma Ramotswe stellte fest, dass sie nur wenig über sie wusste. Der Viehhüter hielt sie für böse, hatte ihr aber keinen Grund genannt, weshalb. Er hatte ihr lediglich geraten aufzupassen, und diesem Rat war sie gefolgt. Es hatte aber nichts genutzt. Sie hatte nur gesehen, dass die Alte in die Ferne blickte, während alle beim Essen saßen. Was hatte dies zu bedeuten?

Mma Ramotswe setzte sich auf. Es ließ sich was daraus lernen. Wenn jemand in die Ferne sah, dann wollte er nicht da sein, wo er war. Und was war ein ganz normaler Grund, weshalb man irgendwo nicht sein wollte? Dass man die Gesellschaft, in der man sich befand, nicht mochte. Das traf immer zu. Wenn sie also immer wegblickte, so hieß das, dass sie eine anwesende Person nicht mochte. Gegen mich hat sie nichts, dachte Mma Ramotswe, weil nichts darauf hindeutete, als sie mich kennen lernte und sie keine Gelegenheit hatte, eine Abneigung gegen mich zu entwickeln. Das Kind konnte eine solche Reaktion kaum hervorgerufen haben. Tatsächlich hatte die alte Frau es sehr freundlich behandelt und ihm ein oder zwei Mal beim Essen über den Kopf gestrichen. Blieben also der Sohn und seine Frau.

Keine Mutter hat eine Abneigung gegen ihren Sohn. Mma Ramotswe wusste, dass es Frauen gab, die sich ihrer Söhne schämten, und es gab Frauen, die auf ihre Söhne wütend waren. Aber keine Mutter hatte im Grunde ihres Herzens eine Abneigung gegen ihren Sohn. Ein Sohn konnte machen, was er wollte, seine Mutter würde ihm stets vergeben. Diese Alte hatte also eine Abneigung gegen ihre Schwiegertochter, und zwar eine so große, dass sie, wenn sie sich in ihrer Gesellschaft befand, woanders sein wollte.

Mma Ramotswe legte sich wieder hin. Die Aufregung über ihre Schlussfolgerung verebbte. Jetzt musste sie herausfinden, warum die alte Frau ihre Schwiegertochter hasste und ob es daran lag, dass sie tatsächlich glaubte, dass diese ihren Ehemann vergiften wollte. Noch wichtiger war vielleicht auch die Frage, ob die junge Frau wusste, dass ihre Schwiegermutter sie nicht mochte. Wenn ja, hätte sie ein Motiv, etwas dagegen zu unternehmen. Aber wenn sie eine Giftmischerin wäre – sie sah nicht so aus und die Haushälterin dachte auch anders darüber, was man schließlich nicht vergessen sollte –, dann würde sie doch eher die Alte und nicht ihren Ehemann vergiften wollen.

Mma Ramotswe wurde plötzlich sehr müde. Sie hatte in der vergangenen Nacht nicht besonders gut geschlafen, und die Fahrt, die Hitze und das schwere Mittagessen verfehlten ihre Wirkung nicht. Der Eintopf war sehr fett gewesen, fett und klebrig. Sie schloss die Augen, sah aber keine Dunkelheit. Eine weiße Aura, eine dünne leuchtende Linie schien ihren inneren Blick zu durchkreuzen. Das Bett bewegte sich leicht, als ob es im Wind trieb, der jetzt aus der Ferne von der Grenze herüber wehte. Der Regengeruch kam. Ihm folgten heiße drängende Tropfen, die auf die Erde einschlugen, sie stachen und wie winzige graue Würmer zurücksprangen.

Mma Ramotswe schlief, aber ihr Atem war flach und ihre Träume fiebrig. Als sie erwachte und den Schmerz im Magen spürte, war es fast fünf. Der Sturm war vorüber, aber der Regen war noch da und schlug auf das Blechdach des Hauses wie eine Truppe unermüdlicher Trommler. Sie setzte sich auf und legte sich, weil ihr übel wurde, gleich wieder hin. Sie drehte sich im Bett und ließ die Füße auf den Boden sinken. Dann stand sie unsicher auf und stolperte zur Tür und zum Badezimmer am Ende des Korridors. Dort übergab sie sich und fühlte sich augenblicklich besser. Als sie ihr Zimmer wieder erreicht hatte, war die schlimmste Übelkeit vorbei und sie war fähig, über ihre Lage nachzudenken. Sie war ins Haus einer Giftmischerin gekommen und war selbst vergiftet worden. Darüber sollte sie sich nicht wundern. Es war absolut vorhersehbar gewesen.

Kapitel 15

Mma Makutsi hatte nur drei Tage. Das war keine lange Zeit, und sie fragte sich, ob sie tatsächlich genug über die vier Mädchen herausfinden könnte, um Mr. Pulani eine Hilfe zu sein. Sie sah sich die sauber getippte Liste an, die er ihr in die Hände gedrückt hatte, aber weder die Namen noch die Adressen sagten ihr etwas. Sie wusste, dass einige behaupteten, andere Menschen aufgrund ihrer Namen einschätzen zu können, dass Mädchen, die Mary hießen, immer ehrlich und häuslich waren, dass man einer Sipho niemals trauen durfte und so weiter. Dies war aber ein absurder Gedanke und noch viel weniger hilfreich als die Idee, dass man einen Kriminellen an seiner Kopfform erkannte. Mma Ramotswe hatte ihr einen Artikel über diese Theorie gezeigt, und sie hatten beide darüber gelacht. Aber der Gedanke, der natürlich zu einem modernen Menschen wie sie nicht passte, hatte sie fasziniert, und sie hatte heimlich eigene Nachforschungen betrieben. Die stets hilfsbereite Bibliothekarin des *British Council* hatte ihr in Minutenschnelle ein Buch präsentiert und es ihr in die Hände gedrückt. »Theorien des Verbrechens« war ein viel wissenschaftlicheres Werk als Mma Ramotswes »Prinzipien privater Nachforschung« von Clovis Andersen. Das war ausreichend, was die Tipps betraf, wie man Kunden behandelte, aber was Theorien anging, war es schwach. Offensichtlich war Clovis Andersen kein Leser des *Journal of Criminology*. Der Verfasser der »Theorien des Verbrechens« dagegen kannte sich gut mit den verschiedenen Theorien zur Ursache von Verbrechen aus. Die Gesellschaft konnte Schuld haben, las Mma Makutsi. Schlechte Wohnverhältnisse und eine trostlose Zukunft machten aus jungen Männern Verbrecher und wir sollten nicht vergessen, warnte das Buch, dass diejenigen, denen Böses geschah, *wiederum Böses taten.*

Mma Makutsi las es staunend. Es war völlig richtig, überlegte sie, aber sie hatte die Dinge nie auf diese Weise betrachtet. Natürlich war denen, die Unrecht taten, selbst Unrecht getan worden. Es stimmte mit ihrer Erfahrung überein. In ihrem dritten Schuljahr, vor all den Jahren in Bobonong, gab es einen Jungen, der die Kleineren tyrannisiert und sich an ihrer Angst ergötzt hatte. Sie hatte nie begriffen, warum er es tat – vielleicht war er einfach nur böse –, aber dann, eines Abends, war sie an seinem Haus vorbeigegangen und hatte gesehen, wie sein betrunkener Vater ihn verprügelte. Der Junge hatte sich gewunden und geschrien, konnte sich aber nicht losreißen, um den Schlägen auszuweichen. Am folgenden Tag, auf dem Weg zur Schule, hatte sie beobachtet, wie er einen kleineren Jungen schlug und in einen schrecklich stachligen *wagenbikkie*-Busch stieß. Natürlich hatte sie in dem Alter Ursache und Wirkung nicht miteinander in Verbindung gebracht, aber jetzt fiel es ihr wieder ein, und sie dachte über die Weisheit des Textes in den »Theorien des Verbrechens« nach.

Allein im Büro der *No. 1 Ladies' Detective Agency* sitzend, musste sie stundenlang lesen, um auf das zu stoßen, wonach sie suchte. Der Abschnitt über biologische Erklärungen des Verbrechens war kürzer als die anderen Kapitel, vor allem weil sich der Autor damit eindeutig nicht wohl fühlte.

»Der italienische Kriminologe des neunzehnten Jahrhunderts Cesare Lombroso«, las sie, »war zwar liberal in seinen Ansichten über Gefängnisreformen, jedoch davon überzeugt, dass sich Kriminalität durch die Kopfform feststellen ließ. Deshalb verwandte er viel Energie auf das Skizzieren der Physiognomie von Kriminellen in dem fehlgeleiteten Versuch, jene Gesichts- und Schädelmerkmale zu identifizieren, die auf eine kriminelle Veranlagung hindeuteten. Diese merkwürdigen Illustrationen (nachfolgend reproduziert) sind Zeugnisse einer unangebrachten Begeisterung, die leicht auf fruchtbarere Forschungsaufgaben hätte gerichtet werden können.«

Mma Makutsi betrachtete die Illustrationen aus Lombrosos Buch. Ein finster blickender Mann mit einer niedrigen Stirn und feurigen Augen sah den Leser an. Unter diesem Bild stand: »Typischer Mörder (sizilianischer Typ)«. Dann war da noch das Bild eines Mannes mit einem gewaltigen Schnurrbart, aber schmalen, zusammengekniffenen Augen. Dieser, so las sie, war ein »klassischer Dieb (neapolitanischer Typ)«. Andere kriminelle »Typen« starrten den Leser an, allesamt eindeutig gemeingefährlich. Mma Makutsi schüttelte sich. Es waren extrem unangenehme Männer, und niemand würde einem von ihnen trauen. Weshalb wurden Lombrosos Theorien dann aber als »fehlgeleitet« bezeichnet? Das war nicht nur unhöflich, sondern auch absolut falsch. Lombroso hatte Recht. Man *konnte* es erkennen (etwas, das Frauen seit langem wussten – allein vom Aussehen her konnten sie sagen, wie Männer waren). Sie war verwirrt. Wenn die Theorie doch so eindeutig stimmte – weshalb lehnte der Verfasser dieses kriminologischen Werkes sie ab? Sie dachte kurz nach, und dann fiel ihr eine Erklärung dafür ein: Er war *neidisch*! Das musste der Grund sein. Er war neidisch, weil ihm Lombroso zuvorgekommen war, wo er doch seine eigenen Ideen über das Verbrechen entwickeln wollte. Dann würde sie sich aber nicht länger mit den »Theorien des Verbrechens« befassen! Sie hatte etwas mehr über diese Art von Kriminologie herausgefunden, und jetzt brauchte sie das Gelernte nur anzuwenden. Sie würde Lombrosos kriminologische Theorien benutzen, um festzustellen, welches von den vier Mädchen auf der Liste vertrauenswürdig war und welches nicht. Lombrosos Darstellung hatte nur wieder einmal bestätigt, dass sie ihrer Intuition folgen sollte. Eine kurze Zeit mit diesen Mädchen zusammen und vielleicht eine heimliche Inspektion ihrer Schädelstrukturen – hinstarren wollte sie natürlich nicht – würden genügen, ihr eine Antwort zu geben. Es *musste* genügen, denn in der kurzen Zeit, die ihr zur Verfügung stand, konnte sie nichts weiter tun, und es war ihr sehr wichtig, das Problem bis zur Rückkehr von Mma Ramotswe zur Zufriedenheit aller gelöst zu haben.

Vier Namen und keiner davon Mma Makutsi bekannt: Motlamedi Matluli, Gladys Tlhapi, Makita Phenyonini und Patricia Quatleneni. Darunter standen Alter und Adressen. Motlamedi war mit neunzehn Jahren die Jüngste und am leichtesten zu finden. Sie war Studentin an der Universität. Patricia war mit vierundzwanzig die Älteste und mit ihrer ungenauen Adresse in Tlokweng (Parzelle 2456) möglicherweise am schwierigsten zu lokalisieren. Mma Makutsi beschloss, zuerst Motlamedi aufzusuchen, da es nicht schwer sein dürfte, sie in ihrem Studentenzimmer auf dem übersichtlich angelegten Universitätsgelände zu finden. Natürlich würde es nicht unbedingt leicht sein, sie auszufragen. Mma Makutsi wusste, dass Mädchen, die studierten und einen guten Job in Aussicht hatten, gewöhnlich auf Leute herabsahen, die nicht die gleichen Chancen hatten, und ganz besonders auf Frauen, die die Handelsschule von Botswana besucht hatten. Ihre siebenundneunzig Prozent im Abschlussexamen, das Ergebnis harter Arbeit, würden bei jungen Frauen wie Motlamedi nur Hohn und Spott ernten. Aber sie würde mit ihr reden und jeder herablassenden Bemerkung mit Würde begegnen. Es gab nichts, weswegen sie sich schämen musste. Sie war jetzt amtierende Werkstattleiterin, nicht wahr, und stellvertretende Detektivin dazu. Welche offiziellen Titel hatte das schöne Mädchen? Nicht einmal *Miss Beauty and Integrity*, auch wenn sie in die Endrunde dafür gekommen war.

Sie würde sie also aufsuchen. Aber was würde sie sagen? Sie konnte zu dem Mädchen doch nicht einfach *Entschuldigen Sie bitte, ich möchte mir Ihren Kopf ansehen* sagen. So ein Satz würde eine feindselige Reaktion herausfordern, auch wenn er völlig der Wahrheit entsprach. Dann kam Mma Makutsi die rettende Idee. Sie könnte so tun, als ob sie eine Umfrage machte, und während die Mädchen antworteten, könnte sie sich ihre Köpfe und Gesichtszüge näher betrachten und nach verräterischen Anzeichen der Unehrlichkeit suchen. Die Idee wurde noch besser: Die Umfrage brauchte nicht eine von diesen sinnlosen Maßnahmen der Werbebranche sein, an die die Leute gewöhnt waren. Es könnte eine Umfrage zur moralischen Einstellung sein. Sie könnte bestimmte Fragen stellen, die auf raffinierte Weise die Einstellungen der Mädchen aufdeckten. Die Fragen würden so sorgfältig formuliert, dass die Mädchen keine Falle witterten, wären aber so entlarvend wie ein Suchscheinwerfer. *Was möchten Sie wirklich aus Ihrem Leben machen?* zum Beispiel. Oder: *Ist es besser, eine Menge Geld zu verdienen oder anderen zu helfen?*

Die Ideen passten wie Puzzleteilchen zusammen, und Mma Makutsi freute sich über jede neue Eingebung, die sie hatte. Sie würde behaupten, Reporterin der »Botswana Daily News« zu sein und einen Leitartikel über den Wettbewerb schreiben zu müssen – kleine Täuschungen waren erlaubt, hatte Clovis Andersen geschrieben, vorausgesetzt, dass der Erfolg die Mittel rechtfertige. Der Erfolg war in diesem Fall besonders wichtig, da der Ruf des Landes Botswana auf dem Spiel stand. Das Mädchen, das die Wahl zur *Miss Beauty and Integrity* gewann, konnte sich um den Titel der Miss Botswana bewerben, und dieser Posten war genauso wichtig wie der eines Botschafters. Eine Schönheitskönigin war ja tatsächlich so etwas wie eine Botschafterin ihres Landes, und die Leute würden das Land danach beurteilen, wie sie sich benahm. Wenn sie also eine kleine Lüge erzählen müsste, um ein böses Mädchen daran zu hindern, den Titel zu erringen und Schande über das Land zu bringen, dann war dies ein geringer Preis dafür. Clovis Andersen hätte ihr zweifellos zugestimmt, auch wenn der Autor der »Theorien des Verbrechens«, der alle Themen mit sehr hohem moralischen Anspruch behandelte, vielleicht ein paar unnötige Vorbehalte anbringen würde.

Mma Makutsi machte sich ans Tippen des Fragebogens. Die Fragen waren einfach, brachten die Dinge aber genau auf den Punkt:

1. *Was sind die wichtigsten Werte, die Afrika der Welt vermitteln kann?*

Diese Frage sollte herausfinden, ob den Mädchen überhaupt klar war, was Moral bedeutete. Wenn ja, würden sie ungefähr so antworten: *Afrika kann der Welt zeigen, was es heißt, menschlich zu sein. Afrika erkennt die Menschlichkeit aller Völker an.*

Nachdem oder *wenn* dies geklärt war, würde die nächste Frage persönlicher werden:

2. *Was möchten Sie aus Ihrem Leben machen?*
Hier würde Mma Makutsi jedes unehrliche Mädchen ertappen. Die Standardantwort, die jede Teilnehmerin bei einem Schönheitswettbewerb gab, war folgende: *Ich würde gern für einen guten Zweck arbeiten, am liebsten mit Kindern. Wenn ich die Welt verlasse, soll sie ein besserer Ort sein als zu der Zeit, als ich geboren wurde.*

Schön und gut, aber diese Antwort hatten alle aus irgendeinem Buch auswendig gelernt, möglicherweise aus einem Buch von einem Autor wie Clovis Andersen. *Praktischer Ratgeber für Schönheitsköniginnen* vielleicht oder *Wie man in der Welt der Schönheitswettbewerbe gewinnt.*

Ein ehrliches Mädchen, dachte Mma Makutsi, würde etwa so antworten: *Ich möchte für einen guten Zweck arbeiten, am liebsten mit Kindern. Wenn das nicht möglich ist, würde ich gern mit alten Menschen arbeiten. Das ist mir auch recht. Aber ich hätte auch nichts gegen einen guten Job mit einem hohen Gehalt.*

3. *Ist es besser, schön als charakterlich einwandfrei zu sein?*
Natürlich war auch hier völlig klar, dass die Antwort, die man von einer Schönheitskönigin erwartete, die war, dass der Charakter wichtiger wäre. Alle Mädchen waren der Meinung, dass sie dies sagen müssten, aber es bestand immerhin die vage Möglichkeit, dass ein Mädchen aus Ehrlichkeit zugab, dass schön sein einige Vorteile hatte. Es war etwas, was Mma Makutsi bei der Vergabe von Sekretärinnenposten beobachtet hatte. Schöne Frauen

bekamen alle Jobs, und für den Rest blieb wenig übrig, selbst wenn eine beim Abschlussexamen siebenundneunzig Prozent erreicht hatte. Diese Ungerechtigkeit hatte immer an ihr gefressen, obwohl sich für sie die harte Arbeit schließlich doch noch bezahlt gemacht hatte. Wie viele ihrer Altersgenossinnen mit einem schöneren Teint waren inzwischen amtierende Werkstattleiterinnen? Die Antwort war ganz bestimmt: keine. Die schönen Mädchen heirateten reiche Männer und lebten für immer im Luxus, konnten aber wohl kaum behaupten, Karriere gemacht zu haben – es sei denn, das Tragen von teuren Kleidern und Besuchen von Partys ließ sich als Karriere bezeichnen.

Mma Makutsi tippte ihren Fragebogen zu Ende. Im Büro stand kein Fotokopiergerät, aber sie hatte Kohlepapier benutzt und jetzt vier Kopien des Fragebogens zur Hand, der die verführerische Überschrift »Botswana Daily News – Leitartikel« trug. Sie blickte auf ihre Armbanduhr. Es war Mittag, und es war unangenehm heiß geworden. Wenige Tage zuvor hatte es geregnet, aber die Erde hatte den Regen schnell aufgesogen und schrie nach mehr. Wenn der Regen kam, was wahrscheinlich bald der Fall wäre, würden die Temperaturen sinken und die Menschen sich wieder wohler fühlen. Die Gemüter erhitzten sich in der heißen Jahreszeit, und bei der geringsten Kleinigkeit kam es zum Streit. Der Regen schuf Frieden zwischen den Leuten.

Sie ging aus dem Büro und schloss die Tür hinter sich. Die Lehrlinge arbeiteten an einem alten Lieferwagen, den eine Frau gebracht hatte, die Gemüse aus Lobatse transportierte, um es an Supermärkte zu verkaufen. Sie hatte von einer Freundin von der Werkstatt gehört; sie hatte ihr gesagt, eine Frau könne hier getrost ihr Fahrzeug hinbringen.

»Es ist, glaube ich, eine Werkstatt für Damen«, hatte die Freundin gesagt. »Sie verstehen Frauen und kümmern sich um sie. Es ist die beste Werkstatt für eine Frau.«

Dass sie sich den Ruf erworben hatten, sich gut um die Autos von Frauen zu kümmern, hatte den Lehrlingen viel Arbeit eingebracht. Unter Mma Makutsis Leitung hatten sie die Herausforderung aber gut verkraftet und sich deutlich mehr Mühe gegeben. Sie überprüfte ihre Arbeit von Zeit zu Zeit und bestand darauf, dass sie ihr genau erklärten, was sie gerade machten. Das gefiel ihnen und half ihnen auch, sich auf das vorliegende Problem zu konzentrieren. Ihre diagnostischen Fähigkeiten – höchst wichtig für einen guten Mechaniker – hatten sich enorm verbessert. Und sie verschwendeten nicht mehr so viel Zeit mit leerem Geschwätz über Mädchen.

»Wir arbeiten gern für eine Frau«, hatte der ältere Lehrling eines Morgens zu ihr gesagt. »Es ist gut, wenn eine Frau einen ständig beaufsichtigt.«

»Das freut mich sehr«, sagte Mma Makutsi. »Deine Arbeit wird auch immer besser. Eines Tages wirst du vielleicht ein genauso berühmter Mechaniker wie Mr. J. L. B. Matekoni. Es ist immerhin möglich.«

Jetzt ging sie zu den Lehrlingen und sah zu, wie sie mit einem Ölfilter hantierten.

»Wenn ihr damit fertig seid«, sagte sie, »möchte ich, dass einer von euch mich zur Universität fährt.«

»Wir haben unheimlich viel zu tun, Mma«, maulte der Jüngere. »Wir müssen uns heute noch zwei Autos ansehen. Wir können Sie nicht dauernd mal da und mal dorthin kutschieren. Wir sind schließlich keine Taxifahrer.«

Mma Makutsi seufzte. »Dann muss ich eben ein Taxi rufen. Ich habe eine wichtige Sache zu erledigen, die mit einem Schönheitswettbewerb zu tun hat. Ich muss mit ein paar Mädchen sprechen.«

»Ich kann Sie fahren«, sagte der Ältere schnell. »Ich bin fast fertig. Mein Bruder hier kann die Arbeit zu Ende machen.«

»Gut«, sagte Mma Makutsi. »Ich wusste doch, dass ich mich auf deinen guten Charakter verlassen kann.«

Sie parkten auf dem Campus unter einem Baum, nicht weit von dem großen, weiß gestrichenen Gebäude entfernt, auf das der Torwächter gezeigt hatte, als sie ihm die Adresse nannte. Ein Grüppchen Studentinnen stand plaudernd unter einem Sonnendach vorm Eingang des dreistöckigen Gebäudes. Den Lehrling im Lieferwagen zurück lassend, ging Mma Makutsi auf die Gruppe zu und stellte sich vor.

»Ich suche Motlamedi Matluli«, sagte sie. »Mir wurde gesagt, dass sie hier wohnt.«

Eine der Studentinnen kicherte. »Ja, sie wohnt hier«, sagte sie. »Aber sie würde sicher gern an einem vornehmeren Ort leben.«

»Im Sun Hotel zum Beispiel«, sagte eine andere, was alle zum Lachen brachte.

Mma Makutsi lächelte. »Sie ist wohl ein sehr wichtiges Mädchen, was?«

Erneut schallendes Gelächter. »Sie hält sich jedenfalls dafür«, sagte eine. »Nur weil alle Jungs hinter ihr herlaufen, denkt sie, dass Gaborone ihr gehört. Sie sollten sie mal sehen!«

»Ich würde sie gern sehen«, sagte Mma Makutsi. »Deshalb bin ich ja hier.«

»Sie werden sie vorm Spiegel antreffen«, sagte eine andere. »Sie wohnt im ersten Stock, Zimmer 114.«

Mma Makutsi bedankte sich für die Information und ging die Betontreppe zum ersten Stockwerk hinauf. Sie registrierte, dass jemand etwas wenig Schmeichelhaftes über eins der Mädchen an die Wand des Treppenhauses gekritzelt hatte. Wahrscheinlich war irgendein junger Mann abgewiesen worden und hatte seinen Gefühlen in Form von Graffiti Luft gemacht. Sie ärgerte sich. Diese jungen Menschen hier waren privilegiert – gewöhnliche Leute in Botswana hätten nie die Chance, eine solche Ausbildung zu bekommen, die komplett von der Regierung bezahlt wurde –, und dann fiel ihnen nichts Besseres ein, als die Wände zu beschmieren. Und was tat Motlamedi? Verschwendete ihre Zeit damit, sich herauszuputzen und an Schönheitswettbewerben teilzunehmen, statt über ihren Büchern zu sitzen. Wenn sie Rektorin der Universität wäre, würde sie von den jungen Leuten verlangen, sich zu entscheiden. Entweder das eine oder das andere. Man konnte entweder seinen Geist pflegen oder seine Haare. Beides ging nicht.

Sie fand Zimmer 114 und klopfte laut an die Tür. Sie hörte Radiomusik von drinnen und klopfte erneut und diesmal noch lauter.

»Ja doch!«, brüllte eine Stimme. »Ich komm ja schon!«

Die Tür ging auf, und Motlamedi Matluli stand vor ihr. Als Erstes fielen Mma Makutsi die Augen auf, die außergewöhnlich groß waren. Sie dominierten das Gesicht und machten es sanft und unschuldig wie das Gesicht von Buschbabys.

Motlamedi musterte ihre Besucherin von Kopf bis Fuß.

»Ja, Mma?«, sagte sie unbeeindruckt. »Was kann ich für Sie tun?«

Das war sehr unhöflich, und Mma Makutsi tat die Beleidigung weh. Wenn dieses Mädchen Manieren hätte, würde sie mich erst mal auffordern einzutreten, dachte sie. Aber wahrscheinlich ist sie zu sehr mit ihrem Spiegel beschäftigt, der tatsächlich zwischen Cremes und Lotionen auf ihrem Schreibtisch stand.

»Ich bin Journalistin«, erklärte Mma Makutsi. »Ich schreibe einen Artikel über die Damen, die als Kandidatinnen für den *Miss Beauty and Integrity*-Wettbewerb in die Endrunde kamen. Ich habe ein paar Fragen, die ich Ihnen gern stellen würde.«

Motlamedis Verhalten änderte sich sofort. Schnell und ziemlich überschwenglich bat sie Mma Makutsi herein, riss ein paar Kleidungsstücke von einem Stuhl und forderte ihre Besucherin auf, sich zu setzen.

»Mein Zimmer ist nicht immer so unaufgeräumt«, lachte sie und deutete auf die Kleiderhaufen, die überall herumlagen. »Aber ich bin gerade dabei, Sachen auszusortieren. Sie wissen sicher, wie das ist.«

Mma Makutsi nickte. Sie zog den Fragebogen aus ihrer Aktentasche und reichte ihn der jungen Frau, die ihn sich ansah und lächelte.

»Das sind leichte Fragen«, sagte sie. »Solche Fragen kenne ich.«

»Bitte füllen Sie den Fragebogen aus«, bat Mma Makutsi. »Danach würde ich gern kurz mit Ihnen reden, bevor ich Sie wieder Ihren Studien überlasse.«

Bei der letzten Bemerkung sah sie sich im Zimmer um. Soweit sie erkennen konnte, gab es kein einziges Buch.

»Ja«, sagte Motlamedi und nahm sich den Fragebogen vor, »wir Studenten haben sehr viel zu tun.«

Während Motlamedi ihre Antworten niederschrieb, musterte Mma Makutsi heimlich ihren Kopf. Leider trug sie eine Frisur, bei der beim besten Willen ihre Kopfform nicht zu erkennen war. Selbst Lombroso, dachte Mma Makutsi, hätte Schwierigkeiten gehabt, diese Frau zu beurteilen. Aber das spielte keine große Rolle. Alles, was sie bisher bemerkt hatte, von der Unhöflichkeit an der Tür bis zu ihrem geringschätzigen Blick (im gleichen Moment, als Mma Makutsi sich als Journalistin vorgestellt hatte, wie weggewischt), sagte ihr, dass sie für den Titel der *Miss Beauty and Integrity* keine gute Wahl wäre. Diebstahl würde man ihr wohl nicht vorwerfen können, aber es gab auch andere Möglichkeiten, dem Wettbewerb und Mr. Pulani Schande zu machen. Am wahrscheinlichsten war die Verwicklung in einen Skandal mit einem verheirateten Mann. Mädchen dieser Sorte hatten keinen Respekt vor dem Ehestand und suchten sich einen Mann aus, der in der Lage war, ihre Karriere zu fördern, egal ob er bereits eine Frau hatte oder nicht. Was für ein Vorbild wäre sie für die Jugend von Botswana? Schon der Gedanke daran machte Mma Makutsi wütend, und sie merkte, dass sie unwillkürlich und missbilligend den Kopf schüttelte.

Motlamedi blickte von ihrem Formular hoch.

»Weshalb schütteln Sie den Kopf, Mma?«, fragte sie. »Schreibe ich was Falsches?«

»Nein, das tun Sie nicht«, erwiderte sie eilig. »Sie müssen die Wahrheit schreiben. Nur daran bin ich interessiert.«

Motlamedi lächelte. »Ich sage immer die Wahrheit«, erklärte sie. »Seit meiner Kindheit sage ich die Wahrheit. Ich kann Leute, die lügen, nicht ausstehen.«

»Wirklich?«

Sie war fertig und reichte Mma Makutsi das Formular. »Ich hoffe, ich habe nicht zu viel geschrieben«, sagte sie.

»Ich weiß, dass ihr Journalisten vielbeschäftigte Leute seid.«

Mma Makutsi nahm das Formular entgegen und ließ ihren Blick über die Antworten gleiten.

Frage 1: Afrika hat eine lange Geschichte, obwohl das viele Leute nicht interessiert. Afrika kann die Welt lehren, wie man für andere Menschen sorgt. Es gibt auch noch andere Dinge, die Afrika der Welt beibringen kann.

Frage 2: Es ist mein größter Wunsch, zum Nutzen anderer Leute zu arbeiten. Ich freue mich auf den Tag, wenn ich mehr Leuten helfen kann. Dies ist ein Grund, weshalb ich es verdiene, diesen Wettbewerb zu gewinnen: Ich bin ein Mädchen, das gerne Leuten hilft. Ich gehöre nicht zu den selbstsüchtigen Mädchen.

Frage 3: Es ist besser, ein moralisch einwandfreier Mensch zu sein. Ein ehrliches Mädchen ist reich im Herzen. Das ist die Wahrheit. Mädchen, die sich um ihr Aussehen Sorgen machen, sind nicht so glücklich wie Mädchen, die zuerst an andere Menschen denken. Ich gehöre zu der letzteren Sorte. Deshalb weiß ich darüber Bescheid.

Motlamedi beobachtete Mma Makutsi beim Lesen.

»Nun, Mma?«, sagte sie. »Möchten Sie mir jetzt ein paar Fragen über das, was ich geschrieben habe, stellen?«

Mma Makutsi faltete den Bogen und steckte ihn in ihre Aktentasche.

»Nein, danke, Mma«, sagte sie. »Sie haben mir alles gesagt, was ich wissen muss. Ich brauche Ihnen keine weiteren Fragen zu stellen.«

Motlamedi sah nervös aus.

»Wie wär's mit einem Foto?«, fragte sie. »Wenn die Zeitung einen Fotografen schicken möchte, könnte ich mich aufnehmen lassen. Ich bin den ganzen Nachmittag hier.«

Mma Makutsi ging zur Tür.

»Vielleicht«, sagte sie. »Ich weiß es aber nicht. Sie haben mir nützliche Antworten gegeben, und ich werde sie gern in der Zeitung veröffentlichen. Ich denke, ich kenne Sie nun ganz gut.«

Motlamedi meinte, es sich jetzt leisten zu können, gnädig zu sein.

»Ich freue mich, Sie kennen gelernt zu haben«, sagte sie. »Ich freue mich auf unsere nächste Begegnung. Vielleicht sind Sie beim Wettbewerb ...«

»Vielleicht«, meinte Mma Makutsi und ging.

Als Mma Makutsi wieder auftauchte, unterhielt sich der Lehrling gerade mit ein paar jungen Frauen. Er erklärte etwas am Wagen, und sie lauschten aufmerksam. Mma Makutsi hörte nicht das ganze Gespräch, schnappte aber den Schluss auf: »... mindestens achtzig Meilen pro Stunde. Und der Motor ist sehr leise. Wenn ein Junge mit einem Mädchen hinten sitzt und es küssen will, muss er ganz leise sein, weil man sonst vorne alles hört.«

Die Studentinnen kicherten.

»Hören Sie nicht auf ihn, meine Damen«, sagte Mma Makutsi. »Der junge Mann darf nicht mit Mädchen flirten. Er hat schon eine Frau und drei Kinder, und seine Frau wird sehr böse, wenn sie erfährt, dass sich Mädchen mit ihm unterhalten. Sehr böse!«

Die Studentinnen zogen sich zurück. Eine sah den Lehrling vorwurfsvoll an.

»Aber das stimmt doch gar nicht«, protestierte der junge Mann. »Ich bin nicht verheiratet.«

»Das sagt ihr Männer alle«, schimpfte eine Studentin, die wütend geworden war. »Ihr kommt hierher und quatscht mit uns und dabei denkt ihr die ganze Zeit an eure Frauen. Was ist das für ein Benehmen?«

»Ein sehr schlechtes«, warf Mma Makutsi ein, als sie die Tür neben dem Beifahrersitz öffnete. »Außerdem ist es Zeit, dass wir uns auf den Weg machen. Der junge Mann muss mich noch woandershin fahren.«

»Sehen Sie sich vor, Mma«, sagte eine der Studentinnen. »Wir wissen über solche Männer Bescheid.«

Der Lehrling ließ den Wagen mit zusammengepressten Lippen an und fuhr los.

»Das hätten Sie nicht sagen sollen, Mma. Sie haben mich zum Narren gemacht.«

Mma Makutsi schnaubte. »Du hast dich selbst zum Narren gemacht. Wieso läufst du immer hinter den Mädchen her? Wieso versuchst du immer, sie zu beeindrucken?«

»Weil's mir Spaß macht«, verteidigte sich der Lehrling. »Ich rede gern mit Mädchen. Es gibt so viele schöne Mädchen im Land, und niemand redet mit ihnen. Ich tu dem Land nur einen Gefallen.«

Mma Makutsi sah ihn spöttisch an. Obwohl die jungen Männer hart für sie gearbeitet und auf ihre Vorschläge gehört hatten, schienen sie an chronischer Charakterschwäche zu leiden. Ständig waren sie hinter den Frauen her. Ließ sich denn gar nichts dagegen tun? Sie bezweifelte es, aber mit der Zeit würde sich das geben, dachte sie, und sie würden seriöser werden. Oder vielleicht auch nicht. Die Menschen veränderten sich nicht allzu sehr. Mma Ramotswe hatte das einmal zu ihr gesagt, und sie hatte es sich gemerkt. Die Leute ändern sich nicht, was aber nicht bedeutet, dass sie genau gleich bleiben. Man kann das Gute in ihrem Charakter entdecken und es dann fördern. Dann hat man das Gefühl, sie hätten sich geändert, was jedoch nicht stimmt. Aber danach sind sie anders – besser. Das hatte Mma Ramotswe gesagt – oder so was Ähnliches. Und wenn es einen Menschen in Botswana gab, *einen* Menschen, auf den man sehr genau hören sollte, dann war das Mma Ramotswe.

Kapitel 16

Mma Ramotswe lag auf dem Bett und starrte die weißen Deckenbalken an. Ihrem Magen ging es besser und ihr war nicht mehr so schwindlig. Aber als sie die Augen schloss und kurz danach wieder öffnete, war alles von einem weißen Ring umgeben, einem Lichtstrahl, der herumtanzte und dann verblasste. Unter anderen Umständen wäre es vielleicht eine angenehme Erfahrung gewesen, aber so – auf Gnade und Barmherzigkeit einer Giftmischerin ausgeliefert – war es beängstigend. Was für eine Substanz hätte so eine Wirkung? Wie Mma Ramotswe wusste, konnten Gifte das Augenlicht angreifen. Als Kinder hatten sie alles über Pflanzen gelernt, die man im Busch pflücken konnte, über Sträucher, die den Schlaf förderten, über Baumrinde, die eine ungewollte Schwangerschaft beenden konnte, über Wurzeln, die bei Juckreiz halfen. Aber es gab auch andere Pflanzen – solche, aus denen Medizinmänner *muti* machten, harmlos aussehende Pflanzen, die bei bloßer Berührung töten konnten. Jedenfalls hatte man ihnen das erzählt. So eine war ihr wahrscheinlich von der Frau ihres Gastgebers heimlich auf den Teller gelegt oder – noch wahrscheinlicher – rücksichtslos unter das ganze Gericht gemischt worden, das die Giftmischerin selbst vermied. Wenn eine Frau so böse war, dass sie ihren Ehemann vergiften konnte, hätte sie keine Hemmungen, auch andere mit in den Tod zu schicken.

Mma Ramotswe blickte auf ihre Armbanduhr. Kurz nach sieben, und hinter den Fenstern war es dunkel. Sie hatte den Sonnenuntergang verschlafen, und jetzt war es

Zeit für das Abendbrot – nicht, dass ihr nach Essen zumute gewesen wäre. Sie würden sich jedoch fragen, wo sie blieb. Deshalb sollte sie ihnen sagen, dass sie sich unwohl fühlte und nicht mitessen könnte.

Mma Ramotswe setzte sich auf und blinzelte. Das weiße Licht war noch da, wurde aber immer schwächer. Sie schwenkte die Füße über die Bettkante und suchte mit den Zehen nach ihren Schuhen. Dabei hoffte sie, dass kein Skorpion hineingekrochen war, während sie schlief. Seit sie als Kind eines Morgens einen Fuß in ihren Schuh gesteckt hatte und von einem großen braunen Skorpion gestochen worden war, der nachts Schutz darin gesucht hatte, schaute sie vor dem Anziehen immer erst in die Schuhe. Der ganze Fuß war geschwollen gewesen. Es war sogar so schlimm geworden, dass man sie ins holländisch-reformierte Krankenhaus am Fuße des Hügels getragen hatte. Eine Krankenschwester hatte ihren Fuß verbunden und ihr etwas gegen die Schmerzen gegeben. Dann hatte sie ihr empfohlen, immer zuerst in die Schuhe zu gucken, und diese Warnung hatte sie nie vergessen.

»Wir leben hier oben«, hatte die Krankenschwester gesagt und die Hand in Brusthöhe gehalten. »Sie leben dort unten. Denk immer dran!«

Später hatte sie begriffen, dass die Warnung auch für andere zutraf. Sie galt nicht nur für Skorpione und Schlangen, sondern ebenso für den Umgang mit Menschen. Es gab eine Welt, die sich unterhalb der von gewöhnlichen, friedlichen Menschen bewohnten befand, eine Welt der Selbstsucht und des Misstrauens, in der sich intrigante und hinterhältige Leute bewegten. Man musste immer in die Schuhe schauen.

Als ihre Zehen die Schuhe erreicht hatten, zog sie sie zurück. Sie langte nach dem rechten Schuh und drehte ihn um. Da war nichts. Sie nahm den linken in die Hände und tat das Gleiche. Heraus fiel eine winzige glänzende Kreatur, die sekundenlang scheinbar trotzig auf dem Fußboden herumtanzte und dann im Dunkel einer Ecke verschwand.

Mma Ramotswe ging den Korridor entlang. Als sie das Ende erreichte, wo der Korridor in ein Wohnzimmer führte, trat die Haushälterin aus einer Tür und grüßte sie.

»Ich wollte Sie gerade suchen, Mma«, sagte sie. »Das Essen ist gleich fertig.«

»Danke, Mma. Ich habe geschlafen. Es ging mir nicht gut, aber inzwischen ist es besser. Ich glaube nicht, dass ich heute Abend noch etwas essen kann, aber ich hätte gern einen Tee. Ich habe großen Durst.«

Die Haushälterin schlug die Hände vor den Mund. »Aiee! Das ist schlimm, Mma! Es ging allen nicht gut. Der alten Dame war furchtbar übel. Der Mann und seine Frau haben geschrien und sich die Bäuche gehalten. Sogar dem Jungen war schlecht, wenn auch nicht ganz so schlimm. Das Fleisch muss verdorben gewesen sein.«

Mma Ramotswe starrte die Haushälterin an. »Allen war übel?«

»Ja, allen. Der Mann brüllte, er würde den Metzger, der das Fleisch verkauft hat, zur Rechenschaft ziehen. Er war sehr aufgebracht.«

»Und seine Frau? Was hat die gemacht?«

Die Haushälterin blickte zu Boden. Es handelte sich um intime Dinge über den menschlichen Magen, und es war ihr peinlich, so offen darüber zu reden.

»Sie konnte nichts bei sich behalten. Sie versuchte, Wasser zu trinken – ich habe es ihr gebracht –, aber es kam sofort wieder hoch. Ihr Magen ist inzwischen leer, und ich glaube, es geht ihr jetzt besser. Ich hab mich den ganzen Nachmittag lang als Krankenschwester betätigt. Mal hier, mal dort. Auch in Ihr Zimmer hab ich mal geschaut, um zu sehen, ob bei Ihnen alles in Ordnung ist. Sie haben aber friedlich geschlafen. Ich wusste nicht, dass auch Ihnen so schlecht gewesen ist.«

Mma Ramotswe schwieg. Die Auskünfte dieser Frau veränderten die Situation völlig. Die Hauptverdächtige, die Ehefrau, war genauso vergiftet worden wie die anderen. Entweder war beim Verteilen des Giftes ein Missgeschick passiert, oder die junge Frau hatte nichts mit der Sache zu tun. Von beiden Möglichkeiten hielt Mma Ramotswe die zweite für wahrscheinlicher. Als es ihr schlecht ging, hatte sie sich eingebildet, mit Absicht vergiftet worden zu sein. Und jetzt? Bei nüchterner Betrachtung – und ohne die Wogen von Übelkeit, die über sie hereingebrochen waren – erschien ihr die Annahme lächerlich, dass eine Giftmischerin so schnell und offensichtlich gleich nach der Ankunft eines Gastes zuschlug. Das hätte Verdacht erregt und wäre gar nicht raffiniert gewesen. Und Giftmörder, hatte sie gelesen, waren normalerweise äußerst raffinierte Personen.

Die Haushälterin sah Mma Ramotswe erwartungsvoll an, als ob sie darauf vertraute, dass sie als Gast jetzt den Haushalt übernähme.

»Braucht niemand einen Arzt?«, fragte Mma Ramotswe.

»Nein, inzwischen geht's allen besser, glaube ich. Aber ich weiß nicht, was ich tun soll. Sie schreien mich dauernd an, und ich kann nichts machen, wenn sie alle herumschreien.«

»Ja«, sagte Mma Ramotswe, »das ist nicht leicht für Sie.«

Sie musterte die Haushälterin. Sie schreien mich dauernd an. Hier war noch jemand mit einem Motiv, überlegte sie, aber der Gedanke war absurd. Sie war eine ehrliche Frau. Ihr Gesicht war offen, und sie lächelte beim Sprechen. Geheimnisse hinterließen Schatten auf einem Gesicht. Auf diesem Gesicht waren keine.

»Nun«, sagte Mma Ramotswe, »Sie könnten mir vielleicht einen Tee machen. Danach, denke ich, sollten Sie auf Ihr Zimmer gehen. Die Leute werden sich erholen. Vielleicht schreien sie morgen früh etwas weniger.«

Die Haushälterin lächelte dankbar. »Gut, Mma. Ich werde Ihnen den Tee auf Ihr Zimmer bringen. Dann können Sie weiterschlafen.«

Sie schlief, wenn auch unruhig. Ab und zu wachte sie auf und hörte Stimmen im Haus oder Bewegungen, eine zuschlagende Tür, ein Fenster, das geöffnet wurde, die knarrenden, knirschenden Laute eines alten Hauses in der Nacht. Kurz vor Tagesanbruch, als ihr klar wurde, dass an Schlaf nicht mehr zu denken war, stand sie auf, schlüpfte in ihren Morgenrock und ging aus dem Haus. Ein Hund an der Hintertür erhob sich schlaftrunken und beschnupperte misstrauisch ihre Füße. Ein großer Vogel, der auf dem Dach hockte, raffte sich mühsam auf und flog davon.

Mma Ramotswe sah sich um. Die Sonne würde frühestens in einer halben Stunde aufgehen, aber es war schon hell genug, um etwas zu erkennen, und mit jedem Augenblick wurde es heller. Die Bäume waren noch schemenhafte, dunkle Formen, aber die Zweige and Blätter würden bald wie ein Gemälde, das enthüllt wurde, zum Vorschein kommen. Es war die Tageszeit, die sie am meisten liebte, und hier an diesem einsamen Ort, weg von den Straßen und Leuten und dem Lärm, schien sich die Schönheit ihres Landes zu konzentrieren. Bald würde die Sonne aufgehen und die Welt gröber erscheinen lassen. Im Augenblick jedoch wirkten Busch, Himmel und selbst die Erde bescheiden und schlicht.

Mma Ramotswe holte tief Luft. Der Geruch des Busches, der Geruch nach Staub und Gras rührte wie immer an ihr Herz. Jetzt kam auch noch eine Spur von Holzrauch hinzu, dieser wunderbare, beißende Geruch, der durch die windstille Morgenluft schwebt, wenn die Menschen ihr Frühstück zubereiten und sich die Hände an den Flammen wärmen. Sie drehte sich um. In der Nähe war ein Feuer, das morgendliche Feuer zum Erhitzen des Heißwasserkessels oder vielleicht das Feuer eines Wächters, der die Nachtstunden neben verglühenden Holzscheiten zugebracht hatte.

Sie ging auf einem schmalen Pfad ums Haus, der mit geweißten Steinen markiert war – eine von den Kolonialherren übernommene Gewohnheit, die ihre Lager und Quartiere mit weiß gestrichenen Steinen umrandeten. Sie hatten dies in ganz Afrika getan, sogar den unteren Stammteil der Bäume, die sie in langen Alleen gepflanzt hatten, geweißt. Warum? Wegen Afrika.

Sie ging um die Ecke und sah einen Mann vor einem alten, von Ziegelsteinen eingefassten Kessel hocken. Solche Kessel waren in älteren Häusern, die keinen Strom hatten, üblich. Und natürlich waren sie hier draußen, wo es nur die von einem Generator erzeugte Elektrizität gab, notwendig. Es war viel billiger, das Haushaltswasser in solch einem Kessel zu erhitzen, als die per Dieselgenerator erzeugte Energie zu verwenden. Und hier war also so ein Kessel und das Holzfeuer wurde geschürt, um Wasser für das morgendliche Bad zu erwärmen.

Der Mann sah sie näher kommen und erhob sich. Dabei wischte er über seine Khakihose. Mma Ramotswe grüßte ihn auf traditionelle Art, und er antwortete höflich. Es war ein großer Mann von Anfang vierzig, gut gebaut und mit scharfgeschnittenen Gesichtszügen.

»Ein kräftiges Feuer haben Sie, Rra«, bemerkte sie und deutete auf die rotglühende Vorderseite des Kessels.

»Die Bäume hier eignen sich gut zum Verbrennen«, sagte er bescheiden. »Es gibt viele davon. Wir haben immer genug Feuerholz.«

Mma Ramotswe nickte. »Das ist also Ihr Job?«

Er runzelte die Stirn. »Unter anderem.«

»Oh?« Der Ton seiner Stimme weckte ihr Interesse. Dieses »andere« war offenbar unwillkommen. »Was noch, Rra?«

»Ich bin der Koch«, sagte er. »Ich bin für die Küche verantwortlich. Ich bereite das Essen zu.«

Er sah sie herausfordernd an, als ob er eine Reaktion erwartete.

»Das ist gut«, sagte Mma Ramotswe. »Es ist gut, wenn man kochen kann. In Gaborone gibt's ein paar ausgezeichnete Köche. Man nennt sie Küchenchefs. Sie tragen komische weiße Mützen.«

Der Mann nickte. »Ich hab früher mal in einem Hotel in Gaborone gearbeitet«, sagte er. »Als Koch. Ich war nicht der Chef, aber einer von den Hilfsköchen. Das war vor ein paar Jahren.«

»Weshalb sind Sie dann hierher gekommen?«, fragte Mma Ramotswe. Das kam ihr sonderbar vor. Solche Köche verdienten in Gaborone vermutlich mehr Geld als auf einer Farm.

Der Koch streckte ein Bein aus und schob mit dem Fuß ein Stück Holz ins Feuer zurück.

»Es hat mir nie Spaß gemacht«, sagte er. »Ich war damals schon nicht gerne Koch und bin es heute auch nicht.«

»Warum machen Sie es dann, Rra?«

Er seufzte. »Das ist eine schwierige Geschichte, Mma. Sie zu erzählen, würde lange dauern, und ich muss wieder an die Arbeit, wenn die Sonne aufgeht. Aber ein bisschen kann ich Ihnen schon erzählen, wenn Sie möchten. Setzen Sie sich hin, Mma, dort auf den Holzstamm. Ja, so ist's gut. Ich werde Ihnen was erzählen, weil Sie danach gefragt haben.

Ich komme von dort, wo der Hügel ist, dort drüben, aber noch weiter dahinter, zehn Meilen weiter. Dort ist ein Dorf, das niemand kennt, weil es nicht wichtig ist und nie etwas passiert. Niemand achtet darauf, weil die Leute dort still sind. Sie schreien nicht und machen nie Ärger. Also passiert auch nichts.

Im Dorf war eine Schule mit einem sehr klugen Lehrer. Zwei andere Lehrer halfen ihm, aber er war der Hauptlehrer, und alle hörten nur auf ihn und nicht auf die anderen. Eines Tages sagte er zu mir: ›Simon, du bist ein gescheiter Junge. Du kannst dich an die Namen sämtlicher Rinder und an ihre Mütter und Väter erinnern. Das kannst du besser als alle anderen. Ein Junge wie du kann nach Gaborone gehen und dort Arbeit bekommen.‹

Ich fand es nicht merkwürdig, dass ich mich an Rinder erinnerte, weil ich sie mehr als alles liebte. Irgendwann wollte ich mit Rindern arbeiten, aber da, wo wir lebten, gab es so eine Arbeit nicht. Also musste ich mir etwas anderes ausdenken. Ich glaubte nicht, dass ich gut genug war, um nach Gaborone zu gehen, aber als ich sechzehn war, schenkte mir der Lehrer etwas von dem Geld, das die Regierung ihm gegeben hatte, und ich kaufte mir damit ein Busticket nach Gaborone. Mein Vater hatte kein Geld, aber er schenkte mir eine Armbanduhr, die er einmal am Rand der Teerstraße gefunden hatte. Es war sein liebster Besitz, aber er gab sie mir und sagte, ich solle sie in Gaborone verkaufen und mir dafür etwas zu essen kaufen.

Ich wollte die Uhr nicht verkaufen, aber als mein Magen schließlich so leer geworden war, dass er wehtat, musste ich es tun. Ich bekam hundert Pula dafür, weil es eine gute Uhr war, und ich gab das Geld für Essen aus, um wieder zu Kräften zu kommen.

Ich brauchte viele Tage, um Arbeit zu finden, und ich wusste, dass mir das Geld für Essen irgendwann ausgehen würde. Endlich fand ich Arbeit in einem Hotel, wo ich Sachen tragen und für die Gäste die Türen aufmachen musste. Manchmal kamen die Gäste von weit her und waren sehr reich. Ihre Taschen waren voller Geld. Ab und zu bekam ich Trinkgeld, das ich zur Post brachte und sparte. Ich wünschte, ich hätte es noch.

Nach einer Weile wurde ich in die Küche versetzt, wo ich den Köchen half. Sie fanden heraus, dass ich gut kochen konnte und gaben mir eine Uniform. Ich kochte zehn Jahre lang dort, obwohl ich es hasste. Ich mochte die heißen Küchen und die Essensgerüche nicht, aber es war mein Job und ich musste ihn machen. Und damals, als ich in dem Hotel arbeitete, lernte ich auch den Bruder des Mannes kennen, der hier lebt. Sie wissen vielleicht, von wem ich spreche – es ist der Wichtige, der in Gaborone lebt. Er sagte, er würde mir hier oben eine Arbeit verschaffen, als stellvertretender Verwalter der Farm, worüber ich sehr glücklich war. Ich sagte ihm, dass ich mich bestens mit Rindern auskenne und dass ich mich gut um die Farm kümmern würde.

Ich zog also mit meiner Frau hierher. Sie stammt aus dieser Gegend und war sehr froh, wieder zurück zu sein. Sie gaben uns ein schönes Haus, und meine Frau ist sehr zufrieden. Sie wissen sicher, Mma, wie wichtig es ist, dass die Frau oder der Mann zufrieden ist. Sonst hat man keinen Frieden. Nie! Ich habe auch eine zufriedene Schwiegermutter. Sie zog zu uns und lebt im hinteren Teil des Hauses. Sie singt in einem fort, weil sie so glücklich ist, ihre Tochter und meine Kinder um sich zu haben.

Ich hatte mich darauf gefreut, mit dem Vieh zu arbeiten, aber sobald ich den Bruder, der hier oben lebt, kennen lernte, fragte er mich, was ich bisher getan hätte, und ich antwortete ihm, dass ich Koch gewesen sei. Er freute sich darüber und sagte, ich solle als Koch im Hause beschäftigt werden. Sie hätten immer wichtige, berühmte Leute aus Gaborone hier, und es würde sie beeindrucken, wenn ein richtiger Koch im Hause wäre. Ich sagte, ich wäre nicht daran interessiert, aber er zwang mich. Er sprach mit meiner Frau, und sie gab ihm Recht. Sie sagte, es sei eine so gute Gelegenheit, und nur ein Dummkopf würde nicht tun, was die Leute wollten. Meine Schwiegermutter fing an zu jammern. Sie sagte, sie sei eine alte Frau und würde sterben, wenn wir wieder umziehen müssten. Meine Frau fragte mich: ›Willst du meine Mutter umbringen? Willst du das?‹

Also musste ich hier den Koch spielen, und jetzt bin ich immer noch von Küchengerüchen umgeben und wäre doch viel lieber draußen beim Vieh. Deshalb bin ich unzufrieden, Mma, und meine ganze Familie ist zufrieden. Eine merkwürdige Geschichte, nicht wahr?«

Er hatte seine Geschichte beendet und sah Mma Ramotswe traurig an. Sie erwiderte seinen Blick und guckte dann weg. Ihre Gedanken rasten im Kreise. Sie dachte an all die Möglichkeiten, die sich auftaten, bis eine Hypothese entstand, geprüft wurde und eine Lösung greifbar schien.

Sie sah ihn wieder an. Er war aufgestanden und schloss die Tür des Kessels. Im Wassertank, einem alten Benzinfass, das für diesen Zweck umgebaut worden war, hörte sie das Gurgeln des sich erhitzenden Wassers. Sollte sie reden oder den Mund halten? Wenn sie redete, könnte sie etwas Falsches sagen, und er könnte heftig dagegen protestieren. Aber wenn sie schwieg, verpasste sie einen günstigen Moment. Ihr Entschluss war gefasst.

»Ich wollte Sie etwas fragen, Rra«, sagte sie.

»Ja?« Er sah kurz zu ihr auf und machte sich dann wieder am Holzstapel zu schaffen.

»Ich habe gesehen, wie Sie gestern etwas ins Essen taten. Sie haben mich nicht gesehen, aber ich Sie. Warum haben Sie das getan?«

Er erstarrte. Es sah aus, als wollte er einen großen Holzklotz packen – die Hände waren danach ausgestreckt, sein Rücken gebeugt, auf das Gewicht gefasst. Dann lockerten sich seine Hände langsam, und er richtete sich auf.

»Sie haben mich gesehen?« Seine Stimme klang angespannt, war fast unhörbar.

Mma Ramotswe schluckte. »Ja, ich habe Sie gesehen. Sie haben etwas ins Essen getan. Etwas Schlechtes.«

Er sah sie an, und sie bemerkte, dass sich sein Blick getrübt hatte. Seine Miene, die vorher lebendig schien, war ausdruckslos geworden.

»Sie versuchen doch nicht etwa, die Leute umzubringen?«

Er machte den Mund auf, um zu antworten, aber es kam kein Laut heraus.

Mma Ramotswe fühlte sich bestärkt. Sie hatte die richtige Entscheidung getroffen und musste jetzt zu Ende bringen, was sie begonnen hatte.

»Sie wollten nur, dass man Sie nicht länger als Koch beschäftigt, nicht wahr? Sie dachten, wenn das Essen nicht mehr schmeckt, würden die Leute Sie nicht länger als Koch haben wollen und Sie könnten die Arbeit machen, nach der Sie sich sehnen. So ist es doch, oder?«

Er nickte.

»Das war sehr dumm von Ihnen, Rra«, sagte Mma Ramotswe. »Sie hätten jemandem schaden können.«

»Nicht mit dem, was ich verwendet habe«, sagte er. »Es war völlig sicher.«

Mma Ramotswe schüttelte den Kopf. »So was ist nie sicher.«

Der Koch blickte auf seine Hände.

»Ich bin kein Mörder«, sagte er.

Mma Ramotswe schnaubte. »Sie haben großes Glück, dass ich dahinter gekommen bin«, sagte sie. »Ich habe Sie natürlich gar nicht gesehen, aber Ihre Geschichte hat Sie verraten.«

»Und jetzt?«, fragte der Koch. »Sie werden es den Leuten sagen, und die werden die Polizei rufen. Bitte, Mma, bedenken Sie, dass ich eine Familie habe. Wenn ich hier nicht mehr arbeiten kann, werde ich kaum einen neuen Job finden. Ich werde älter. Ich kann nicht …«

Mma Ramotswe hob eine Hand, um ihn zu unterbrechen. »So eine bin ich nicht«, sagte sie. »Ich werde den Leuten sagen, dass die Zutaten, die Sie benutzt haben, schlecht waren, Sie es aber nicht wissen konnten. Ich werde dem Bruder sagen, er soll Ihnen eine andere Arbeit geben.«

»Das macht er nicht«, sagte der Koch. »Ich habe ihn schon darum gebeten.«

»Aber ich bin eine Frau«, sagte Mma Ramotswe. »Ich weiß, wie man Männer dazu bringt, bestimmte Dinge zu tun.«

Der Koch lächelte. »Sie sind sehr freundlich, Mma.«
»Zu freundlich«, sagte Mma Ramotswe und wandte sich ab, um wieder ins Haus zu gehen. Die Sonne zog herauf, und die Bäume und Hügel und sogar die Erde leuchteten golden. Es war ein wunderschöner Ort, und sie wäre gern geblieben. Aber jetzt gab es nichts mehr für sie zu tun. Sie wusste, was sie dem Regierungsmenschen zu sagen hatte, und fuhr besser gleich nach Gaborone zurück, um das auch zu tun.

Kapitel 17

Es war nicht schwierig gewesen herauszufinden, dass Motlamedi für das wichtige Amt der *Miss Beauty and Integrity* nicht geeignet war. Aber auf der Liste standen noch drei weitere Namen, und jede junge Frau musste befragt werden, um zu einem endgültigen Urteil zu kommen. Und sie waren vielleicht nicht alle gleich leicht zu durchschauen. Es war selten, dass sich Mma Makutsi schon bei der ersten Begegnung sicher war, was sie von einer Person zu halten hatte, aber bei Motlamedi hatte sie nicht die geringsten Zweifel, dass sie ein *schlechtes Mädchen* war. Diese Beschreibung meinte etwas ganz Bestimmtes. Es hatte nichts mit *schlechten Frauen* oder *schlechten Damen* zu tun. Das war etwas ganz anderes. Schlechte Frauen waren Prostituierte. Schlechte Damen waren intrigante ältere Frauen, die meist mit älteren Männern verheiratet waren und sich aus eigennützigen Gründen in die Angelegenheiten anderer einmischten. Der Ausdruck *schlechtes Mädchen* bezog sich dagegen auf eine Person, die meist jünger (auf jeden Fall unter dreißig) war und deren Hauptinteresse darin lag, sich prächtig zu amüsieren. Darum ging's und um nichts anderes – sie wollten sich immer nur amüsieren. Es gab auch noch eine Unterkategorie schlechter Mädchen, die *Partygirls*. Das waren Mädchen, die man mit schrill gekleideten Männern vor allem in Bars antraf, wo sie eine Menge Spaß zu haben schienen. Die schrill gekleideten Männer sahen sich selbst natürlich als *coole Typen*, was ihnen, wie sie glaubten, das Recht für alle möglichen egoistischen Verhaltensweisen gab. Aber nicht in Mma Makutsis Augen.

Am anderen Ende des Spektrums gab es die *guten Mädchen*. Das waren junge Frauen, die fleißig waren und von ihren Familien geschätzt wurden. Sie waren es, die ihre Eltern besuchten, sich um die kleineren Kinder kümmerten, stundenlang unter einem Baum saßen und den Kindern beim Spielen zusahen, und die zu gegebener Zeit zu Krankenschwestern ausgebildet wurden oder, wie in Mma Makutsis Fall, in der Handelsschule von Botswana einen allgemeinen Sekretärinnenkurs absolvierten. Leider hatten diese guten Mädchen, die die halbe Welt auf ihren Schultern trugen, nicht viel Spaß.

Es stand völlig außer Zweifel, dass Motlamedi kein gutes Mädchen war, aber war es überhaupt möglich, fragte sich Mma Makutsi verdrießlich, herauszufinden, ob es eine Bessere gab? Das Schwierige an der Sache war, dass sich gute Mädchen vermutlich kaum an Schönheitswettbewerben beteiligten. Im Allgemeinen dachten gute Mädchen nicht an so was. Und wenn sich ihr Pessimismus als gerechtfertigt erwies? Was sollte sie Mr. Pulani sagen, wenn er ihren Bericht abholte? Es wäre sinnlos zu sagen, dass die eine so schlecht wie die andere sei und dass keine den Titel verdiene. Völlig sinnlos. Und sie vermutete, dass sie für eine derartige Auskunft auch nichts berechnen könnte.

Sie saß mit dem Lehrling im Auto und guckte verzweifelt auf ihre Namensliste.

»Und wohin jetzt?«, fragte er. Es klang missgelaunt, aber nur ein bisschen. Schließlich wusste er, dass sie immer noch amtierende Werkstattleiterin war, und sowohl er als auch sein Kumpel hatten einen Heidenrespekt vor dieser bemerkenswerten Frau, die in die Werkstatt gekommen war und ihre Arbeitsmethoden auf den Kopf gestellt hatte.

Mma Makutsi seufzte. »Ich muss mir noch drei Mädchen anschauen«, sagte sie, »und ich kann mich nicht entscheiden, welches als Nächstes.«

Der Lehrling lachte. »Ich weiß eine Menge über Mädchen«, sagte er. »Ich könnte es Ihnen sagen.«

Mma Makutsi schickte einen verächtlichen Blick in seine Richtung. »Du und deine Mädchen!«, schimpfte sie. »An was andres könnt ihr nicht denken, wie? Du und dein fauler Freund. Mädchen, Mädchen, Mädchen ...«

Sie unterbrach sich. Ja, er war Fachmann auf diesem Gebiet – das war bekannt –, und Gaborone war kein großer Ort. Die Chance bestand, dass er tatsächlich etwas über die Mädchen wusste. Wenn es schlechte Mädchen waren, was sich ja annehmen ließ, oder wenn es, besser gesagt, *Partygirls* waren, wäre er ihnen auf seinen Kneipentouren vermutlich begegnet. Sie bedeutete ihm, an den Straßenrand zu fahren.

»Stopp! Halt an! Ich möchte dir die Liste zeigen!«

Der Lehrling parkte und nahm Mma Makutsi die Liste aus der Hand. Beim Lesen grinste er breit.

»Das ist ja eine tolle Liste!«, sagte er begeistert. »Das sind die besten Mädchen in der Stadt. Zumindest drei davon sind die Besten. Große, gut gebaute Mädchen – Sie wissen, was ich meine –, große, tolle Mädchen. Das sind Mädchen, wie wir Jungs sie schätzen. Wir sind ganz wild nach ihnen!«

Mma Makutsis Herz machte einen Hüpfer. Ihre Eingebung war richtig gewesen. Er wusste die Antwort auf ihre Frage, und die brauchte sie jetzt nur noch aus ihm herauszulocken.

»Welche von denen kennst du?«, fragte sie.

Der Lehrling lachte. »Die hier«, sagte er. »Die Makita. Ich kenne sie. Mit der macht es Spaß, und sie lacht viel, besonders wenn man sie kitzelt. Und dann die hier, Gladys. Au Backe! Die ist auf Zack! Und die hier kenne ich auch, Motlamedi, oder vielmehr mein Bruder kennt sie. Er sagt, sie ist eine ganz Schlaue, die an der Universität studiert, aber nicht viel Zeit auf Bücher verschwendet. Viel Hirn und ein toller Hintern. Sie ist mehr daran interessiert, sich aufzudonnern.«

Mma Makutsi nickte. »Ich habe gerade mit ihr gesprochen«, sagte sie. »Dein Bruder hat Recht. Und die vierte, Patricia? Die in Tlokweng wohnt? Kennst du sie auch?«

Der Lehrling schüttelte den Kopf. »Die ist mir nicht bekannt«, sagte er und setzte schnell hinzu: »Aber bestimmt ist sie auch ganz süß. Wer weiß?«

Mma Makutsi nahm ihm den Zettel aus der Hand und steckte ihn in die Tasche ihres Kleides. »Wir fahren nach Tlokweng«, sagte sie. »Ich muss diese Patricia kennen lernen.«

So fuhren sie schweigend nach Tlokweng. Der Lehrling sah gedankenverloren aus – wahrscheinlich träumte er von den Mädchen. Mma Makutsi dachte über den Burschen nach. Es war ausgesprochen unfair, aber typisch für die Ungerechtigkeit in den Beziehungen zwischen den Geschlechtern, dass es einen Ausdruck wie *Partygirl* nicht für Jungen wie diesen albernen Lehrling gab. Sie waren genauso schlecht – wenn nicht schlechter – wie die *Partygirls*, aber niemand schien es ihnen vorzuwerfen. Niemand redete zum Beispiel von *Kneipenboys* und niemand würde ein männliches Wesen über zwölf als *schlechten Jungen* bezeichnen. Von Frauen erwartete man wie üblich, dass sie sich besser als Männer benahmen, und sie zogen unweigerlich Kritik auf sich, wenn sie etwas taten, was Männern anstandslos gestattet war. Das war nicht fair. Es war nie fair gewesen, und es würde wahrscheinlich auch in Zukunft nie fair sein. Männer würden sich immer irgendwie rauswinden, auch wenn man ihnen ein Gesetz vor die Nase hielt. Männliche Richter würden finden, dass das Gesetz etwas ganz anderes meinte, als niedergeschrieben stand und es zugunsten der Männer auslegen. Aus: *Alle Menschen, Männer und Frauen, haben das Recht auf gleiche Behandlung am Arbeitsplatz* würde: *Frauen können Jobs bekommen, aber sie dürfen (zu ihrem eigenen Schutz) bestimmte Tätigkeiten nicht ausüben, weil Männer diese Arbeiten sowieso besser machen* werden.

Weshalb verhielten sich Männer so? Es war Mma Makutsi immer ein Rätsel gewesen, obwohl sie in letzter Zeit einer Erklärung näher kam. Sie dachte, dass es vielleicht damit zu tun hatte, wie Mütter ihre Söhne behandelten. Wenn die Mütter den Jungen erlaubten, sich für etwas Besonderes zu halten – und soweit ihr bekannt war, taten es alle –, dann förderte dies Einstellungen, die sie ihr Leben lang haben würden. Wenn kleine Jungen denken durften, Frauen seien da, um sich um sie zu kümmern, würden sie das auch für richtig halten, wenn sie erwachsen waren. Mma Makutsi hatte schon so viele Beispiele gesehen, dass sie sich nicht vorstellen konnte, irgendwer könnte diese Theorie in Frage stellen. Dieser Lehrling hier war dafür typisch. Sie hatte einmal gesehen, wie seine Mutter mit einer ganzen Wassermelone für ihren Sohn in die Werkstatt kam, sie zerteilte und ihn wie ein kleines Kind damit fütterte. Keine Mutter sollte so etwas tun. Sie sollte ihren Sohn ermuntern, sich seine eigenen Wassermelonen zu kaufen und selbst zu zerschneiden. Genau diese Behandlung war es, die ihn im Umgang mit Frauen so unreif machte. Sie waren Spielzeug für ihn. Wassermelonenzerteilerinnen. Ewige Ersatzmütter.

Sie fuhren an der Parzelle 2456 vor, am Tor eines ordentlichen, schlammbraunen Häuschens mit Hühnerstall und – was ungewöhnlich war – zwei traditionellen Getreidebehältern auf der Rückseite. Dort wurde wahrscheinlich das Hühnerfutter aufbewahrt, das Sorghum, das jeden Morgen im sauber gefegten Hof verstreut und von den hungrigen Vögeln aufgepickt würde. Hier musste eine ältere Frau wohnen, dachte Mma Makutsi, denn nur eine Ältere würde sich die Mühe machen, den Hof auf diese herkömmliche, gewissenhafte Art in Schuss zu halten. Vielleicht Patricias Großmutter – eine dieser erstaunlichen afrikanischen Frauen, die sich bis in ihre Achtziger und länger abrackerten und das Herz der Familie waren.

Der Lehrling parkte den Wagen, während Mma Makutsi den Pfad, der zum Haus führte, entlang ging. Sie hatte gerufen, wie es sich gehörte, aber sie dachte, man hätte sie nicht gehört. Jetzt erschien eine Frau an der Tür, wischte sich die Hände an einem Tuch ab und begrüßte sie herzlich.

Mma Makutsi erklärte, weshalb sie gekommen war. Sie behauptete nicht, Journalistin zu sein, wie sie es bei Motlamedi getan hatte. In diesem traditionellen Haus wäre das falsch gewesen, vor allem gegenüber dieser Frau, die sich als Patricias Mutter vorgestellt hatte.

»Ich möchte etwas über die Teilnehmerinnen des Wettbewerbs herausfinden«, sagte sie. »Ich wurde gebeten, mit ihnen zu sprechen.«

Die Frau nickte. »Wir können am Eingang sitzen«, sagte sie. »Hier ist es schattig. Ich werde meine Tochter rufen. Dort ist ihr Zimmer.«

Sie deutete auf eine Tür an der Seite des Hauses. Die grüne Farbe, mit der sie einmal gestrichen worden war, blätterte ab, und die Scharniere sahen rostig aus. Obwohl der Hof gut gepflegt war, schien das Haus selbst reparaturbedürftig zu sein. Hier war nicht allzu viel Geld vorhanden, dachte Mma Makutsi und überlegte sich, was die Preissumme für die gewählte *Miss Beauty and Integrity* bei diesen Lebensumständen wohl bedeuten würde. Der Preis bestand aus viertausend Pula und dem Gutschein eines Bekleidungsgeschäfts. Von dem Geld würde nicht viel verschwendet werden, dachte Mma Makutsi, als sie den ausgefransten Rocksaum der Frau bemerkte.

Sie setzte sich und nahm den Becher Wasser entgegen, den ihr die Frau angeboten hatte.

»Es ist heiß heute«, sagte die Frau. »Aber wir werden bald Regen bekommen. Da bin ich ganz sicher.«

»Es wird Regen geben«, stimmte ihr Mma Makutsi bei. »Wir brauchen Regen.«

»Ja, wir brauchen ihn wirklich, Mma«, sagte die Frau. »Dieses Land braucht immer Regen.«

»Da haben Sie Recht, Mma. Regen.«

Sie schwiegen einen Augenblick und dachten über den Regen nach. Wenn es keinen Regen gab, dachte man darüber nach und wagte es kaum, an den Beginn dieses Wunders zu glauben. Und wenn es schließlich regnete, dachte man darüber nach, wie lange es wohl anhalten würde. *Gott weint. Gott weint über dieses Land. Seht, Kinder, das sind seine Tränen. Die Regentropfen sind seine Tränen.* Das hatte ihre Lehrerin in Bobonong einmal gesagt, als sie noch klein war, und sie hatte sich ihre Worte gemerkt.

»Hier ist meine Tochter.«

Mma Makutsi blickte auf. Patricia war leise erschienen und stand jetzt vor ihr. Mma Makutsi lächelte die jüngere

Frau an, die ihren Blick senkte und einen kleinen Knicks machte. *So alt bin ich ja nun auch wieder nicht!*, dachte Mma Makutsi, war aber von der Geste beeindruckt.

»Du kannst dich setzen«, sagte ihre Mutter. »Diese Dame möchte mit dir über den Schönheitswettbewerb sprechen.«

Patricia nickte. »Ich bin sehr aufgeregt deswegen, Mma. Ich weiß, dass ich nicht gewinnen werde, aber ich bin trotzdem aufgeregt.«

Sei dir da nicht so sicher, dachte Mma Makutsi, sagte aber nichts.

»Ihre Tante hat ihr für den Wettbewerb ein sehr schönes Kleid genäht«, sagte die Mutter. »Sie hat viel Geld dafür ausgegeben. Es ist aus sehr gutem Stoff. Ein sehr schönes Kleid.«

»Aber die anderen Mädchen werden schöner sein«, sagte Patricia. »Es sind sehr kluge Mädchen. Sie leben in Gaborone. Eine studiert sogar – das ist ein sehr kluges Mädchen.«

Und ein schlechtes, dachte Mma Makutsi.

»Du musst nicht denken, dass du verlierst«, warf die Mutter ein. »So geht man nicht in einen Wettbewerb. Wenn du glaubst, dass du verlierst, wirst du nie gewinnen. Was, wenn Seretse Khama gesagt hätte: Wir werden nichts erreichen. Wo wäre Botswana heute? Wo denn?«

Mma Makutsi nickte zustimmend. »Richtig«, sagte sie. »Du musst denken: Ich kann gewinnen. Dann gewinnst du vielleicht. Man kann nie wissen.«

Patricia lächelte. »Sie haben Recht. Ich werde versuchen, selbstbewusster zu sein. Ich werde mein Bestes tun.«

»Gut«, sagte Mma Makutsi. »Und jetzt sag mir, was du aus deinem Leben gerne machen würdest.«

Es wurde still. Mma Makutsi und die Mutter sahen Patricia erwartungsvoll an.

»Ich würde gern auf die Handelsschule von Botswana gehen«, antwortete Patricia.

Mma Makutsi schaute ihr ins Gesicht, beobachtete ihre Augen. Sie log nicht. Sie war ein wunderbares Mädchen, ein ehrliches Mädchen, eines der besten Mädchen in Botswana. Zweifelsfrei.

»Das ist eine hervorragende Schule«, sagte sie. »Ich war selbst dort.« Sie schwieg und beschloss dann, weiterzureden. »Bei der Prüfung habe ich sogar siebenundneunzig Prozent erzielt.«

Patricia hielt die Luft an. »Ah! Das ist eine fantastische Note, Mma. Sie müssen sehr klug sein.«

Mma Makutsi lachte. »O nein, ich habe nur schwer gearbeitet, das war alles.«

»Aber es ist sehr gut«, sagte Patricia. »Sie haben großes Glück, Mma, hübsch und auch noch klug zu sein.«

Mma Makutsi fehlten die Worte. Sie war noch nie hübsch genannt worden, erst recht nicht von einer Fremden. Ihre Tanten hatten gesagt, sie solle das Beste aus ihrem Aussehen machen, und ihre Mutter hatte sich ähnlich ausgedrückt. Aber niemand hatte sie hübsch genannt, außer dieser jungen Frau, die noch so jung und selbst sehr hübsch war.

»Sie sind sehr freundlich«, sagte sie.

»Sie ist ein freundliches Mädchen«, sagte die Mutter. »Sie ist immer ein freundliches Mädchen gewesen.«

Mma Makutsi lächelte. »Gut«, sagte sie. »Und wissen Sie was? Ich glaube, sie hat eine sehr gute Chance, diesen Wettbewerb zu gewinnen. Ich bin sogar sicher, dass sie ihn gewinnen wird. Ganz sicher.«

Kapitel 18

Mma Ramotswe kehrte noch am selben Morgen, an dem sie mit dem Koch gesprochen hatte, nach Gaborone zurück. Es hatte noch andere Gespräche mit verschiedenen Mitgliedern des Haushalts gegeben – in einem Fall sogar ein ziemlich ausgedehntes. Sie hatte mit der jungen Frau gesprochen, die ihr mit ernster Miene zugehört hatte und dann den Kopf hängen ließ. Sie hatte mit der Alten gesprochen, die sich zuerst stolz und unnachgiebig gezeigt hatte, dann aber einsah, dass Mma Ramotswe Recht hatte, und ihr beipflichtete. Anschließend hatte sie sich den Ehemann vorgenommen, der sie mit offenem Mund angestarrt hatte, dann aber klein beigab, als sich seine Mutter in das Gespräch einmischte und ihm mit scharfen Worten erklärte, was seine Pflichten wären. Am Ende fühlte sich Mma Ramotswe wie ausgelaugt. Sie war große Risiken eingegangen, aber ihr Spürsinn hatte sich wieder einmal bewiesen, und ihre Strategie war richtig gewesen. Jetzt musste sie nur noch mit einem Menschen reden, dem Mann, der in Gaborone lebte, und dieser Mann, so fürchtete sie, war nicht so leicht zu überzeugen.

Die Fahrt zurück war angenehm. Der Regen der vergangenen Tage zeigte schon seine Wirkung, und das ganze Land hatte sich mit feinem Grün überzogen. An ein oder zwei Stellen waren große Pfützen, in denen sich der Himmel als silbrigblaue Flecken spiegelte. Und der Staub hatte sich gelegt, was vielleicht das Erfrischendste von allem war, dieser allgegenwärtige, feine

Staub, der gegen Ende der Trockenzeit überallhin gelangte, alles verstopfte und die Kleidung steif und unbequem machte.

Sie fuhr direkt zum Zebra Drive, wo die Kinder sie aufgeregt begrüßten. Der Junge rannte um den winzigen weißen Lieferwagen herum und juchzte vor Freude, und das Mädchen fuhr so schnell sie konnte mit dem Rollstuhl zu ihr hin, um sie willkommen zu heißen. Und durchs Küchenfenster sah sie das Gesicht ihrer Hausangestellten Rose, die sich während ihrer kurzen Abwesenheit um die Kinder gekümmert hatte.

Rose machte Tee, während Mma Ramotswe den Kindern zuhörte, die ihr von ihren Erlebnissen in der Schule erzählten. Es hatte einen Wettbewerb gegeben, und ein Klassenkamerad hatte einen Büchergutschein im Wert von fünfzig Pula gewonnen. Einer der Lehrer hatte seinen Arm gebrochen und war mit dem Arm in der Schlinge in die Schule gekommen. Ein Mädchen in einer der unteren Klassen hatte eine ganze Tube Zahnpasta geschluckt und dann erbrochen, was man sich ja denken konnte, nicht wahr?

Aber es gab noch andere Nachrichten. Mma Makutsi hatte vom Büro aus angerufen und darum gebeten, dass sie Mma Ramotswe, sobald sie wieder zu Hause wäre, zurückriefe. Allerdings hatte sie sie erst für den folgenden Tag zurück erwartet.

»Sie klang sehr aufgeregt«, sagte Rose. »Sie sagte, sie müsse etwas Wichtiges mit Ihnen besprechen.«

Eine dampfende Tasse Buschtee vor sich, wählte Mma Ramotswe die Nummer von *Tlokweng Road Speedy Motors*, die Nummer, die für beide Büros galt. Das Telefon klingelte lange, bis sie die vertraute Stimme von Mma Makutsi hörte.

»No. 1 Tlokweng Road ...«, begann sie. »Nein, No. 1 Speedy Ladies ...«

»Ich bin's nur, Mma«, sagte Mma Ramotswe. »Und ich weiß, was Sie meinen.«

»Ich bringe die beiden immer durcheinander«, sagte Mma Makutsi lachend. »Das kommt davon, wenn man zwei Betriebe gleichzeitig zu leiten versucht.«

»Ich bin sicher, dass Sie beides sehr gut gemacht haben«, sagte Mma Ramotswe.

»Nun ja«, sagte Mma Makutsi. »Ich hatte bei Ihnen angerufen, um Ihnen zu sagen, dass ich gerade ein sehr hohes Honorar einkassieren konnte. Zweitausend Pula für einen Fall. Der Kunde war sehr zufrieden.«

»Das haben Sie gut gemacht«, sagte Mma Ramotswe. »Ich werde später ins Büro gehen und mich davon überzeugen. Aber zuerst möchte ich Sie bitten, einen Termin für mich zu vereinbaren. Rufen Sie bitte den Regierungsmenschen an und sagen Sie ihm, dass er mich heute Nachmittag um vier Uhr aufsuchen soll.«

»Und wenn er keine Zeit hat?«

»Sagen Sie ihm, dass er Zeit haben muss. Sagen Sie ihm, dass die Sache so wichtig ist, dass sie nicht warten kann.«

Sie trank ihren Tee aus und aß ein dickes Fleisch-Sandwich, das Rose ihr gemacht hatte. Mma Ramotswe hatte es sich abgewöhnt, mittags warm zu essen, außer an den Wochenenden. Eine Kleinigkeit oder ein Glas Milch genügten ihr. Sie liebte jedoch Süßes, und deshalb folgten dem Sandwich oft ein Krapfen oder ein Stück Kuchen. Sie war schließlich eine traditionell gebaute Dame und brauchte sich um Kleidergrößen keine Gedanken zu machen – nicht wie diese armen, neurotischen Leute, die ständig in den Spiegel schauten und sich zu dick fanden. Was hieß überhaupt zu dick? Wer hatte das Recht, anderen zu sagen, welche Größe sie zu haben hätten? Es war eine Diktatur der Dünnen, und so etwas ließ sie sich nicht gefallen. Wenn diese Dünnen noch aufdringlicher wurden, blieb den großzügiger gerundeten Leuten nichts anderes übrig, als sich auf sie zu setzen. Ja, das würde ihnen eine Lehre sein! Haha!

Kurz vor drei Uhr kam sie ins Büro. Die Lehrlinge waren mit einem Auto beschäftigt, begrüßten sie aber herzlich und nicht so missmutig wie früher, was sie oft geärgert hatte.

»Ihr habt anscheinend viel zu tun«, sagte sie. »Das ist ein sehr schönes Auto, das ihr da repariert.«

Der ältere Lehrling wischte sich den Mund mit dem Ärmel ab. »Ein tolles Auto. Es gehört einer Dame. Wissen Sie schon, dass alle Damen jetzt ihre Autos zu uns bringen? Wir haben so viel zu tun, dass wir bald selber Lehrlinge einstellen müssen. Das wird super! Wir werden Schreibtische bekommen und ein Büro, und jede Menge Lehrlinge rennen rum und machen, was wir ihnen sagen.«

»Du bist ein Witzbold, junger Mann«, sagte Mma Ramotswe lächelnd. »Aber pass auf, dass du nicht größenwahnsinnig wirst. Vergiss nicht, dass du selber noch Lehrling bist und die Dame mit der Brille dort drinnen jetzt deine Chefin ist.«

Der Lehrling lachte. »Sie ist eine gute Chefin. Wir mögen sie.« Er sah Mma Ramotswe einen Moment lang aufmerksam an. »Aber was ist mit Mr. J. L. B. Matekoni? Geht es ihm besser?«

»Es ist noch zu früh, um etwas sagen zu können«, antwortete Mma Ramotswe. »Dr. Moffat meinte, die Pillen würden vielleicht erst nach zwei Wochen wirken. Es dauert noch ein paar Tage.«

»Wird er gut versorgt?«

Mma Ramotswe nickte. Dass der Lehrling sich nach Mr. J. L. B. Matekoni erkundigt hatte, war ein gutes Zeichen. Es deutete darauf hin, dass er anfing, sich für das Wohlergehen anderer zu interessieren. Vielleicht wurde er erwachsen. Vielleicht hatte es auch mit Mma Makutsi zu tun, die ihnen wahrscheinlich nicht nur etwas über harte Arbeit, sondern auch über Moral beibrachte.

Sie betrat das Büro und fand Mma Makutsi am Telefon vor. Die beendete schnell ihr Gespräch und stand auf, um ihre Chefin zu begrüßen.

»Schauen Sie, hier ist er«, sagte Mma Makutsi und reichte ihr ein Stück Papier.

Mma Ramotswe sah den Scheck an. Zweitausend Pula, schien es, warteten in der Standard Bank auf die *No. 1 Ladies' Detective Agency*. Und auf der untersten Zeile stand der berühmte Name, der Mma Ramotswe durch die Zähne pfeifen ließ.

»Der Mann mit den Schönheitswettbewerben ...?«

»Genau der«, sagte Mma Makutsi. »Der war unser Kunde.«

Mma Ramotswe steckte sich den Scheck ins Mieder. Moderne Geschäftsmethoden waren schön und gut, dachte sie, aber wenn es um die sichere Verwahrung von Geld ging, gab es kaum einen besseren Platz.

»Sie müssen schnell gearbeitet haben«, sagte Mma Ramotswe. »Was war das Problem? Schwierigkeiten mit der Ehefrau?«

»Nein«, sagte Mma Makutsi. »Es ging nur um schöne Mädchen und das Aufspüren eines schönen Mädchens, dem man trauen kann.«

»Wie aufregend«, sagte Mma Ramotswe. »Und Sie haben offensichtlich so eine junge Dame gefunden.«

»Ja«, sagte Mma Makutsi. »Ich habe die Richtige gefunden, die den nächsten Wettbewerb gewinnen wird.«

Mma Ramotswe wunderte sich, aber sie hatte jetzt nicht genug Zeit, um nachzufragen, weil sie sich für ihren Vier-Uhr-Termin vorbereiten musste. In der folgenden Stunde sah sie die Post durch, half Mma Makutsi bei der Ablage von Papieren, die mit der Werkstatt zu tun hatten, und trank schnell eine Tasse Buschtee. Als das große schwarze Auto mit dem Regierungsmenschen vorfuhr, befand sich das Büro in einem sauberen und ordentlichen Zustand, und Mma Makutsi, die steif am Schreibtisch saß, tat, als ob sie einen Brief abtippte.

»So!«, sagte der Regierungsmensch, lehnte sich auf seinem Stuhl zurück und faltete die Hände über dem Bauch. »Sie sind nicht lange geblieben. Ich nehme an, Sie haben die Giftmischerin geschnappt. Jedenfalls hoffe ich es sehr!«

Mma Ramotswe warf Mma Makutsi einen Blick zu. Sie waren ja einiges an männlicher Arroganz gewöhnt, aber dies hier übertraf alles.

»Ich habe genau die Zeit dort verbracht, die ich benötigte, Rra«, sagte sie ruhig. »Dann fuhr ich zurück, um den Fall mit Ihnen zu besprechen.«

Der Regierungsmensch schürzte verächtlich die Lippen. »Ich will eine Antwort, Mma. Ich bin nicht gekommen, um mich stundenlang mit Ihnen zu unterhalten.«

Die Schreibmaschine ratterte heftig im Hintergrund. »Wenn das so ist«, sagte Mma Ramotswe, »können Sie wieder gehen. Entweder wollen Sie hören, was ich zu sagen habe, oder nicht.«

Der Regierungsmensch schwieg. Dann sagte er mit gesenkter Stimme: »Sie sind ganz schön unverschämt. Vielleicht haben Sie keinen Mann, der Ihnen beibringt, wie man respektvoll mit Männern spricht.«

Die Schreibmaschine wurde erheblich lauter.

»Und vielleicht brauchen Sie eine Frau, die Ihnen beibringt, wie man respektvoll mit Frauen spricht«, sagte Mma Ramotswe. »Aber ich will Sie nicht aufhalten. Dort ist die Tür, Rra. Sie ist offen. Sie können gehen.«

Der Regierungsmensch rührte sich nicht.

»Haben Sie nicht gehört, was ich gesagt habe, Rra? Wollen Sie, dass ich Sie rauswerfe? Ich habe zwei junge Männer da draußen, die von der vielen Arbeit an den Motoren kräftige Muskeln haben. Und hier ist Mma Makutsi, die Sie übrigens noch nicht einmal gegrüßt haben, und hier bin ich. Das sind vier Personen. Ihr Fahrer ist ein alter Mann. Wir sind Ihnen zahlenmäßig überlegen, Rra.«

Der Regierungsmensch rührte sich noch immer nicht. Seine Augen fixierten den Boden.

»Nun, Rra?« Mma Ramotswe trommelte mit den Fingern auf dem Tisch herum.

Er blickte auf.

»Tut mir Leid, Mma, ich bin unhöflich gewesen.«

»Danke«, sagte Mma Ramotswe. »Dann können wir also anfangen, aber erst, wenn Sie Mma Makutsi ordentlich gegrüßt haben – und zwar auf traditionelle Weise, wenn ich bitten darf.«

»Ich werde Ihnen eine Geschichte erzählen«, sagte Mma Ramotswe. »Diese Geschichte beginnt damit, dass es in einer Familie drei Söhne gab. Der Vater freute sich sehr, dass sein Erstgeborenes ein Sohn war, und gab ihm alles, was er sich wünschte. Die Mutter dieses Kindes freute sich auch, dass sie ihrem Mann einen Sohn geboren hatte, und machte viel Wesens um diesen Jungen. Dann wurde ein zweiter Junge geboren, und es war sehr traurig für die Eltern, als sie feststellten, dass dieser im Kopf nicht ganz richtig war. Die Mutter hörte, was die Leute hinter ihrem Rücken sagten. Sie sei während der Schwangerschaft mit einem anderen Mann zusammen gewesen, wurde behauptet. Das war natürlich nicht wahr, aber all die bösen Worte nagten an ihr, und sie wollte sich draußen nicht mehr sehen lassen. Sie schämte sich sehr. Aber der Junge war glücklich. Er war gern bei den Rindern und zählte sie, obwohl er nicht besonders gut zählen konnte.

Der Erstgeborene war sehr klug und tüchtig. Er zog nach Gaborone und wurde ein erfolgreicher Politiker. Aber je mächtiger und berühmter er wurde, desto arroganter wurde er auch.

Doch dann wurde noch ein Sohn geboren. Darüber freute sich der Erstgeborene, und er hatte diesen kleinen Bruder sehr lieb. Er fürchtete aber auch, dass das neue Kind ihm die Liebe seiner Familie wegnehmen würde und dass der Vater ihn vorzöge. Alles, was der Vater tat, schien ein Zeichen für ihn zu sein, dass er den Jüngsten lieber hatte als ihn, was natürlich gar nicht stimmte, weil der alte Mann alle seine Söhne liebte.

Als der jüngste Sohn sich eine Frau nahm, wurde der Erstgeborene wütend. Er sagte niemandem, dass er wütend war, aber in seinem Inneren brodelte es. Er war zu stolz, um mit jemandem darüber zu sprechen, weil er so wichtig und so mächtig geworden war. Er dachte, dass ihm die neue Frau den Bruder wegnehmen würde und ihm dann nichts mehr bliebe. Er dachte, dass sie versuchen würde, die Farm und alle Rinder zu stehlen. Er machte sich nicht die Mühe, seine Gedanken zu hinterfragen.

Er fing an zu glauben, sie wolle seinen Bruder, den er so liebte, ermorden. Er grübelte und grübelte und konnte nicht mehr schlafen, weil so viel Hass in ihm schwelte. Schließlich ging er zu einer gewissen Dame – und diese Dame bin ich – und bat sie, nach Beweisen für diese Untaten zu forschen. Er dachte, sie würde ihm helfen, die Frau seines Bruders loszuwerden.

Die Dame wusste nicht, was hinter der Sache steckte, und fuhr also zur Farm der unglücklichen Familie, um einige Zeit mit ihr zu verbringen. Sie sprach mit allen und fand heraus, dass niemand versuchte, jemanden umzubringen, und dass die Geschichte von Gift und Mord nur entstanden war, weil ein unglücklicher Koch seine Kräuter verwechselt hatte. Diesen Mann hatte der Bruder unglücklich gemacht, weil er ihn zu einer Arbeit zwang, die ihm nicht lag. Die Dame aus Gaborone sprach also mit allen Mitgliedern der Familie, einem nach dem anderen. Dann fuhr sie nach Gaborone zurück und sprach mit dem Bruder. Er war sehr unhöflich zu ihr, weil er es sich zur Gewohnheit gemacht hatte, unhöflich zu sein und weil er stets seinen Willen durchsetzte. Aber ihr war klar geworden, dass unter der Haut eines Tyrannen immer ein Mensch steckt, der Angst hat und unglücklich ist. Und diese Dame nahm sich vor, mit dem ängstlichen und unglücklichen Menschen zu sprechen.

Sie wusste natürlich, dass er selbst mit seiner Familie nicht reden konnte. Deshalb hatte sie es für ihn getan. Sie erklärte der Familie, was er empfand und dass ihn die Liebe zu seinem Bruder eifersüchtig hatte werden lassen. Die Frau seines Bruders verstand seine Lage und versprach, alles in ihrer Macht Stehende zu tun, um ihn spüren zu lassen, dass sie ihm den geliebten Bruder nicht stahl. Auch seine Mutter verstand seine Lage. Sie begriff, dass sie und ihr Mann ihm das Gefühl gegeben hatten, dass er seinen Anteil an der Farm verlieren könne. Sie wollten sich darum kümmern. Sie sagten, dass selbstverständlich alles gerecht verteilt würde und er sich um die Zukunft keine Sorgen zu machen brauche.

Anschließend erklärte die Dame der Familie, dass sie mit dem Bruder in Gaborone sprechen würde und dass sie sicher sei, dass er alles verstehen würde. Sie sagte, sie würde ihm ausrichten, was immer die Familienmitglieder ihm mitteilen wollten. Sie sagte, dass das wahre Gift in Familien nicht das Gift ist, das man ins Essen tut, sondern das Gift, das sich im Herzen ausbreitet, wenn die Menschen eifersüchtig aufeinander sind und nicht über ihre Gefühle sprechen können.

Sie fuhr also mit den Worten, die die Familie dem ältesten Sohn zu sagen wünschte, nach Gaborone zurück. Und die Worte des jüngsten Bruders waren: ›Ich liebe meinen Bruder sehr. Ich werde ihn nie vergessen. Ich würde ihm nie etwas wegnehmen. Das Land und das Vieh sind da, um es mit ihm zu teilen.‹ Und seine Frau sagte: ›Ich bewundere den Bruder meines Mannes und würde ihm niemals die Liebe des Bruders wegnehmen, die er verdient.‹ Und die Mutter sagte: ›Ich bin sehr stolz auf meinen Sohn. Hier ist Platz für uns alle. Ich habe mir Sorgen gemacht, dass sich meine Söhne entfremden und dass sich ihre Frauen zwischen sie drängen und unsere Familie auseinander bricht. Darüber mache ich mir jetzt keine Sorgen mehr. Bitte sagen Sie meinem Sohn, er soll mich bald besuchen. Ich habe nicht mehr viel Zeit.‹ Der alte Vater sagte nicht viel, nur dies: ›Kein Mann könnte sich bessere Söhne wünschen.‹«

Die Schreibmaschine war still. Mma Ramotswe hatte aufgehört zu reden und beobachtete den Regierungsmenschen, der reglos dasaß. Nur sein Brustkorb bewegte sich leicht beim Ein- und Ausatmen. Dann hob er langsam eine Hand ans Gesicht und beugte sich vor. Er schlug auch die andere Hand vors Gesicht.

»Schämen Sie sich nicht, zu weinen, Rra«, sagte Mma Ramotswe. »So fangen die Dinge an, besser zu werden. Es ist der erste Schritt.«

Kapitel 19

An den folgenden vier Tagen regnete es. Jeden Nachmittag ballten sich Wolken zusammen und dann – mitten im gleißenden Licht der Blitze und lauten Donnerschlägen – fiel der Regen auf das Land. Die Straßen, normalerweise trocken und staubig, wurden überflutet, und die Felder waren breite funkelnde Seen. Aber das durstige Land hatte das Wasser bald aufgesogen, und die Erde tauchte wieder auf. Die Menschen wussten jedoch, dass das Wasser da war, sicher gespeichert im Damm, und in den Boden sickerte, in den sie ihre Brunnen gebohrt hatten. Alle schienen erleichtert zu sein. Noch eine Dürre wäre nicht zu ertragen gewesen, obwohl die Leute es hingenommen hätten, wie immer. Das Wetter, sagten sie, änderte sich, und jeder fühlte sich verletzlich. In einem Land wie Botswana, wo alles für Land und Tiere äußerst knapp war, konnte schon eine geringe Veränderung katastrophale Folgen haben. Aber der Regen war gekommen, und das war das Wichtigste.

Tlokweng Road Speedy Motors bekam mehr und mehr zu tun, und Mma Makutsi beschloss, einen weiteren Mechaniker für einige Monate einzustellen und dann zu sehen, wie sich die Dinge weiterentwickelten. Sie setzte eine kleine Anzeige in die Zeitung, und ein Mann, der als Dieselmechaniker in den Diamantenminen gearbeitet hatte, meldete sich. Er war jetzt im Ruhestand, bot aber an, drei Tage in der Woche zu arbeiten. Er bekam den Job sofort und verstand sich gut mit den Lehrlingen.

»Mr. J. L. B. Matekoni wird ihn mögen«, sagte Mma Ramotswe, »wenn er wiederkommt und ihn kennen lernt.«

»Wann kommt er denn wieder?«, fragte Mma Makutsi. »Jetzt ist er schon mehr als zwei Wochen weg.«

»Irgendwann«, sagte Mma Ramotswe. »Wir sollten ihn nicht drängen.«

Am Nachmittag fuhr sie zur Waisenfarm und parkte den winzigen weißen Lieferwagen direkt vor Mma Potokwanis Fenster. Mma Potokwani, die sie die Einfahrt herauf fahren sah, hatte, bis Mma Ramotswe an die Tür klopfte, schon den Kessel aufgesetzt.

»Mma Ramotswe«, sagte sie. »Wir haben Sie lange nicht gesehen.«

»Ich war verreist«, sagte Mma Ramotswe. »Dann kam der Regen und die Straße hier raus war voll Schlamm. Ich wollte nicht im Matsch stecken bleiben.«

»Sehr weise«, sagte Mma Potokwani. »Die größeren Kinder mussten raus und ein oder zwei Lastwagen anschieben, die kurz vor unserer Einfahrt stecken geblieben waren. Das war ziemlich schwierig. Alle Kinder waren von oben bis unten voll rotem Schlamm. Wir mussten sie dann im Hof mit dem Schlauch abspritzen.«

»Es sieht aus, als würden wir dieses Jahr viel Regen bekommen«, sagte Mma Ramotswe. »Das ist gut für das Land.«

Der Kessel in der Zimmerecke fing an zu pfeifen, und Mma Potokwani stand auf, um Tee zu machen.

»Ich habe keinen Kuchen für Sie«, sagte sie. »Ich hatte gestern einen Kuchen gebacken, aber jetzt ist schon jeder Krümel aufgegessen. Man könnte meinen, die Heuschrecken wären darüber hergefallen.«

»Tja, die Menschen sind gierig«, sagte Mma Ramotswe. »Es wäre schön, wenn noch Kuchen da wäre. Aber daran lässt sich nun nichts ändern.«

Sie tranken ihren Tee in einvernehmlichem Schweigen. Dann ergriff Mma Ramotswe das Wort.

»Ich dachte, ich könnte mit Mr. J. L. B. Matekoni ein bisschen spazieren fahren«, sagte sie leise. »Glauben Sie, das würde ihm gefallen?«

Mma Potokwani lächelte. »Das würde ihm sehr gefallen. Er ist sehr still gewesen, seit er hergekommen ist, aber ich habe herausgefunden, dass er sich mit etwas beschäftigt hat. Ich glaube, das ist ein gutes Zeichen.«

»Was hat er gemacht?«

»Er hat mit dem kleinen Jungen geholfen«, sagte Mma Potokwani. »Sie wissen schon – der, über den ich mit Ihnen gesprochen hatte. Ich hatte Sie gebeten, etwas über ihn herauszufinden. Erinnern Sie sich?«

»Ja«, sagte Mma Ramotswe zögernd. »Ich erinnere mich an den kleinen Jungen.«

»Und haben Sie etwas herausgefunden?«, fragte Mma Potokwani.

»Nein«, antwortete Mma Ramotswe. »Ich glaube nicht, dass ich da viel machen kann. Aber ich habe eine Idee. Es ist aber nur eine Idee.«

Mma Potokwani schüttete noch einen Löffel Zucker in ihre Tasse und rührte langsam mit dem Teelöffel um.

»Oh, ja? Was für eine Idee?«

Mma Ramotswe runzelte die Stirn. »Ich glaube nicht, dass meine Idee helfen wird«, sagte sie. »Eigentlich ist sie völlig nutzlos.«

Mma Potokwani hob die Teetasse an ihre Lippen. Sie nahm einen großen Schluck und setzte die Tasse wieder ab.

»Ich denke, ich weiß, was Sie meinen, Mma«, sagte sie.

»Ich denke, ich habe die gleiche Idee. Aber ich kann es nicht glauben. Es kann doch nicht wahr sein.«

Mma Ramotswe schüttelte den Kopf. »Das habe ich mir auch gesagt. Die Leute reden von solchen Sachen, aber es ist niemals bewiesen worden, nicht wahr? Sie sagen, es gibt wilde Kinder, die bei Tieren aufwachsen und ab und zu wird eins gefunden. Aber konnte schon jemals einer beweisen, dass sie tatsächlich von Tieren aufgezogen wurden? Gibt es Beweise?«

»Ich weiß von keinen«, sagte Mma Potokwani.

»Und wenn wir jemandem sagen, was wir von diesem Jungen denken – was wäre dann? Die Zeitungen wären voll davon. Aus der ganzen Welt kämen die Leute gerannt. Sie würden wahrscheinlich versuchen, den Jungen irgendwohin zu bringen, wo sie ihn beobachten könnten. Sie würden ihn aus Botswana herausschaffen.«

»Nein«, sagte Mma Potokwani. »Das würde die Regierung nicht erlauben.«

»Da bin ich mir nicht so sicher«, sagte Mma Ramotswe. »Es wäre möglich. Man kann nie wissen.«

Sie saßen schweigend da. Dann sagte Mma Ramotswe: »Manche Dinge lässt man besser in Ruhe. Wir wollen nicht auf alles die Antwort wissen.«

»Da stimme ich Ihnen zu«, sagte Mma Potokwani. »Es ist manchmal einfacher, glücklich zu sein, wenn man nicht alles weiß.«

Mma Ramotswe dachte einen Augenblick nach. Das war eine interessante Behauptung, und sie war sich nicht sicher, ob sie immer zutraf. Sie würde sich länger damit befassen müssen, aber nicht in diesem Augenblick. Sie hatte eine dringendere Aufgabe zu erledigen, nämlich Mr. J. L. B. Matekoni nach Mochudi zu fahren, wo sie auf den Hügel, den *kopje*, klettern und über die Ebene blicken könnten. Sie war sicher, dass ihm der Anblick des vielen Wassers gefallen würde. Das würde ihn aufmuntern.

»Mr. J. L. B. Matekoni hat uns ein bisschen mit dem Jungen geholfen«, sagte Mma Potokwani. »Es ist gut für ihn gewesen, eine Beschäftigung zu haben. Ich habe gesehen, wie er ihm beibrachte, mit der Schleuder umzugehen. Und wie ich gehört habe, bringt er ihm auch ein paar Wörter – das Sprechen – bei. Er ist sehr freundlich zu ihm, und das, finde ich, ist ein gutes Zeichen.«

Mma Ramotswe lächelte. Sie stellte sich vor, wie Mr. J. L. B. Matekoni dem wilden Jungen Wörter für die Dinge beibrachte, die er um sich herum sah. Er lehrte ihn die Wörter seiner Welt, die Worte Afrikas.

Mr. J. L. B. Matekoni war auf dem Weg nach Mochudi nicht sehr gesprächig. Er saß auf dem Beifahrersitz des winzigen weißen Lieferwagens und starrte aus dem Fenster auf die sich vor ihm ausbreitende Ebene und die anderen Leute, die auf der Straße unterwegs waren. Er machte jedoch ein paar Bemerkungen und erkundigte sich sogar nach der Werkstatt, was er bei ihrem letzten Besuch in seinem ruhigen Zimmer auf der Waisenfarm überhaupt nicht getan hatte.

»Ich hoffe, Mma Makutsi hat meine Lehrlinge im Griff«, sagte er. »Das sind so faule Kerle. Sie haben nur Frauen im Kopf.«

»Die Frauen sind immer noch ein Problem«, sagte sie. »Aber Mma Makutsi nimmt die jungen Männer tüchtig ran, und sie arbeiten gut.«

Sie erreichten die Abzweigung nach Mochudi, und bald waren sie auf der Straße, die direkt zum Krankenhaus, den Häusern und Höfen und dem mit Felsbrocken übersäten *Hügel* dahinter führte.

»Ich finde, wir sollten auf den Hügel klettern«, sagte Mma Ramotswe. »Man hat eine gute Sicht von oben. Wir können sehen, was der Regen verändert hat.«

»Ich bin zu müde zum Klettern«, sagte Mr. J. L. B. Matekoni. »Geh du rauf. Ich bleib unten.«

»Nein«, sagte Mma Ramotswe mit fester Stimme. »Wir gehen beide hinauf. Nimm meinen Arm!«

Der Aufstieg dauerte nicht lange, und bald standen sie am Rand eines großen, hoch emporragenden Felsenstücks und blickten auf Mochudi hinunter: auf die Kirche mit ihrem roten Blechdach, auf das winzige Krankenhaus, wo täglich mit geringen Mitteln ein heldenhafter Kampf gegen mächtige Feinde ausgefochten wurde, und hinaus über die Ebenen im Süden. Der Fluss strömte dahin, breit und faul, und wand sich an Bäumen und Büschen und an den Häusergrüppchen vorbei, die das verstreut daliegende Dorf bildeten. Eine kleine Rinderherde wurde auf einem Pfad in der Nähe des Flusses entlang getrieben. Von dort, wo Mma Ramotswe mit Mr. J. L. B. Matekoni stand, sahen die Tiere wie winziges Spielzeug aus. Aber der Wind wehte in ihre Richtung, und der Klang ihrer Glocken war zu hören, ferne, sanfte Laute, die an das Buschland von Botswana erinnerten, heimatliche Klänge. Mma Ramotswe stand ganz still, eine Frau auf einem Felsen in Afrika. Genau das und genau dort wollte sie sein.

»Schau«, sagte sie. »Schau dort unten! Das ist das Haus, in dem ich mit meinem Vater gelebt habe. Das ist meine Heimat.«

Mr. J. L. B. Matekoni blickte hinunter und lächelte. Er lächelte, und sie sah es.

»Ich glaube, es geht dir jetzt besser, nicht wahr?«

Mr. J. L. B. Matekoni nickte.